ALISTAIR MACLEAN

Souvenirs

ALISTAIR MACLEAN

Souvenirs *Roman*

LICHTENBERG VERLAG

Aus dem Englischen übertragen von
Georgette Beecher-Kindler

Redaktion: Dr. U. Richter
Korrekturen: H. Bernard
Umschlaggestaltung: H. Jähn
Gesamtherstellung: Hieronymus Mühlberger, Augsburg
Printed in Germany
ISBN 3 7852 1100 7

ERSTES KAPITEL

»Wir landen in wenigen Minuten auf dem Flughafen Schiphol in Amsterdam.« Die weiche und akzentlose Stimme der holländischen Stewardeß hätte jeder beliebigen Stewardeß bei jeder beliebigen europäischen Fluglinie gehören können. »Bitte schnallen Sie sich an und stellen Sie das Rauchen ein. Wir hoffen, daß Ihnen der Flug gefallen hat. Wir sind sicher, daß Sie Ihren Aufenthalt in Amsterdam genießen werden.« Ich hatte während des Fluges kurz mit der Stewardeß gesprochen. Sie war ein nettes Mädchen, aber was ihre Ansichten über das Leben im Allgemeinen betraf, so war sie von einem unberechtigten Optimismus erfüllt, und in zwei Punkten mußte ich ihr widersprechen: Der Flug hatte mir *nicht* gefallen und ich erwartete auch *nicht*, daß ich meinen Aufenthalt in Amsterdam genießen würde. Der Flug hatte mir nicht gefallen, weil mir kein Flug gefallen hat, seit vor zwei Jahren die Motoren einer DC 8 unmittelbar nach dem Start ausgesetzt hatten, was mich zwei Dinge entdecken ließ: Daß ein Düsenflugzeug ohne Antrieb dieselbe Gleitfähigkeit hat wie ein Zementblock, und daß Schönheitsoperationen sehr langwierig, sehr schmerzhaft, sehr teuer und manchmal nicht sehr erfolgreich sein können. Und ich erwartete nicht, meinen Aufenthalt in Amsterdam zu genießen, obwohl es wahrscheinlich die schönste Stadt der Welt ist, mit den freundlichsten Einwohnern, die man sich vorstellen kann. Ich habe nun mal einen Beruf, der von vornherein jedes Vergnügen an einer Reise ausschließt.

Während die große KLM DC 8 — ich bin nicht abergläubisch, jedes Flugzeug kann abstürzen — der Erde entgegensank, sah ich mich in ihrem dicht besetzten Innenraum um. Die meisten der Passagiere schienen meine Ansicht zu teilen, daß das Fliegen kompletter Wahnsinn ist: diejenigen, die nicht ihre Fingernägel dazu benutzten, Löcher in die Polster zu bohren, saßen entweder übertrieben lässig zurückgelehnt in ihren Sesseln oder unterhielten sich mit der heiteren Lebhaftigkeit jener tapferen Geschöpfe, die mit einer geistreichen Bemerkung auf den lächelnden Lippen in ihr Verderben gehen, die in vergangenen Zeiten der bewundernden Menschenmenge fröhlich zuwinkten, während der Schinderkarren der Guillotine zufuhr. Kurz gesagt, ein repräsentativer Querschnitt der Menschheit: Unbedingt das Gesetz befolgend. Eindeutig nicht gemein. Gewöhnlich, sogar unscheinbar. Aber vielleicht ist es unfair, das »unscheinbar«, meine ich. Um diese verächtliche Beschreibung zu rechtfertigen, müßte man andererseits auch entsprechende Ausdrücke der Bewunderung finden. Es war Pech für die übrigen Passagiere, daß zwei Personen an Bord waren, die jeden anderen unscheinbar erscheinen ließen.

Ich sah mich nach ihnen um. Sie saßen drei Reihen hinter mir auf der anderen Seite des Ganges. Das war keine Bewegung, die die Aufmerksamkeit auf mich lenkte: seit unserem Abflug von Heathrow hatten sich sämtliche Männer die Hälse nach den beiden verrenkt. Hätte ich sie *nicht* angeschaut, wäre ich ganz sicher aufgefallen.

Nur zwei Mädchen, die nebeneinander saßen. Man kann fast überall ein paar Mädchen beieinander sitzen sehen, aber Sie würden die besten Jahre Ihres Lebens der Suche nach zwei Mädchen wie diesen opfern. Die eine mit Haaren, so schwarz wie Rabenschwingen, die andere mit glänzenden platinblonden Haaren, beide in Minikleidern, die Dunkle in einem Traum aus weißer Seide, die Blonde ganz in Schwarz, und beide hatten, soweit man das sehen konnte – und man konnte eine ganze Menge sehen – eine Figur, die den ungeheuren Fortschritt demonstrierte, den die Weiblichkeit seit den Zeiten der Venus von Milo gemacht hat. Vor allem waren sie von aufsehenerregender Schönheit, aber nicht in der geistlosen und nichtssagenden Art, wie die Mädchen, die den Titel »Miß Welt« verliehen bekommen. Einander auf seltsame Weise ähnlich, hatten sie beide den gleichen zarten Knochenbau, klare Gesichtszüge und eine deutlich sichtbare Intelligenz, dank derer sie auch in zwanzig Jahren noch schön sein würden, wenn die dahingeschwundenen Titelträgerinnen der »Miß Welt« schon längst den ungleichen Wettbewerb aufgegeben hatten.

Das blonde Mädchen lächelte mich an, unverfroren und provozierend, aber dennoch freundlich. Ich sah sie mit ausdruckslosem Gesicht an, aber da es dem Lehrling der Schönheitschirurgie, der seine Launen an mir ausgelassen hatte, nicht ganz gelungen war, die beiden Seiten meines Gesichts zu einem harmonischen Ganzen zusammenzufügen, blieb mein uninteressierter Blick ohne Wirkung: Sie lächelte weiter. Das dunkle Mädchen stupste seine Gefährtin, die den Blick von mir abwandte, das mißbilligende Stirnrunzeln sah, eine Grimasse schnitt und aufhörte zu lächeln.

Wir waren jetzt nicht einmal mehr zweihundert Meter von der Landebahn entfernt, und um mich von dem Gedanken abzulenken, daß das Fahrgestell in Stücke gehen konnte, sobald es den Boden berührte, lehnte ich mich zurück, schloß die Augen und dachte an die beiden Mädchen. Was immer man an mir auch aussetzen mochte, niemand konnte behaupten, daß ich meine Assistentinnen auswählte, ohne auch den ästhetischen Gesichtspunkt zu berücksichtigen. Maggie, die Dunkle, war siebenundzwanzig und arbeitete jetzt schon über fünf Jahre mit mir zusammen. Sie war so intelligent, daß man sie schon fast brilliant nennen konnte, sie war gewissenhaft, fleißig, diskret, verläßlich und machte fast nie einen Fehler — in unserem Beruf gibt es keinen, der nie einen Fehler macht. Und was noch wichtiger war, Maggie und ich mochten uns sehr, und das schon seit Jahren, was eine fast grundlegende Qualifikation war, da bei uns selbst ein vorübergehender Verlust des gegenseitigen Vertrauens und der gegenseitigen Abhängigkeit unangenehme und oft endgültige Folgen haben konnte. Aber nach meinem Ermessen mochten wir uns auch nicht zu sehr, denn das hätte ebenso unheilvoll sein können.

Belinda, blond, zweiundzwanzig, Pariserin, halb Engländerin halb Französin, hier bei ihrem ersten Auftrag, war für mich eine fast unbekannte Größe. Kein Rätsel, nur als Mensch unbekannt. Wenn die Sûreté einen ihrer Agenten auslieh, wie sie mir Belinda geliehen hatte, dann ist das begleitende Dossier über diesen Agenten so überwältigend umfassend, daß keine wichtige Information über seine Herkunft oder Vergangenheit unerwähnt bleibt. Was Belinda als Mensch betraf, so hatte ich bisher nur feststellen können, daß sie es ganz entschieden an dem Respekt — wenn nicht sogar der uneingeschränkten Bewunderung — fehlen ließ, den die Jungen den Älteren und beruflich Höhergestellten zollen sollten, also in diesem Fall mir. Aber sie strahlte eine Ruhe und Tüchtigkeit aus, die alle Vorbehalte, die sie gegen ihren Chef haben mochte, mehr als aufwogen. Keines der beiden Mädchen war jemals zuvor in Holland gewesen, was einer der Hauptgründe dafür war, daß sie mich dorthin begleiteten. Abgesehen davon sind hübsche Mädchen in unserem so gar nicht hübschen Beruf seltener als Pelzmäntel im Kongo und laufen deshalb weniger Gefahr, die Aufmerksamkeit der Mißtrauischen und Gottlosen auf sich zu lenken.

Die DC 8 setzte auf — das Fahrgestell blieb ganz, also öffnete ich meine Augen und begann über Angelegenheiten von größerer Wichtigkeit nachzudenken. Duclos. Jimmy Duclos erwartete mich auf dem Flughafen Schiphol, und Jimmy Duclos hatte mir etwas Wichtiges und Dringendes mitzuteilen. Etwas, das zu wichtig war, um es durch die normalen Verbindungskanäle laufen zu lassen, sogar wenn man es verschlüsselte. Etwas, das zu dringend war, um auf die Dienste eines diplomatischen Kuriers aus unserer Botschaft in Den Haag warten zu können.

Mit dem vermutlichen Inhalt der Nachricht befaßte ich mich nicht, in fünf Minuten würde ich ihn ohnehin kennen. Und ich wußte, daß ich alle Informationen bekommen würde, die ich brauchte. Duclos' Quellen waren unfehlbar, die Informationen selbst immer präzis und hundertprozentig richtig. Jimmy Duclos machte niemals Fehler — jedenfalls war er nicht der Typ dafür.

Die DC 8 verlangsamte ihr Tempo, und ich konnte schon die krokodilähnliche Schleuse sehen, die sich aus der Seite des Hauptgebäudes schob, bereit, an den Ausstieg des Flugzeugs angeschlossen zu werden, sobald es zum Stehen kam. Ich löste meinen Sicherheitsgurt, stand auf, streifte Maggie und Belinda mit einem ausdruckslosen Blick, der kein Erkennen verriet, und ging auf den Ausgang zu, während das Flugzeug immer noch rollte. Ein derartiges Verhalten wurde vom Personal mit Mißbilligung registriert, und in diesem Fall sicherlich auch von den übrigen Passagieren, deren Mienen deutlich ihre Meinung ausdrückten, daß sie sich in Gesellschaft eines überheblichen und flegelhaften Lümmels befanden, der nicht darauf warten konnte, sich wie die übrige leidende Menschheit in die Schlange einzureihen. Ich ignorierte sie. Ich hatte mich schon vor langer Zeit damit abgefunden, daß mich mit der Durchschnittsbevölkerung nichts verband.

Die Stewardeß lächelte mir dennoch zu, aber das bedeutete weder einen Tribut an meine Erscheinung noch an meine Persönlichkeit. Leute lächeln andere Leute an, wenn sie beeindruckt sind oder ärgerlich, oder

beides. Wann immer ich mit einem Flugzeug reise, außer im Urlaub – der etwa alle fünf Jahre einmal anfällt – händige ich der Stewardeß vor Beginn des Fluges einen kleinen versiegelten Umschlag aus, damit sie ihn dem Piloten der Maschine übergibt, und der Pilot – gewöhnlich ebenso bemüht wie jeder andere Mann, einem hübschen Mädchen zu imponieren – enthüllt ihr im allgemeinen den Inhalt, der aus einer Menge nichtssagendem Geschwafel über absolutes Vorrecht unter allen Umständen besteht und ohne Ausnahme völlig nutzlos ist, außer daß er einem prompte Bedienung bei den Mahlzeiten und Drinks unfehlbar zusichert. Absolut notwendig war jedoch ein anderes Vorrecht, das einige meiner Kollegen und auch ich genossen – diplomatenähnliche Immunität bei der Zollabfertigung, was gleichbedeutend damit war, daß mein Gepäck für gewöhnlich ein paar gute Pistolen, einen kleinen aber klug zusammengestellten Bund Dietriche und einige andere schreckliche Dinge enthielt, die von den Einreisebehörden in den höher entwickelten Ländern gewöhnlich mit Mißbilligung quittiert wurden. An Bord eines Flugzeuges trug ich nie eine Waffe bei mir, denn abgesehen von der Tatsache, daß ein schlafender Mann unabsichtlich seinem Nachbarn eine Waffe aus dem Schulterhalfter zuspielen kann, wodurch er eine Menge unnötiger Aufregung verursachen würde, würde nur ein Irrer in der Druckkabine eines modernen Flugzeugs eine Waffe abfeuern. Was weitgehend für den erstaunlichen Erfolg der Flugzeugentführer verantwortlich ist: Eine Implosion hat tatsächlich meist verheerende Folgen.
Die Tür öffnete sich und ich trat hinaus in die ziehharmonika-artige Fluggastbrücke. Zwei oder drei Flughafenangestellte traten höflich zur Seite, während ich an ihnen vorbei auf das Ende des Schlauches zuging, der in das Flughafengebäude und auf die beiden gegenläufigen Rollbänder mündete, die die Passagiere in die Ankunftshalle brachten oder sie hinaustransportierten. Mit dem Rücken zu dem hinausführenden Rollband gewandt, stand an dessen Ende ein Mann. Er war mittelgroß, schlank und sah ausgesprochen unsympathisch aus. Er hatte dunkles Haar, ein von tiefen Furchen durchzogenes, dunkles Gesicht, kalte schwarze Augen und einen dünnen Schlitz an der Stelle, an der bei anderen Menschen der Mund sitzt. Nicht gerade der Typ, den ich ermutigt hätte, sich mit meiner Tochter zu verabreden. Aber er war seriös gekleidet, in einen schwarzen Anzug und einen schwarzen Mantel und er trug

— obwohl das kein Kriterium für Seriosität ist — eine offensichtlich nagelneue Flugtasche. Aber nicht existente Anwärter auf die nicht existente Hand meiner nichtexistenten Tochter machten mir kein Kopfzerbrechen. Ich war jetzt nahe genug heran, um das nach außen führende Rollband überschauen zu können, dasjenige, das zu der Stelle führte, an der ich stand. Vier Männer befanden sich darauf, und den ersten von ihnen, einen großen, dünnen Mann in einem grauen Anzug, mit einem haarfeinen Schnauzbart und allen äußeren Anzeichen nach ein erfolgreicher Wirtschaftsprüfer, erkannte ich sofort. Jimmy Duclos. Mein erster Gedanke war, daß Jimmy Duclos die Nachricht als von lebenswichtiger Dringlichkeit betrachten mußte, weil er bis hierher gekommen war, um mich zu treffen. Mein zweiter Gedanke war, daß er einen Polizeipassierschein gefälscht haben mußte, um so weit in den Bereich für Fluggäste vordringen zu können, und das schien auch einleuchtend, denn er war ein Meisterfälscher. Mein dritter Gedanke war, daß es höflich und freundlich wäre, ihm zuzuwinken und zu lächeln, und so tat ich es. Er winkte zurück und erwiderte mein Lächeln.

Das Lächeln dauerte eine Sekunde, dann wurde es plötzlich von einem Ausdruck tiefsten Schreckens abgelöst. In diesem Augenblick registrierte ich fast unbewußt, daß seine Blickrichtung sich kaum merklich verschoben hatte.

Ich fuhr herum. Der Mann im dunklen Anzug stand nicht länger mit dem Rücken zum Förderband. Er hatte sich um hundertachtzig Grad gedreht und stand jetzt mit dem Gesicht dazu, seine Flugtasche hing nicht mehr herunter, sondern er hielt sie merkwürdig hoch unter seinem Arm. Immer noch nicht erkennend, was los war, reagierte ich instinktiv und sprang auf den Mann in dem schwarzen Anzug zu. Wenigstens versuchte ich zu springen. Aber ich hatte eine ganze Sekunde gebraucht um zu reagieren, und der Mann machte sich augenblicklich — und ich meine wirklich augenblicklich — daran, sowohl für sich als auch für mich völlig überzeugend zu demonstrieren, daß er eine Sekunde für mehr als genügend hielt, um zu handeln. Er war vorbereitet gewesen, ich nicht, und er erwies sich als ausgesprochen gewalttätig. Ich hatte mich noch gar nicht richtig in Bewegung gesetzt, als er heimtückisch mit einer Vierteldrehung herumschwang und mich mit der Kante seiner Tasche genau in die Magengrube traf.

Flugtaschen sind für gewöhnlich weich und geben nach. Diese nicht. Ich bin nie von einer Ramme getroffen worden, und ich verspüre auch gar keinen Wunsch danach, aber ich kann mir jetzt ganz gut vorstellen, was das für ein Gefühl sein muß. Der physische Effekt war etwa der gleiche. Ich brach zusammen, als ob irgendein Riese mir die Füße unter dem Körper weggezogen hätte, und blieb regungslos liegen. Ich war bei vollem Bewußtsein. Ich konnte sehen, ich konnte hören, ich konnte sogar bis zu einem gewissen Grad beurteilen, was in meiner Umgebung vor sich ging. Aber ich konnte mich nicht einmal krümmen, was im Moment mein einziger Wunsch war. Ich hatte von betäubenden psychischen Schocks gehört, dies war das erste Mal, daß ich einen völlig betäubenden *physischen* Schock erlitten hatte.

Alles schien im Zeitlupentempo zu geschehen. Duclos blickte wild um sich, aber es gab für ihn keine Möglichkeit, das Rollband zu verlassen. Zurück konnte er nicht, denn dicht hinter ihm standen drei Männer, drei Männer, die offensichtlich keine Ahnung hatten, was vorging — erst viel viel später erkannte ich, daß sie Komplizen des Mannes in dem dunklen Anzug sein mußten, die dort postiert worden waren, damit Duclos keine andere Möglichkeit hatte, als mit dem Gleitband vorwärts und damit in den Tod zu gehen. Rückblickend betrachtet war es die teuflischste und kaltblütigste Exekution, von der ich in einem Leben gehört hatte, das ich damit verbrachte, Geschichten über Leute zu hören, die ihr Ende nicht auf die Art gefunden hatten, die ihr Schöpfer für sie vorgesehen hatte.

Ich konnte meine Augen bewegen, also bewegte ich sie. Ich sah die Flugtasche an und erkannte unter ihrer Lasche den sieblöcherigen Zylinder eines Schalldämpfers. Das war die Ramme, die meine momentane Lähmung — jedenfalls hoffte ich, daß sie nur momentan sein möge — hervorgerufen hatte, und ich wunderte mich, daß sich das Ding durch die Wucht des Schlages nicht vollkommen verbogen hatte. Mein Blick wanderte hinauf zu dem Mann, der die Waffe hielt, indem er seine rechte Hand unter der Lasche der Tasche verbarg. In dem dunklen Gesicht waren weder Vergnügen noch Erwartung zu sehen, nur die ruhige Sicherheit eines berufsmäßigen Killers, der wußte, daß er sein Handwerk verstand. Irgendwo kündigte eine körperlose Stimme die Ankunft der Maschine KL 132 aus London an — des Flugzeuges, mit dem wir gekommen waren. Mir kam vage und ohne jeden Zusammenhang der Gedanke, daß ich die Flugnummer nie vergessen würde, aber es wäre ganz egal gewesen, mit welcher Maschine ich hierhergekommen wäre, denn Duclos war auf jeden Fall dazu verurteilt, zu sterben, bevor er mit mir sprechen konnte.

Ich sah Jimmy Duclos an, und er hatte das Gesicht eines Menschen, der zum Tode verurteilt ist. Sein Gesichtsausdruck war verzweifelt — aber es war eine ruhige und beherrschte Verzweiflung — als er in die hinderlichen Falten seines Mantels griff. Die drei Männer hinter ihm ließen sich auf das Rollband fallen, und wieder erkannte ich die Bedeutung dieser Handlungsweise erst viel später. Duclos' Hand kam mit der Waffe wieder zum Vorschein, und in diesem Augenblick gab es ein dumpfes Geräusch, und in dem linken Revers seines Mantels zeigte sich ein Loch. Er zuckte krampfhaft, neigte sich nach vorn und fiel mit dem Gesicht nach unten auf das Gleitband. Es trug ihn in die Abflughalle und sein toter Körper stieß gegen meinen. Ich werde niemals sicher sein, ob meine völlige Passivität in den Sekunden, die dem Tod Duclos' vorausgingen, die Folge einer echten körperlichen Lähmung waren, oder ob ich von der Unvermeidlichkeit gebannt war, mit der er starb. Es ist kein Gedanke, der mich bis in meine Träume verfolgen wird, denn ich hatte keine Waffe, und es gab nichts, das ich hätte tun können. Ich bin nur etwas verwundert, denn es ist keine Frage, daß die Berührung seines Körpers eine augenblicklich belebende Wirkung auf mich hatte.

Es geschah keine wunderbare Heilung. Wellen der Übelkeit überfluteten mich, und jetzt, nachdem der anfängliche Schock des Schlags verflogen war, begann mein Magen erst wirklich zu schmerzen. Meine Stirn tat mir weh an der Stelle, wo ich mit dem Kopf aufgeschlagen sein mußte, als ich zu Boden ging und auch dieser Schmerz war keineswegs gedämpft. Aber die Kontrolle über meine Muskeln war wieder einigermaßen intakt, und ich stand vorsichtig auf, vorsichtig, weil ich — aufgrund der Übelkeit und des Schwindelgefühls — darauf gefaßt war, jeden Augenblick wieder unfreiwillig zusammenzubrechen. Die gesamte Halle schwankte beängstigend um mich herum, und ich stellte fest, daß ich nicht richtig sehen konnte und schloß daraus, daß der Aufschlag auf den Boden meine Augen verletzt haben mußte, was sehr seltsam war, denn als ich noch auf dem Boden gelegen hatte, hatten sie einwandfrei funktioniert. Dann erkannte ich, daß meine Augenlider zusammenklebten, und eine Handbewegung enthüllte des Rätsels Lösung: Blut, und zwar — wie ich für kurze Zeit irrtümlich annahm — eine Menge Blut, sickerte aus einer Platzwunde, die direkt an meinem Haaransatz klaffte. Herzlich willkommen in Amsterdam, dachte ich und zog ein Taschentuch heraus: zwei Tupfer, und meine Sehkraft war wiederhergestellt.

Von Anfang bis Ende konnte das Ganze nicht länger als zehn Sekunden gedauert haben, aber schon drängte sich eine dichte Menschenmenge um uns, wie das in Fällen wie diesem immer passiert: plötzlicher Tod, gewaltsamer Tod hat auf den Menschen die gleiche Anziehungskraft wie ein offener Honigtopf für Bienen — ein derartiges Ereignis ruft sie in Scharen an einen Ort, der noch Sekunden vorher ausgestorben schien. Ich ignorierte sie, ebenso wie ich Duclos ignorierte. Ich konnte nichts mehr für ihn tun und er nichts für mich, denn eine Durchsuchung seiner Taschen wäre ergebnislos gewesen: Wie jeder gute Agent vertraute auch Duclos niemals etwas Wichtiges Papier oder Tonband an, sondern bewahrte es in seinem geschulten Gedächtnis.

Der dunkle, todbringende Mann mit der todbringenden Waffe konnte inzwischen ohne Schwierigkeiten geflohen sein. Es war reine Routine und mit den Jahren tiefverwurzelter Instinkt, auch das Unüberprüfbare zu überprüfen, die mich veranlaßten, zu der Ankunfthalle hinüberzuschauen, um mich zu überzeugen, daß er wirklich verschwunden war.

Aber der dunkle Mann war noch nicht verschwunden. Er hatte etwa zwei Drittel des Weges zur Ankunftshalle zurückgelegt, schlenderte lässig an dem nach innen laufenden Förderband entlang, schwang seine Flugtasche in der Hand und schien nichts von dem Aufruhr hinter sich zu bemerken. Einen Augenblick lang starrte ich ihn fassungslos an, aber nur einen Augenblick lang: das war die Art, auf die Berufsmäßigen die Flucht gelang. Der berufsmäßige Taschendieb in Ascot, der gerade den grau behüteten Gentleman neben sich um seine Brieftasche erleichtert hat, flieht nicht Hals über Kopf durch eine Menge, womit er mit Sicherheit nur erreichen würde, daß alles schrie, »Haltet den Dieb« und er unweigerlich sofort festgenommen würde. Er neigt eher dazu, sein Opfer nach einem Tip für das nächste Rennen zu fragen. Unbeteiligtsein, völlig normales Verhalten, das waren die beiden Prinzipien, mit denen den Professionellen ihre Flucht gelang. Und so war es auch mit dem dunklen Mann. Was ihn betraf, so war ich der einzige Zeuge seiner Tat, denn erst jetzt erkannte ich – reichlich spät – die Rolle, die die drei anderen Männer bei Duclos' Ermordung gespielt hatten. Sie befanden sich immer noch in der Menschenmenge, die einen dichten Kreis um den Toten gebildet hatte, aber es gab nichts, was ich oder jemand anderer ihnen hätte beweisen können. Und nach Ansicht des dunklen Mannes hatte er mich in einem Zustand zurückgelassen, in dem ich nicht fähig war, ihm in nächster Zeit Schwierigkeiten zu machen.

Ich machte mich an seine Verfolgung.

Aber meine Absicht wurde nicht einmal sichtbar. Ich war schwach, wacklig, und mein Zwerchfell schmerzte so höllisch, daß es mir unmöglich war, mich gerade aufzurichten, so daß mein schwankender Gang und mein um etwa dreißig Grad nach vorn gebeugter Oberkörper mich wie einen Neunzigjährigen mit Hexenschuß erscheinen lassen mußten, der hinter weiß Gott wem her war. Ich hatte etwa die halbe Länge des Rollbandes hinter mir – der dunkle Mann war schon fast am Ende angelangt – als sein Instinkt oder der Klang meiner rennenden Füße ihn mit der gleichen katzenhaften Schnelligkeit herumwirbeln ließ, die er gezeigt hatte, als er mich ein paar Sekunden zuvor zusammenschlug. Es wurde augenblicklich klar, daß es ihm nicht die geringste Schwierigkeit bereitete, mich von allen Neunzigjährigen zu unterscheiden, die er vielleicht kannte, denn seine linke Hand schwang sofort die Flugtasche hoch, während die rechte unter der Lasche verschwand. Kein Zweifel, mir würde das gleiche passieren wie Duclos – das Förderband würde mich oder was dann von mir noch übrig wäre – am Ende abladen. Eine schändliche Art zu sterben.

Einen Moment lang fragte ich mich, was zum Teufel mich – einen unbewaffneten Mann – dazu bewogen hatte, einen Berufskiller mit einer schallgedämpften Pistole zu verfolgen, und ich wollte mich gerade flach auf das Rollband fallen lassen, als ich sah, daß der Schalldämpfer schwankte und der starre Blick des dunklen Mannes leicht nach links abdrehte. Ohne die Wahrscheinlichkeit in Betracht zu ziehen, einen Schuß in den Hinterkopf zu bekommen, wirbelte ich herum, um seinem Blick zu folgen.

Die Menschenmenge, die Duclos umringt hatte, hatte vorübergehend ihr Interesse uns zugewandt. In Anbetracht dessen, daß ich nach ihrer Mei-

nung eine erschütternde Vorstellung gab, wäre es seltsam gewesen, wenn sie uns nicht beobachtet hätte. Mit dem kurzen Blick, mit dem ich ihre Gesichter überflog, sah ich, daß der Ausdruck darauf von Erstaunen bis zu Verblüffung reichte, Verstehen sah ich auf keinem. Nicht in diesem Haufen. Aber in den Gesichtern der drei Männer, die Duclos den Fluchtweg abgeschnitten hatten, las ich völliges Verstehen und eine entsetzliche Entschlossenheit. Sie kamen mit schnellen Schritten auf dem nach innen führenden Rollband hinter mir her, um nun mir den Fluchtweg abzuschneiden.
Ich hörte einen gedämpften Aufschrei hinter mir und drehte mich wieder um. Das Ende des Rollbandes hatte den dunklen Mann offensichtlich überrascht, denn er schwankte und versuchte, sein Gleichgewicht wieder zu erlangen. Wie ich es inzwischen von ihm nicht anders erwartet hatte, brauchte er dazu nur sehr kurze Zeit, wandte mir den Rücken zu und begann zu rennen. Einen Mann vor einem Dutzend Zeugen umzubringen, war etwas völlig anderes, als einen Mann in Anwesenheit eines einzigen wehrlosen Mannes umzubringen, obwohl ich merkwürdig sicher war, daß er es trotzdem getan hätte, wenn er es für nötig erachtet hätte. Ich sparte mir meine Verwunderung für später auf. Ich begann wieder zu rennen, diesmal entschieden entschlossener, eher wie ein rüstiger Siebzigjähriger.
Der dunkle Mann, der den Abstand zwischen uns ständig vergrößerte, rannte quer durch die Ankunftshalle, zur offensichtlichen Verwirrung und Mißbilligung der Beamten, denn die Leute sollen nicht durch die Hallen rennen, sie sollen stehenbleiben, ihre Pässe vorzeigen und einen kurzen Bericht über sich selbst geben, denn dafür sind Ankunftshallen schließlich da. Als der Augenblick für meinen Auftritt gekommen war, hatten das eilige Verschwinden des dunklen Mannes, meine schwankende stolpernde Gangart und mein blutverschmiertes Gesicht sie zu der Ansicht gebracht, daß irgend etwas nicht stimmte, denn zwei der drei Beamten versuchten mich zurückzuhalten, aber ich schob sie beiseite – »schob« war allerdings nicht genau das Wort, das sie bei ihrer späteren Beschwerde gebrauchten – und lief durch die Ausgangstür, durch die der dunkle Mann gerade verschwunden war.
Besser gesagt, ich versuchte, hindurchzukommen, aber die verdammte Tür wurde von jemandem versperrt, der versuchte, hereinzukommen.

Ein Mädchen, das war alles, was ich in der Eile feststellte, irgendein Mädchen. Ich wich nach rechts aus, sie wich nach links aus, ich wich nach links aus, sie nach rechts. Schach! Das gleiche kann man praktisch jederzeit auf jedem Bürgersteig jeder Stadt sehen, wenn zwei höfliche Menschen, beide darauf bedacht, dem anderen den Weg freizugeben, so zur Seite treten, daß sie einander lediglich den Weg blockieren. Unter Umständen, das heißt, wenn zwei wirklich übersensible Menschen einander begegnen, kann der verwirrende Fandango fast endlos weitergehen.
Ich bin ebenso begeistert von einem schön ausgeführten Pas de deux wie jeder andere, aber ich war nicht in der Stimmung, mich länger aufhalten zu lassen, und nach ein paar weiteren Tanzschritten schrie ich »gehen Sie aus dem Weg«, und überzeugte mich, daß sie der Aufforderung Folge leisten würde, indem ich sie an der Schulter packte und grob beiseite schob. Ich glaubte einen dumpfen Fall und einen Schmerzensschrei zu hören, aber ich ignorierte beides. Ich konnte später zurückkommen und mich entschuldigen.
Ich war eher zurück, als ich erwartet hatte. Das Mädchen hatte mich nicht länger als ein paar Sekunden aufgehalten, aber diese paar Sekunden waren für den dunklen Mann genug gewesen. Als ich die Halle erreichte, die unvermeidlich bevölkerte Halle, war nichts mehr von ihm zu sehen. Es wäre sogar schwierig gewesen, einen Indianerhäuptling in voller Kriegsbemalung inmitten dieser vielen hundert scheinbar ziellos umhergehenden Menschen zu entdecken. Und es war sinnlos, die Sicherheitspolizei des Flugplatzes zu alarmieren. In der Zeit, die ich brauchen würde, um die Leute von meiner Aufrichtigkeit zu überzeugen, wäre er bereits fast in Amsterdam. Und sogar wenn ich erreicht hätte, daß sofort etwas unternommen wurde, wären die Chancen, daß man den dunklen Mann schnappte, sehr gering gewesen. Hier waren Spitzenleute am Werk, und solche Männer hatten immer verschiedene Fluchtmöglichkeiten. Ich ging den gleichen Weg wieder zurück, diesmal gebeugt, mit schlurfenden Schritten, denn anders konnte ich mich jetzt nicht mehr fortbewegen. Mein Kopf schmerzte höllisch, aber gegen den Schmerz, der in meinem Magen wühlte, war das Hämmern im Kopf völlig unerheblich. Ich fühlte mich scheußlich, und ein Blick in einen Spiegel auf mein blasses, blutverschmiertes Gesicht trug nicht dazu bei, mein Befinden zu bessern.

Ich kehrte zum Schauplatz meiner Ballettvorstellung zurück, wo zwei uniformierte Männer mit Schulterhalftern mich entschlossen an den Armen packten. »Sie haben den Falschen erwischt«, sagte ich müde. »Also nehmen Sie freundlicherweise Ihre verdammten Pfoten weg, und lassen Sie mir Platz zum Atmen.« Sie zögerten, sahen einander an, ließen mich los und entfernten sich. Sie entfernten sich ganze fünf Zentimeter. Ich schaute zu dem Mädchen hinüber, auf das jemand beruhigend einsprach, der ein sehr wichtiger Flughafenangestellter sein mußte, denn er trug keine Uniform. Ich sah das Mädchen an, denn meine Augen schmerzten nicht weniger als mein Kopf, und es war einfacher, geradeaus auf das Mädchen zu schauen als auf den Mann neben ihm.

Sie trug ein dunkles Kleid und einen dunklen Mantel, und ein weißer Rollkragen schmiegte sich um ihren Hals. Sie war etwa Mitte zwanzig, und ihr dunkles Haar, die braunen Augen, die fast griechischen Gesichtszüge und die olivbraune Haut machten deutlich, daß sie nicht aus dieser Gegend stammte. Stellte man sie an die Seite von Maggie und Belinda, dann müßte man nicht nur die besten Jahre seines Lebens, sondern auch noch den größten Teil der restlichen darauf verwenden, ein solches Trio ein zweites Mal zu finden, obwohl dieses Mädchen zugegebenermaßen im Augenblick nicht gerade in bester Verfassung war: Ihr Gesicht war aschgrau, und sie tupfte mit einem großen Taschentuch, das ihr wahrscheinlich der Mann neben ihr geliehen hatte, das Blut weg, das aus einer bereits anschwellenden Abschürfung an ihrer linken Schläfe sickerte.

»Guter Gott!« sagte ich. Ich hörte mich zerknirscht an, und ich war es auch, denn es schien mir bestimmt zu sein, unabsichtlich Kunstwerke zu zerstören. »Habe ich das getan?«

»Natürlich nicht.« Ihre Stimme war tief und ein wenig heiser, aber vielleicht erst, seit ich sie niedergeschlagen hatte. »Ich habe mich heute früh beim Rasieren geschnitten.«

»Es tut mir schrecklich leid. Ich jagte einen Mann, der gerade jemanden umgebracht hatte, und Sie waren mir im Weg. Ich fürchte, er ist entkommen.« »Mein Name ist Schroeder. Ich arbeite hier.« Der Mann neben dem Mädchen, ein zäher und klug aussehender Mittfünfziger, litt offensichtlich unter der seltsamen Selbstverachtung, die unerklärlicherweise viele Menschen befällt, sobald sie einen Posten von beträchtlicher

Verantwortung bekleiden. »Wir sind von dem Mord unterrichtet worden. Bedauerlich, höchst bedauerlich. Daß so etwas auf diesem Flughafen passieren kann!«

»Ihr guter Ruf«, nickte ich verständnisvoll. »Ich hoffe, der Tote versäumt es nicht, sich entsprechend zu schämen.«

»Dieses Gerede hilft nichts«, sagte Schroeder scharf. »Kannten Sie den Toten?«

»Wie sollte ich? Ich bin eben erst aus dem Flugzeug gestiegen. Fragen Sie die Stewardeß, fragen Sie den Piloten, fragen Sie ein Dutzend Leute, die ebenfalls an Bord der Maschine waren. Kl 132 aus London, Ankunftszeit 15. 55 Uhr.« Ich sah auf meine Armbanduhr. »Großer Gott. Erst vor sechs Minuten.«

»Sie haben meine Frage nicht beantwortet.« Schroeder sah nicht nur klug aus, er war es auch.

»Ich würde ihn nicht einmal wiedererkennen, wenn ich ihn jetzt sähe.«

»Mm. Ist es Ihnen je in den Sinn gekommen, Mr. – äh ...«

»Sherman.«

»Ist es Ihnen je in den Sinn gekommen, Mr. Sherman, daß ein normaler Bürger sich nicht an die Verfolgung eines bewaffneten Mörders macht?«

»Vielleicht bin ich nicht normal.«

»Oder vielleicht haben Sie auch eine Waffe?«

Ich hielt mein Jackett weit auf.

»Haben Sie den Mörder vielleicht erkannt?«

»Nein.« Aber ich würde ihn dennoch niemals vergessen. Ich wandte mich an das Mädchen. »Darf ich Sie etwas fragen, Miß ...«

»Miß Lemay«, sagte Schroeder kurz.

»Haben Sie den Mörder erkannt? Sie müssen ihn deutlich gesehen haben. Rennende Männer ziehen die Aufmerksamkeit auf sich.«

»Warum sollte ich ihn kennen?«

Ich versuchte nicht, so klug zu sein, wie Schroeder es gewesen war. Ich sagte: »Würden Sie gern einen Blick auf den Toten werfen? Vielleicht erkennen Sie *ihn* wieder?«

Sie schauderte und schüttelte den Kopf.

Ich stellte mich immer noch dumm: »Erwarten Sie jemanden?«

»Ich verstehe nicht?«

»Sie stehen am Eingang zur Ankunftshalle.«

Wieder schüttelte sie den Kopf. Wenn ein schönes Mädchen wie ein Gespenst aussehen kann, dann sah sie wie ein Gespenst aus.
»Warum sind Sie dann hier? Um die Aussicht zu bewundern? Ich hätte gedacht, daß die Ankunftshalle in Schiphol die geringste Sehenswürdigkeit in Amsterdam ist.«
»Das genügt«, sagte Schroeder brüsk. »Ihre Fragen sind sinnlos, und die junge Dame ist ganz offensichtlich erschöpft.« Er warf mir einen bösen Blick zu, um mich daran zu erinnern, daß ich an ihrem Zustand schuld war. »Verhöre sind Aufgabe der Polizeibeamten.«
»Ich bin Polizeibeamter.« Ich gab ihm meinen Paß und meinen Dienstausweis, und während ich das tat, traten Maggie und Belinda aus der Tür. Sie warfen einen Blick in meine Richtung, blieben stehen, starrten mich mit einer Mischung aus Besorgnis und Bestürzung an — was auch sehr verständlich war, wenn man in Betracht zog, wie ich mich fühlte und zweifellos auch aussah — aber ich warf ihnen nur einen mißbilligenden Blick zu, wie wohl jeder unsichere und verletzte Mann ihn jedem zuwerfen würde, der ihn anstarrte, also wandten sie eilig den Blick ab und setzten ihren Weg fort. Ich wandte meine Aufmerksamkeit wieder Schroeder zu, der mich jetzt mit einem völlig anderen Gesichtsausdruck ansah.
»Major Paul Sherman vom Londoner Büro der Interpol. Das ändert natürlich vieles, muß ich sagen. Es erklärt auch, weshalb Sie sich wie ein Polizeibeamter verhalten haben und Fragen stellen wie ein Polizeibeamter. Aber ich muß Ihre Glaubwürdigkeit natürlich überprüfen.«
»Überprüfen Sie, was immer Sie wollen, bei wem immer Sie wollen«, sagte ich. »Ich schlage vor, Sie beginnen bei Colonel de Graaf im hiesigen Polizeipräsidium.«
»Sie kennen den Colonel?«
»Der Name ist mir gerade nur so eingefallen. Sie finden mich in der Bar.« Ich machte ein paar Schritte und blieb stehen, als die beiden Polizisten Anstalten machten, mir zu folgen. Ich sah Schroeder an. »Ich habe nicht die Absicht, den beiden Drinks zu spendieren.«
»Es ist in Ordnung«, sagte Schroeder zu den beiden Männern. »Major Sherman wird nicht fliehen.«
»Jedenfalls nicht, solange Sie meinen Paß und meinen Dienstausweis haben«, stimmte ich zu. Ich schaute das Mädchen an. »Es tut mir leid,

Miß Lemay. Das alles muß ein großer Schock für Sie gewesen sein, und es ist allein meine Schuld. Kommen Sie mit und nehmen einen Drink mit mir? Sie sehen aus, als könnten Sie einen vertragen.«
Sie tupfte noch einmal das Blut weg und warf mir einen Blick zu, der alle Gedanken von spontaner Freundschaft in sich zusammenfallen ließ.
»Mit Ihnen würde ich nicht einmal über die Straße gehen«, sagte sie tonlos. Die Art, wie sie es sagte, ließ erkennen, daß sie bereitwillig mit mir zur Hälfte über eine verkehrsreiche Straße gegangen wäre und mich dann in der Mitte stehengelassen hätte. Wenn ich blind gewesen wäre.
»Willkommen in Amsterdam«, sagte ich traurig und trottete in Richtung der nächsten Bar davon.

ZWEITES KAPITEL

Normalerweise wohne ich nicht in Hotels, die im Fremdenführer mit fünf Sternen ausgezeichnet sind, und zwar aus dem einleuchtenden Grund, daß ich es mir nicht leisten kann, aber wenn ich im Ausland bin und über ein praktisch unbegrenztes Spesenkonto verfüge, über dessen Verbleib Fragen selten gestellt und nie beantwortet werden, und da diese Auslandsreisen dazu neigen, sehr anstrengend zu sein, sehe ich keinen Grund, mir ein paar Augenblicke des Friedens und der Entspannung in den besten Luxushotels zu versagen, die ich finden kann. Das Hotel *Rembrandt* gehörte zweifellos in diese Kategorie. Es war ein großartiges, wenn auch etwas zu prunkvolles Gebäude, das an einer Ecke von einem der inneren Ringkanäle der Altstadt thronte. Seine wunderschön gemeißelten Balkone reichten tatsächlich bis über den Kanal hinaus, so daß ein sorgloser Schlafwandler wenigstens sicher sein konnte, sich nicht den Hals zu brechen, falls er über den Rand stürzte — jedenfalls, solange er nicht das Pech hatte, auf einem der glasüberdachten Touristenboote zu landen, die hier sehr häufig vorbeikamen. Eine herrliche Aussicht auf eben diese Boote — hier allderings in Augenhöhe — hatte man auch von dem Restaurant im Erdgeschoß, das mit einiger Berechtigung von sich behauptete, das beste in Holland zu sein.
Mein gelbes Mercedes-Taxi fuhr vor dem Eingangsportal vor, und wäh-

rend ich darauf wartete, daß der Portier den Fahrer bezahlte und meinen Koffer mitnahm, wurde meine Aufmerksamkeit von dem Klang des »Schlittschuhwalzers« gefangengenommen, der auf die falscheste, blechernste und unmelodiöseste Weise gespielt wurde, die ich je gehört hatte. Das Geräusch drang aus einem sehr großen, hohen, bemalten und offensichtlich sehr alten mechanischen Leierkasten, der auf der anderen Seite der Straße an einer so gewählten Stelle stand, daß er den Verkehr in der schmalen Straße im höchstmöglichen Maß behinderte. Unter dem Zeltdach des Leierkastens, das aus den Überbleibseln einer unbekannten Anzahl von ausgeblichenen Strandschirmen zusammengesetzt worden zu sein schien, hüpfte eine Reihe von Puppen, wunderschön gearbeitet und — für mein unkritisches Auge — großartig in die verschiedensten holländischen Trachten gekleidet, an mit Gummi überzogenen Spiralen auf und ab: Die treibende Kraft für dieses Auf und Ab schien allein die Vibration zu sein, der dieses Museumsstück unterlag, sobald es in Aktion war.

Der Eigentümer oder »Operateur« dieses Folterinstruments war ein sehr alter, sehr gebückter Mann mit ein paar wirren grauen Locken, die an seinem Kopf klebten. Er sah alt genug aus, um den Leierkasten selbst gebaut zu haben, als er noch in seinen besten Jahren war, aber offensichtlich nicht, als er seine beste Zeit als Musiker hatte. In seiner Hand hielt er einen langen Stock, an dem eine Blechbüchse befestigt war, die er ununterbrochen schüttelte, und ebenso ununterbrochen wurde er von den Passanten ignoriert, die er belästigte. Also dachte ich an mein dehnbares Spesenkonto, überquerte die Straße und ließ ein paar Münzen in seine Büchse fallen. Es wäre nicht richtig zu sagen, daß er mir ein anerkennendes Lächeln zuwarf, aber er schenkte mir ein zahnloses Grinsen, und als einen Beweis seiner Dankbarkeit schaltete er auf einen schnelleren Gang um und maltraitierte damit die unglückliche »Lustige Witwe«. Ich zog mich eilig zurück, folgte dem Portier und meinem Koffer die Treppen hinauf zur Empfangshalle, drehte mich auf der obersten Stufe noch einmal um und sah, daß der Alte mich mit einem unterwürfigen Augenaufschlag bedachte. Um ihm an Höflichkeit nicht nachzustehen, blickte ich freundlich zurück und betrat das Hotel.

Der Empfangschef an der Rezeption war groß, dunkelhaarig, mit einem dünnen Schnauzbart und dem unvermeidlichen Frack, und in seinem strahlenden Lächeln lag all die Wärme und Herzlichkeit eines hungrigen Krokodils. Es war jene Art von Lächeln, von dem man weiß, daß es augenblicklich verschwindet, sobald man nur halb den Rücken gekehrt hat, das aber ebenso augenblicklich wieder in Aktion tritt, und noch herzlicher als vorher, sobald man ihm, egal, wie schnell, das Gesicht wieder zuwendet.

»Willkommen in Amsterdam, Mr. Sherman«, sagte er. »Wir hoffen, daß Sie den Aufenthalt genießen werden.«

Auf diesen albernen Optimismus wußte ich keine geeignete Antwort, also schwieg ich und konzentrierte mich darauf, mein Anmeldeformular auszufüllen. Er nahm es entgegen, als händigte ich ihm den Cullinan-Diamanten aus und rief einen Pagen, der mit meinem Koffer angetrottet kam, wobei er sich nach einer Seite in einem Winkel von etwa zwanzig Grad neigte.

»Page! Zimmer 616 für Mr. Sherman.«

Ich streckte die Hand aus und nahm dem »Pagen« den Koffer ab, was dieser alles andere als widerwillig geschehen ließ. Er hätte — kaum — der jüngere Bruder des musikalischen Folterknechts vor dem Hotel sein können. »Danke.« Ich gab dem Mann eine Münze. »Ich werde schon allein zurechtkommen.«

»Aber der Koffer sieht schwer aus, Mr. Sherman.« Der eifrige Protest des Empfangschefs war sogar noch herzlicher als sein warmherziger Willkommensgruß. Der Koffer war tatsächlich sehr schwer. All die Waffen, die Munition und die Dietriche, die ich benötigte, um die verschiedensten Dinge zu öffnen, läpperten sich zu einem ganz beachtlichen Gewicht zusammen, aber ich wollte nicht, daß ein kluger Kopf mit noch klügeren Ideen und sogar noch klügeren Schlüsseln meinen Koffer öffnete und den Inhalt untersuchte, während ich nicht im Hotel war. Einmal im Zimmer angekommen, findet man eine Menge Möglichkeiten, kleine Gegenstände so zu verstecken, daß sie mit größter Wahrscheinlichkeit nicht entdeckt werden, und die Durchsuchung wird nur selten sorgfältig durchgeführt, wenn der Koffer von Anfang an sicher verschlossen bleibt ...

Ich dankte dem Empfangschef für seine Anteilnahme, betrat den Lift und drückte auf den Knopf, der den sechsten Stock bezeichnete. In dem Augenblick, als sich der Lift in Bewegung setzte, warf ich einen Blick durch eines der kleinen Gucklöcher, die in die Tür eingesetzt waren: Der Empfangschef, dessen Lächeln in der Versenkung verschwunden war, sprach sehr ernst in ein Telefon.

Im sechsten Stock stieg ich aus. Direkt gegenüber vom Aufzug stand in einer kleinen Nische ein Tischchen, auf dem sich ein Telefon befand, und hinter dem Tisch saß auf einem Stuhl ein junger Mann in goldbetreßter Livrée. Es war ein unsympathischer junger Mann, und er legte eine Lässigkeit und Unverschämtheit an den Tag, die man unmöglich genau beschreiben kann, und wenn man sich darüber beschwert, kommt man sich leicht lächerlich vor. Diese Jugendlichen sind für gewöhnlich Spezialisten in der Kunst, die verletzte Unschuld zu mimen.

»Sechs-eins-sechs?« fragte ich.

Er winkelte einen, wie vorauszusehen, trägen Daumen ab. »Zweite Tür, da lang.« Kein »Sir«, kein Versuch, sich zu erheben. Ich widerstand der Versuchung, ihm seinen Tisch auf dem Kopf zu zerschlagen und versprach mir selbst das kleine, aber exquisite Vergnügen, mit ihm um das Trinkgeld zu feilschen, bevor ich das Hotel verließ.

Ich fragte: »Etagenkellner?«

Er antwortete »Ja, Sir«, und stand auf. Ich fühlte einen Stich der Enttäuschung.

»Bringen Sie mir Kaffee.«

Der Etagenkellner verschwand diensteifrig.

Ich hatte keine Beschwerden über 616 anzumelden. Es war kein Zimmer, sondern eher eine herrliche Suite. Sie bestand aus einem Vorraum, einer kleinen aber benutzbaren Küche, einem Wohnzimmer, einem Schlafzimmer und einem Bad. Sowohl Wohnzimmer als auch Schlafzimmer hatten Türen, die auf den Balkon hinausführten. Ich trat hinaus.

Mit Ausnahme einer abscheulichen, monströsen Leuchtreklame für eine ansonsten völlig unschädliche Zigarette erschien das Flimmern und Strahlen der vielen bunten Lichter, das über den dunklen Straßen und Häusern Amsterdams begann, wie eine Szenerie aus einem Märchen, aber meine Arbeitgeber bezahlten mich nicht dafür und gewährten mir auch nicht ein so großartiges Spesenkonto, um auf einem Balkon zu stehen und die wunderschöne Aussicht zu genießen, ganz egal, wie wunderschön sie auch sein mochte. Die Welt, in der ich lebte, war von einer Märchenwelt so weit entfernt wie die entfernteste Galaxis am für uns

sichtbaren Rand des Universums. Ich wandte meine Aufmerksamkeit wichtigeren Dingen zu.
Ich sah hinunter; von dort dröhnte das alles andere als gedämpfte Getöse des Verkehrs herauf. Die breite Straße direkt unter mir – etwa einundzwanzig Meter unter mir – war mit einem scheinbar unentwirrbaren Knäuel klingelnder Straßenbahnen, hupender Autos und Hunderten von Motorrädern und Fahrrädern vollgestopft, deren Fahrer offensichtlich sämtlich Selbstmord begehen wollten. Es schien unverständlich, daß einer dieser Gladiatoren auf zwei Rädern im Ernst von einer Versicherungsgesellschaft erwartete, daß sie ihn auf eine Lebensdauer von mehr als fünf Minuten versicherte, aber sie schienen ihr drohendes Dahinscheiden mit einer Unbekümmertheit zu betrachten, die den Neuankömmling in Amsterdam unweigerlich verblüfft. Ich hoffte nur, daß – falls irgend jemand von diesem Balkon fallen oder gestoßen werden sollte – es sich nicht um mich handeln würde.
Ich blickte hinauf. Ich wohnte, wie ich es verlangt hatte, im obersten Stockwerk des Hotels. Über der Ziegelmauer, die meinen Balkon von dem der daneben liegenden Suite trennte, befand sich eine Art in Stein gemeißelter verschnörkelter Greif auf einem Steinpfeiler. Darüber – vielleicht sechzig Zentimeter darüber – verlief eine Dachrinne aus Beton. Ich trat ins Zimmer zurück.
Ich nahm alle Dinge aus dem Koffer, von denen ich unter keinen Umständen wollte, daß sie in fremde Hände gerieten. Ich legte einen Schulterhalfter an, den man fast überhaupt nicht sieht, vorausgesetzt, man hat den richtigen Schneider, was bei mir zutraf, schob die Pistole hinein und steckte ein Ersatzmagazin in die Gesäßtasche meiner Hose. Bisher hatte ich noch nie mehr als einen Schuß aus dieser Waffe abgeben müssen, geschweige denn ein Reservemagazin benötigt, aber man wußte nie, das Leben wurde immer riskanter. Dann nahm ich einen in Segeltuch gewickelten Gürtel heraus, in dem eine beachtliche Anzahl von Einbruchswerkzeugen steckte – auch dieser Gürtel ist, wieder mit der Hilfe eines verständnisvollen Schneiders, ebenfalls unsichtbar, wenn man ihn anlegt – und aus diesem beeindruckenden Sortiment wählte ich einen schäbigen aber wirkungsvollen Schraubenzieher. Mit seiner Hilfe entfernte ich die Rückseite des kleinen Kühlschranks in der Küche – es ist überraschend, wieviel Platz selbst hinter dem kleinsten Kühlschrank

ist — und versteckte dort alle Dinge, für die ich es angebracht hielt. Dann öffnete ich die Tür zum Flur. Der Etagenkellner war immer noch auf seinem Posten. »Wo ist mein Kaffee?« fragte ich. Ich schrie ihn zwar nicht wirklich wütend an, aber doch beinahe.
Diesmal sprang er sofort auf die Füße.
»Er kommt mit dem Speiseaufzug. Ich bringe ihn gleich.«
»Beeilen Sie sich gefälligst!« Ich schloß die Tür. Manche Leute lernen es nie, daß die Einfachheit am schönsten ist und verkennen die Gefahr der übersteigerten Verfeinerung. Seine albernen Versuche, steifes Englisch zu sprechen, waren ebensowenig beeindruckend wie sinnvoll.
Ich zog einen Bund ziemlich seltsam geformter Schlüssel aus der Tasche und probierte sie nacheinander an der Außentür aus. Der dritte paßte — ich wäre überrascht gewesen, wenn keiner gepaßt hätte. Ich schob die Schlüssel wieder in die Tasche, ging ins Bad und hatte gerade die Dusche auf höchste Stärke eingestellt, als die Klingel an der Außentür läutete und anschließend die Tür geöffnet wurde. Ich drehte die Dusche ab, rief dem Etagenkellner zu, er solle den Kaffee auf den Tisch stellen und drehte die Brause wieder auf. Ich hoffte, die Kombination aus Kaffee und Duschbad würde jeden, der sich für mich interessierte, davon überzeugen, daß es sich hier um einen angesehenen Gast handelte, der sich ohne Hast auf einen harmlosen Abend vorbereitete, aber meinen letzten Penny hätte ich nicht darauf gewettet.
Ich hörte, wie die Außentür geschlossen wurde, ließ jedoch die Brause an für den Fall, daß der Kellner sein Ohr an die Tür preßte — er sah so aus, als verbrächte er einen Großteil seiner Zeit damit, an Türen zu lauschen und durch Schlüssellöcher zu schauen. Ich ging zur Vordertür und bückte mich. Nun, durch dieses Schlüsselloch schaute er jedenfalls nicht. Ich öffnete die Tür einen Spalt und ließ sie los, aber niemand fiel mir vor die Füße, was entweder bedeutete, daß niemand irgendwelche Vorbehalte gegen mich hatte oder daß irgend jemand so viele hatte, daß er nicht das Risiko einging, sich erwischen zu lassen. Ich machte die Tür zu und sperrte ab, steckte den klobigen Hotelschlüssel ein, goß den Kaffee in das Spülbecken, drehte die Brause zu und entfernte mich in Richtung Balkontür. Ich mußte sie weit öffnen und einen Stuhl davorschieben, damit sie nicht zufiel: Aus einleuchtenden Gründen haben nur die wenigsten Hotelbalkontüren auch außen eine Klinke.

Ich schaute die Straße entlang, ließ den Blick über die Fenster des gegenüberliegenden Gebäudes gleiten, lehnte mich dann über die steinerne Balustrade und sah nach rechts und links, um festzustellen, ob die Bewohner der angrenzenden Suiten in meine Richtung sahen. Sie taten es nicht. Ich stieg auf die Balustrade, packte den scheußlichen Greif, einen Greif, der so gemeißelt war, daß er eine Menge Haltegriffe bot, faßte dann nach der steinernen Dachrinne und zog mich hinauf. Ich kann nicht gerade sagen, daß ich es gern tat, aber ich wußte nicht, was ich sonst hätte tun sollen.

Das flache, grasbewachsene Dach war, soweit ich es sehen konnte, menschenleer. Ich stand auf und ging auf die andere Seite hinüber, wobei ich Fernsehantennen, Entlüftungsklappen und diese kleinen komischen Treibhäuser umging, die in Amsterdam als Dachluken dienen, erreichte die andere Seite und blickte vorsichtig hinunter. Unten lag eine sehr schmale, sehr dunkle Gasse, die wenigstens im Augenblick menschenleer war. Ein paar Meter links von mir entdeckte ich die Feuerleiter und kletterte in den zweiten Stock hinunter. Der Notausgang war — wie fast alle diese Türen — von innen abgeschlossen und hatte ein Doppelschloß, das allerdings gegen die überlegenen Einbruchwerkzeuge, die ich mit mir herumschleppte, keine Chance hatte.

Der Flur lag verlassen da. Ich ging über die Haupttreppe ins Parterre hinunter, denn es ist schwierig, sich unbemerkt aus einem Lift zu stehlen, dessen Tür sich in die Empfangshalle öffnet. Ich hätte mir keine Sorgen zu machen brauchen. Von dem Empfangschef, dem Pagen und dem Portier war nichts zu sehen, und außerdem wimmelte es in der Halle von einem neuen Schub Leute, die mit dem Flugzeug angekommen waren und die Rezeption belagerten. Ich gesellte mich zu der Menge, tippte höflich auf ein paar Schultern, schob meinen Arm durch, legte meinen Zimmerschlüssel auf den Tisch, ging gemächlich zur Bar, schlenderte hindurch und trat durch eine Seitentür hinaus.

Am Nachmittag hatte es stark geregnet, und die Straßen waren immer noch naß, aber ich brauchte den Mantel, den ich bei mir hatte, nicht anzuziehen, also hängte ich ihn über den Arm und schlenderte ohne Hut die Straße entlang, schaute hierhin und dorthin, blieb stehen und ging weiter, wie es mir gerade einfiel, ließ mich vom Wind durchblasen, jeder Zoll, so hoffte ich, ein Tourist, der sich auf den Weg machte, um zum

erstenmal den Anblick und den Klang des nächtlichen Amsterdam in sich aufzunehmen.
Ich schlenderte gerade die Herengracht entlang und bewunderte pflichtschuldigst die Fassaden der Häuser der vornehmen Kaufleute des siebzehnten Jahrhunderts, als ich zum erstenmal deutlich dieses seltsame Kitzeln im Nacken verspürte. Kein Training und keine Erfahrung der Welt können einem dieses Gefühl vermitteln. Vielleicht hat es etwas mit übersinnlichen Fähigkeiten zu tun. Vielleicht auch nicht. Entweder man hat es, oder man hat es nicht. Ich hatte es.
Ich wurde verfolgt.
Die Amsterdamer, so bemerkenswert gastfreundlich sie auch in jeder anderen Beziehung sein mögen, sind merkwürdig nachlässig, wenn es darum geht, entlang der Grachten Bänke für die müden Besucher — oder auch Bürger — aufzustellen. Wenn man in Ruhe und Muße über das dunkel schimmernde Wasser ihrer nächtlichen Kanäle blicken will, so tut man am besten daran, sich an einen Baum zu lehnen, also lehnte ich mich an einen bequemen Baum und zündete mir eine Zigarette an.
Einige Minuten stand ich so da, in mich selbst versunken — wenigstens hoffte ich, diesen Anschein glaubwürdig zu erwecken — hob von Zeit zu Zeit die Zigarette, blieb jedoch ansonsten unbeweglich. Niemand feuerte eine schallgedämpfte Pistole auf mich ab, niemand näherte sich mir mit einem Sandsack, um mich mit dessen Hilfe mit allen Ehren im Kanal zu bestatten. Ich hatte ihm jede Chance gegeben, aber er hatte sie nicht genutzt. Und der dunkle Mann in Schiphol hatte mich vor der Mündung gehabt, aber er hatte nicht abgedrückt. Niemand wollte mich beseitigen. Richtigstellung: *Bis jetzt* wollte mich niemand beseitigen. Das war wenigstens ein kleiner Trost.
Ich richtete mich auf, streckte mich, gähnte und blickte gelassen um mich, ein Mann, der aus einem romantischen Traum erwacht. Und da war er: Er lehnte nicht wie ich mit dem Rücken an einem Baum, sondern mit der Schulter, so daß der Baum zwischen ihm und mir stand, aber es war ein sehr dünner Baum und ich konnte einwandfrei seine vorderen und hinteren Ausbuchtungen erkennen.
Ich ging weiter, bog rechts in die Leidenstraat ein und schlenderte sie entlang, wobei ich mir die Schaufenster anschaute. An einer Stelle trat ich in einen Gang, der zu einem Geschäft führte und betrachtete interes-

siert einige ausgestellte Bilder von so hohem künstlerischem Wert, daß man den Eigentümer des Ladens drüben in England mir nichts dir nichts hinter Gitter gebracht hätte. Aber was noch interessanter war: Das Schaufenster diente hervorragend als Spiegel. Der Mann war jetzt etwa zwanzig Meter entfernt und starrte konzentriert in das durch Jalousien verschlossene Fenster eines Ladens, der ein Obstgeschäft sein konnte. Er trug einen grauen Anzug und einen grauen Pullover, und das war alles, was man über ihn sagen konnte: ein nichtssagender, anonymer Mann. An der nächsten Ecke wandte ich mich wieder nach rechts und ging über den Blumenmarkt am Ufer des Singel-Kanals entlang. Auf halbem Weg blieb ich bei einem Stand stehen und kaufte eine Nelke. Dreißig Meter hinter mir betrachtete der graue Mann ebenfalls einen Blumenstand, aber entweder mochte er keine Blumen, oder sein Spesenkonto war nicht so groß wie meines, jedenfalls kaufte er nichts, sondern stand nur da und schaute.

Ich hatte dreißig Meter Vorsprung, und als ich rechts in die Vijzelstraat einbog, ging ich sehr schnell, bis ich zum Eingang eines indonesischen Restaurants kam. Ich trat ein und zog die Tür hinter mir zu. Der Portier, offensichtlich ein Rentner, grüßte mich sehr höflich, machte jedoch keine Anstalten, sich zu erheben.

Ich schaute durch die Tür nach draußen, und nach fünf Sekunden kam der graue Mann vorbei. Ich sah jetzt, daß er älter war als ich gedacht hatte, bestimmt in den Sechzigern, und ich mußte zugeben, daß er für einen Mann seines Alters ein ganz beachtliches Tempo vorlegte. Er sah unglücklich aus.

Ich zog meinen Mantel an und murmelte eine Entschuldigung in Richtung des Portiers. Er lächelte und sagte genauso höflich »gute Nacht« wie er »guten Abend« gesagt hatte. Wahrscheinlich war das Lokal sowieso voll. Ich trat hinaus, blieb im Flur stehen, zog aus der einen Tasche einen zusammengefalteten Filzhut und aus der anderen eine Nickelbrille und setzte beides auf. Bis zur Unkenntlichkeit entstellt, so hoffte ich.

Er war jetzt ungefähr dreißig Meter vor mir und bewegte sich mit seltsamen hastigen Trippelschritten. Immer wieder blieb er stehen, um in einen Hausflur zu spähen. Ich nahm mein Herz in beide Hände, rannte quer über die Straße und erreichte die andere Seite unverletzt. Indem ich mich ein Stückchen hinter ihm hielt, lief ich auf der anderen Straßenseite etwa hundert Meter weit in der gleichen Richtung wie er. Plötzlich blieb er stehen. Er zögerte, dann begann er unvermittelt seinen Weg zurückzuverfolgen. Er rannte jetzt fast, aber diesmal betrat er jedes Haus, das nicht verschlossen war. Er ging in das Restaurant, das ich kurz zuvor aufgesucht hatte, und kam nach zehn Sekunden wieder heraus. Er betrat das Hotel *Carlton* durch den Seiteneingang und kam aus dem Vordereingang heraus, ein Manöver, das ihn sicherlich nicht sehr beliebt gemacht hatte, denn im Hotel *Carlton* schätzt man es nicht besonders, wenn schäbige alte Männer mit Rollkragenpullovern die Empfangshalle als Wegabkürzung benützen. Er ging in ein anderes indonesisches Restaurant am Ende des Häuserblocks, und als er wieder herauskam, lag auf seinem Gesicht der demütige Ausdruck eines Mannes, der hinausgeflogen ist. Er stürzte in eine Telefonzelle, und als er sie verließ, sah er noch gedemütigter aus als vorher. Von dort ging er zur Straßenbahnhaltestelle auf dem Muntplein. Ich stellte mich ebenfalls an. Die erste Straßenbahn, ein Zug mit drei Wagen, trug die Nummer »16« und fuhr, nach dem vorn angebrachten Schild zu urteilen, zum »Hauptbahnhof«. Der graue Mann stieg in den ersten Wagen. Ich kletterte in den zweiten und setzte mich auf den vordersten Platz, von wo aus ich ihn im Auge behalten konnte; dabei achtete ich darauf, daß sowenig wie möglich von mir in sein Blickfeld gelangte, falls er sich entschließen sollte, seine Mitfahrer zu inspizieren. Aber meine Sorge war unnötig: Er interessierte sich nicht im geringsten für die Mitfahrenden. Aus seinem ständig wechselnden Gesichtsausdruck, der die verschiedenen Grade der Verzweiflung offenbarte, und aus seinen sich immerzu verkrampfenden und lösenden Händen konnte man schließen, daß man hier einen Mann vor sich hatte, dem wichtigere Dinge durch den Kopf gingen, wobei sicherlich die nicht unwichtigste Überlegung war, wieviel Mitgefühl und Verständnis er wohl von seinen Auftraggebern erwarten konnte.

Der graue Mann stieg am Dam aus. Der Dam, der Hauptplatz in Amsterdam, ist von historischen Meilensteinen umstanden wie dem Königlichen Palast und der Neuen Kirche, die so alt ist, daß sie sie an allen Ecken und Enden stützen müssen, damit sie nicht völlig zusammenfällt, aber keines dieser Monumente wurde in dieser Nacht auch nur eines flüchtigen Blicks durch den grauen Mann gewürdigt. Er hastete eine

Seitenstraße entlang, am Hotel *Krasnapolsky* vorbei, wandte sich nach links in Richtung auf die Docks, eilte den Oudezijds Voorburgwak-Kanal entlang, bog rechts ab und tauchte in ein Gewirr von Seitenstraßen, die offensichtlich immer tiefer in den Lagerhausdistrikt der Stadt führten, einen der wenigen Bezirke, die nicht als Touristenattraktion von Amsterdam angeführt werden. Ich hatte es noch niemals so leicht gehabt, jemanden zu verfolgen. Er sah weder nach rechts noch nach links und schon gar nicht hinter sich. Ich hätte auf einem Elefanten zehn Schritte hinter ihm herreiten können, er hätte es nicht bemerkt.

An einer Ecke blieb ich stehen und sah ihm nach, wie er eine schmale, schlechtbeleuchtete und einzigartig häßliche Straße entlangging, die auf beiden Seiten ausschließlich von Lagerhäusern gesäumt wurde, hohen fünfstöckigen Gebäuden, deren Giebeldächer sich denen auf der anderen Straßenseite zuneigten, was der Straße eine Atmosphäre verlieh, in der man Platzangst zu bekommen drohte, die von einer düsteren Vorahnung und einer brütenden Wachsamkeit erfüllt war, auf die ich nicht den geringsten Wert legte.

Aus der Tatsache, daß der Mann zu rennen begonnen hatte, schloß ich, daß diese übertriebene Demonstration von Arbeitseifer nur bedeuten konnte, daß er kurz vor dem Ziel war, und ich hatte recht. Als er die Hälfte der Straße hinter sich hatte, rannte er ein paar Stufen hinauf, zog einen Schlüssel heraus, öffnete eine Tür und verschwand in einem Lagerhaus. Ich folgte ihm gemächlich, aber nicht zu langsam und warf einen uninteressierten Blick auf das Namensschild über der Tür des Lagerhauses: »Morgenstern und Muggenthaler« hieß das Märchen. Ich hatte noch nie von dieser Firma gehört, aber es war unwahrscheinlich, daß ich den Namen jemals wieder vergessen würde. Ich ging weiter ohne stehenzubleiben.

Es war nicht gerade ein schönes Hotelzimmer, das mußte ich zugeben, aber es war auch nicht gerade ein schönes Hotel. Ebenso wie die Front des Hotels, die klein und schäbig war, von der die Farbe abblätterte und die aber auch nicht das geringste Einladende an sich hatte, so war auch das Zimmer. Das Mobiliar, das aus einem Einzelbett und einem Sofa bestand, das offensichtlich als Bett umzubauen war, hatte seine besten Tage sicher schon längst vergessen, falls es sie überhaupt jemals gehabt hatte. Der Teppich war durchgewetzt, aber keineswegs so durchgewetzt wie die Vorhänge und die Tagesdecke auf dem Bett. Das winzige Bad hatte die Grundfläche einer Telefonzelle. Aber das Zimmer wurde vor dem Schlimmsten durch zwei Gesichter bewahrt, die den einzigen versöhnenden Zug hereinbrachten und die sogar aus der kahlsten Gefängniszelle etwas Erstrebenswertes gemacht hätten: Maggie und Belinda, die nebeneinander auf der Kante des Bettes hockten, sahen mich ohne jede Begeisterung an, als ich mich müde auf die Couch sinken ließ.

»Dideldum, dideldei«, sagte ich. »Ganz allein in dem heimtückischen Amsterdam. Alles in Ordnung?«

»Nein.« Belindas Stimme klang entschieden.

»Nein?« Ich zeigte meine Überraschung.

Mit einer ausholenden Geste umfaßte sie den Raum. »Nun, ich meine . . . Sehen Sie sich das doch an!«

Ich sah es mir an. »Na und?«

»Würden S i e hier wohnen?«

»Nun, offengestanden, nein. Aber Hotels mit fünf Sternen sind nun mal etwas für Leute in leitenden Positionen wie mich. Für zwei arme Tippsen ist dieses Quartier durchaus angemessen. Für zwei junge Mädchen, die nicht die armen Tippsen sind, die sie zu sein vorgeben, garantiert diese Unterkunft den höchsten Grad der Anonymität, den ihr zu erreichen hoffen könnt.« Ich hielt inne. »Wenigstens hoffe ich es. Ich setze voraus, daß ihr beide nicht beobachtet werdet. Irgend jemand im Flugzeug, den ihr erkannt habt?«

»Nein.« Sie sprachen im Chor und schüttelten gleichzeitig die Köpfe.

»Irgend jemand in Schiphol, den ihr erkannt habt?«

»Nein.«

»Irgend jemand in Schiphol, der sich besonders für euch interessierte?«

»Nein.«

»Wanzen im Zimmer?«

»Nein.«

»Ausgegangen?«

»Ja.«

»Verfolgt worden?«

»Nein.«

»Zimmer in eurer Abwesenheit durchsucht?«

»Nein.«

»Du siehst belustigt aus, Belinda«, sagte ich. Sie kicherte nicht direkt, aber sie hatte einige Schwierigkeiten, ernst zu bleiben. »Erzähle. Ich kann eine Aufheiterung gebrauchen.«

»Nun.« Plötzlich sah sie nachdenklich aus, wahrscheinlich erinnerte sie sich daran, daß sie mich kaum kannte. »Nichts. Entschuldigen Sie.«

»Wofür entschuldigst du dich, Belinda?« Mein onkelhafter und ermutigender Tonfall hatte seltsamerweise zur Folge, daß sie sich unbehaglich wand.

»Nun, diese ganze Verschwörung und die Vorsichtsmaßregeln für ein paar Mädchen wie uns. Ich weiß nicht, wozu das nötig ...«

»Halt den Mund, Belinda!« Das war Maggie, wie immer sofort bereit, den Alten zu verteidigen, Gott weiß warum. Ich hatte meine beruflichen Erfolge gehabt, die, einzeln betrachtet, zu einer beachtlichen Liste angewachsen waren, einer Liste, die aber — verglichen mit dem Anteil an Mißerfolgen — in längstvergessener Bedeutungslosigkeit verblaßt war.

»Major Sherman«, sagte Maggie, »weiß immer, was er tut.«

»Major Sherman«, sagte ich offen, »würde alle seine Backenzähne dafür geben, wenn er dessen sicher sein könnte.« Ich sah die beiden nachdenklich an. »Ich möchte ja nicht das Thema wechseln, aber wie wäre es mit etwas Mitleid für den verletzten Meister?«

»Wir kennen unsere Position«, sagte Maggie steif. Sie stand auf, warf einen prüfenden Blick auf meine Stirn und setzte sich wieder hin. »Für das viele Blut, das da herauskam, hat man aber wirklich nur ein kleines Stück Heftpflaster gebraucht, um die Wunde zu überkleben.«

»Angehörige der oberen Klassen bluten leicht. Hat was mit delikater Haut zu tun, nehme ich an. Ihr habt gehört, was passiert ist?«

Maggie nickte. »Diese schreckliche Schießerei. Wir hörten, daß Sie versuchten ...«

»Einzugreifen. Ich *versuchte* es, wie du so richtig bemerktest.« Ich schaute Belinda an. »Es muß sehr beeindruckend für dich gewesen sein, zum erstenmal mit deinem neuen Chef unterwegs zu sein und zu sehen, wie er zusammengeschlagen wird, kaum daß er einen Fuß auf ausländischen Boden gesetzt hat.«

Sie warf Maggie einen unbehaglichen Blick zu, errötete — echte Platinblondinen erröten sehr leicht — und sagte verteidigend: »Nun, er war eben zu schnell für Sie.«

»Das war er allerdings«, stimmte ich zu. »Und er war auch zu schnell für Jimmy Duclos.«
»Jimmy Duclos?« Sie hatten die Gabe, immer im Chor zu sprechen.
»Der Tote. Einer der besten Agenten und während langer Jahre mein Freund. Er hatte eine dringende und, wie ich annehme, lebenswichtige Information, die er mir auf dem Flughafen Schiphol persönlich geben wollte. Ich war der einzige Mensch in England, der wußte, daß er dort sein würde. Aber in dieser Stadt wußte es auch jemand. Mein Treffen mit Duclos wurde durch zwei völlig getrennte Kanäle arrangiert, aber irgend jemand wußte nicht nur, daß ich kam, sondern kannte auch die Maschine und die Ankunftszeit, und so war es ihm ein leichtes, Duclos zu erledigen, bevor er mit mir sprechen konnte. Du wirst mir sicher recht geben, daß es naheliegt, daß sie ebensogut über meine anderen Mitarbeiter informiert sind, wie sie über mich und Duclos informiert waren.«
Sie sahen einander einige Zeit an, dann sagte Belinda leise: »Duclos war einer von uns?«
»Bist du taub?« fragte ich verärgert.
»Und daß wir – Maggie und ich – das heißt . . .«
»Genau.«
Sie schienen die drohende Lebensgefahr einigermaßen ruhig aufzunehmen, aber schließlich waren sie ja auch für diesen Job ausgebildet worden und waren hier, um einen Auftrag auszuführen und nicht, um in Ohnmacht zu fallen.
Maggie sagte: »Es tut mir leid, das mit Ihrem Freund, meine ich.«
Ich nickte.
»Und mir tut es leid, falls ich mich dumm benommen habe«, sagte Belinda. Sie meinte es auch so, ihre Zerknirschtheit war echt, aber sie würde nicht lange anhalten. Sie war nicht der Typ dazu. Sie sah mich an, aus ungewöhnlich grünen Augen, die unter dunklen Augenbrauen lagen, und sagte langsam: »Sie sind hinter Ihnen her, nicht wahr?«
»So ist's richtig«, sagte ich anerkennend. »Mach dir nur Sorgen um deinen Boß. Hinter mir her? Nun, falls nicht, dann hält die Hälfte des Hotelpersonals im *Rembrandt* den falschen Mann unter Kontrolle. Sogar die Seiteneingänge werden beobachtet: Ich wurde verfolgt, als ich vorhin das Hotel verließ.«

»Er ist Ihnen nicht weit gefolgt«, Maggies Loyalität konnte manchmal regelrecht verwirrend sein.
»Er war total unfähig und sofort zu erkennen. Ebenso wie die anderen im Hotel. Leute, die im Randbezirk eines Schuttabladeplatzes arbeiten, sind das meistens. Andererseits versuchen sie vielleicht absichtlich, eine Reaktion zu provozieren. Falls das ihre Absicht sein sollte, so wird sie von einem großartigen Erfolg gekrönt sein.«
»Provokation?« Maggies Stimme klang traurig und resigniert. Maggie kannte mich.
»Endlos. Gehe, laufe und stolpere in alles hinein. Mit fest geschlossenen Augen.«
»Das erscheint mir kein besonders kluger oder wissenschaftlicher Weg, Nachforschungen anzustellen«, sagte Belinda zweifelnd. Ihre Zerknirschung verflüchtigte sich ziemlich rasch. »Jimmy Duclos war klug. Der klügste Mann, den wir hatten. Er ist im städtischen Leichenschauhaus.« Belinda sah mich seltsam an. »Sie wollen Ihren Kopf auf die Guillotine legen?«
»Unter die Guillotine, Liebes«, sagte Maggie geistesabwesend. »Und hör' endlich auf, deinem neuen Boß zu sagen, was er tun kann und was nicht.« Aber die Sorge in ihren Augen strafte ihre Worte Lügen.
»Das ist Selbstmord«, beharrte Belinda.
»Na und? Es ist Selbstmord, in Amsterdam über die Straße zu gehen — wenigstens sieht es so aus. Und Zehntausende von Leuten tun es täglich trotzdem.«
Ich sagte ihnen aber nicht, daß ich Grund zu der Annahme hatte, daß mein frühes Dahinscheiden nicht der erste Punkt auf der Liste der Vergünstigungen stand, die die Gottlosen genossen, nicht, weil ich mein Heldenimage verbessern wollte, sondern weil das nur zu weiteren Erklärungen führen würde, die ich im Moment nicht abgeben wollte.
»Sie haben uns nicht umsonst hierhergebracht«, sagte Maggie.
»Das stimmt. Aber wenn man jemandem auf die Zehen treten muß, so tue *ich* das. Ihr bleibt außer Sicht. Heute abend habt ihr frei. Und morgen auch, nur morgen abend möchte ich mit Belinda spazierengehen. Und danach werde ich euch, wenn ihr beide artig seid, in einen unanständigen Nachtclub führen.«
»Ich bin den ganzen Weg von Paris hierher nur gekommen, um in

einen unanständigen Nachtclub zu gehen?« Belinda amüsierte sich schon wieder königlich. »Warum?«
»Ich werde euch sagen, warum. Ich werde euch etwas über Nachtclubs sagen, was ihr noch nicht wißt. Ich werde euch sagen, weshalb wir hier sind. Ich werde euch alles erzählen«, sagte ich großzügig. Mit »alles« meinte ich alles das, was sie meiner Ansicht nach wissen mußten, nicht etwa alles, was es zu wissen gab: Der Unterschied zwischen diesen beiden Auslegungen war ein beträchtlicher. Belinda sah mich verärgert an, Maggie betrachtete mich mit einer müden, warmherzigen Skepsis, aber Maggie kannte mich schließlich. »Aber erst mal einen Schluck Scotch.«
»Wir haben keinen Scotch, Major!« Manchmal hatte Maggie puritanische Züge.
»Ihr kennt nicht einmal die wichtigsten Grundlagen des Geheimdienstes. Ihr müßt lernen, die richtigen Bücher zu lesen.« Ich nickte Belinda zu. »Das Telefon. Bestell' Whisky. Sogar die oberen Klassen müssen sich gelegentlich erholen.«
Belinda stand auf, strich ihr dunkles Kleid glatt und sah mich verwirrt und voller Mißbilligung an. Sie sagte langsam: »Als Sie über Ihren Freund im Leichenschauhaus sprachen, habe ich Sie beobachtet: Sie zeigten nicht die geringste Gefühlsregung. Er ist immer noch dort, und jetzt sind Sie — wie sagt man — frivol. Erholen, sagen Sie. Wie bringen Sie das fertig?«
»Reine Übungssache. Vergiß den Siphon nicht.«

DRITTES KAPITEL

Es war die Nacht der Klassik, diese Nacht im Hotel *Rembrandt*, als der Leierkasten einen Auszug aus Beethovens Fünfter in einer künstlerischen Freiheit wiedergab, die den alten Komponisten dazu gebracht hätte, sich aus Dankbarkeit über seine fast völlige Taubheit auf die Knie zu werfen. Sogar aus fünfzig Metern Entfernung — in dieser Entfernung stand ich klugerweise auf Beobachtungsposten in dem leichten Nieselregen — war die Wirkung entsetzlich. Es war ein außergewöhnlicher Beweis für die Toleranz der Bevölkerung Amsterdams, dieser

Stadt der Musikliebhaber und der Heimat des weltberühmten *Konzertgebouw*, daß sie diesen alten Leierkastenmann nicht in ein passendes Lokal lockte und in seiner Abwesenheit seine Drehorgel in die nächste Gracht versenkte. Der Alte klapperte immer noch mit der Büchse, was eine reine Reflexbewegung war, denn in dieser Nacht war niemand in der Nähe, nicht einmal der Portier, den entweder der Regen oder sein empfindliches Gehör ins Innere des Hotels getrieben hatte.

Ich ging die Seitenstraße entlang zum Eingang der Bar. Hier drückte sich keine dunkle Gestalt herum, und auch in den anschließenden Hausfluren fand ich niemanden, aber das hatte ich auch nicht erwartet. Ich lief durch die Gasse zur Feuerleiter, kletterte aufs Dach, überquerte es und suchte das Stück der Dachrinne, das direkt über meinem Balkon lag. Ich spähte über den Rand. Sehen konnte ich nichts, aber riechen: Zigarettenrauch! Aber dieser Rauch entströmte nicht dem Erzeugnis einer der angesehenen Tabakfabriken, die in ihrer Produktion keine Marihuanazigaretten anbieten. Ich lehnte mich soweit vor, daß ich fast das Gleichgewicht verlor, und dann konnte ich endlich etwas sehen, nicht viel zwar, aber genug: zwei spitze Schuhe und für einen Moment das glühende Ende einer Zigarette, das — offensichtlich gleichzeitig mit dem Arm eines Mannes — einen Bogen nach unten beschrieb.

Ich zog mich vorsichtig und lautlos zurück, stand auf, ging wieder zur Feuerleiter hinüber, kletterte zum sechsten Stock hinunter, sperrte den Notausgang auf, schlüpfte hindurch, versperrte die Tür hinter mir, schlich den Flur entlang bis zur Tür von »616« und horchte. Nichts. Mit dem Dietrich, den ich vorher ausprobiert hatte, öffnete ich leise die Tür und trat ein. So schnell ich konnte, zog ich die Tür hinter mir zu: Sonst nicht erkennbare Luftzüge können Zigarettenrauch so herumwirbeln, daß ein wachsamer Raucher aufmerksam wird. Aber im allgemeinen sind Süchtige nicht gerade berühmt für ihre Wachsamkeit.

Dieser war keine Ausnahme. Wie vorauszusehen, war es der Etagenkellner. Er saß bequem in einem Sessel, die Füße auf dem Balkongeländer, eine brennende Zigarette in der linken Hand. Die rechte Hand lag locker auf seinem Knie und umfaßte eine Waffe. Normalerweise ist es sehr schwierig, sich — gleichgültig wie leise — von hinten an jemanden anzuschleichen, ohne daß diesen Jemand eine Art sechster Sinn warnt, aber große Mengen Rauschgift sind sehr schädlich für diesen

Instinkt, und was der Etagenkellner da rauchte, war ohne Zweifel Rauschgift.
Ich stand jetzt direkt hinter ihm, die Mündung meiner Pistole zeigte auf sein rechtes Ohr, und er bemerkte mich immer noch nicht. Ich tippte ihm auf die rechte Schulter. Er warf sich herum und schrie vor Schmerz auf, als der Lauf meiner Waffe durch seine Bewegung sein rechtes Auge traf. Er hob beide Hände an sein verletztes Auge, und ich nahm ihm seine Waffe ab, ohne daß er Widerstand leistete, steckte sie ein, griff nach seiner Schulter und versetzte ihm einen unsanften Stoß. Der Mann überschlug sich rückwärts, machte einen Purzelbaum, landete mit einem Krachen auf dem Rücken und schlug mit dem Kopf auf den Boden auf. Vielleicht zehn Sekunden lang lag er völlig betäubt da, dann stützte er sich auf einen Ellenbogen. Er gab einen seltsamen zischenden Laut von sich, seine blutlosen Lippen waren so zurückgewichen, daß man die tabakbefleckten Zähne sah, die er gefletscht hatte wie ein Fuchs und zwischen denen ein bösartiges Knurren hervordrang. Seine Augen waren dunkel vor Haß. Ich sah keine Möglichkeit, mich mit ihm zu einem freundlichen Gespräch zusammenzusetzen.
»Wir haben ziemlich rauhe Sitten, was?« flüsterte er. Süchtige sind große Fans des brutalen Films, und ihre Ausdrucksweise ist fehlerlos. »Rauh?« fragte ich überrascht. »Oh, nein, mein Lieber. Später vielleicht, falls du nicht singst.« Vielleicht sah ich dieselben Filme wie er. Ich hob die schwelende Zigarette vom Teppich auf, roch angewidert daran und drückte sie in einem Aschenbecher aus. Der Kellner erhob sich unsicher, noch immer leicht wacklig auf den Beinen. Als er sprach, war das Knurren aus seiner Stimme verschwunden. Er hatte sich entschlossen, die Sache gelassen anzufassen, die Ruhe vor dem Sturm zu spielen, sich an ein altes und abgenutztes Drehbuch zu halten. Vielleicht sollten wir beide in Zukunft lieber in die Oper gehen.
»Worüber würden Sie gern sprechen?« fragte er.
»Zunächst einmal darüber, was du in meinem Zimmer zu suchen hast. Und wer dich hergeschickt hat.«
Er lächelte müde. »Die Polizei hat schon versucht, mich zum Reden zu bringen. Ich kenne das Gesetz. Sie können mich nicht zwingen zu reden. Ich habe meine Rechte. So sagt das Gesetz.«
»Das Gesetz verliert genau vor meiner Zimmertür seine Gültigkeit. Auf

dieser Seite der Tür stehen wir beide außerhalb des Gesetzes. Das weißt du. In einer der großen zivilisierten Städte der Welt leben wir beide hier in unserem kleinen Privatdschungel. Aber hier drin gibt es auch ein Gesetz. Töte oder stirb.«

Vielleicht war es mein eigener Fehler, daß ich ihn auf seltsame Ideen brachte. Er tauchte steil hinunter, um unter meine Waffe zu kommen, aber nicht tief genug, um sein Kinn unter mein Knie zu bringen. Mein Knie schmerzte beträchtlich und hätte ihn demnach k. o. schlagen müssen, aber er war zäh, packte das Bein, das ich noch auf dem Boden hatte, und riß mich mit sich hinunter. Meine Waffe flog im hohen Bogen durch die Luft, und wir rollten eine Weile auf dem Boden hin und her, während wir einander begeistert bearbeiteten. Er war auch sehr kräftig, ebenso kräftig wie zäh, aber er litt unter zwei Nachteilen: Der ständige Genuß von Marihuana hatte seine Kondition beeinträchtigt, und obwohl er einen hochentwickelten Instinkt für unfaire Schläge hatte, war er nie richtig darauf trainiert worden. Schließlich kamen wir wieder auf die Füße, indem meine linke Hand sein rechtes Handgelenk irgendwo zwischen seine Schulterblätter stieß.

Ich stieß sein Handgelenk noch höher hinauf, und er schrie gequält auf, was vielleicht gar nicht so unberechtigt war, denn seine Schulter gab ein seltsam knackendes Geräusch von sich, aber ich war nicht sicher, also zog ich das Gelenk noch etwas höher hinauf und verscheuchte so alle Zweifel, dann stieß ich ihn vor mir her auf den Balkon und zwang ihn, sich so weit über das Geländer zu lehnen, daß seine Füße nicht mehr den Boden berührten und er sich mit seiner freien linken Hand an die Balustrade klammerte, als hinge sein Leben davon ab, was auch wirklich der Fall war.

»Bist du süchtig oder ein Schieber?«

Mein Griff verstärkte sich.

Er stieß auf holländisch eine Verwünschung aus, aber ich kann Holländisch, inklusive aller Worte, die ich nicht kennen sollte. Ich legte meine rechte Hand auf seinen Mund, denn der Schrei, den er ausstoßen wollte, hätte sogar das Brausen des Verkehrs übertönt, und ich wollte die Amsterdamer Bürger nicht unnötig alarmieren. Ich lockerte meinen Griff und nahm die Hand weg.

»Nun?«

»Ein Schieber.« Seine Stimme war nur noch ein krächzendes Schluchzen. »Ich verkaufe das Zeug.«
»Wer hat dich geschickt?«
»Nein! Nein! Nein!«
»Wie du willst. Wenn sie dich von dem Pflaster da unten abkratzen, werden sie denken, du bist nur einer von diesen Marihuanarauchern, der high war und eine Reise in das wilde blaue Jenseits machte.«
»Das ist Mord!« Er schluchzte immer noch, aber seine Stimme war jetzt nur noch ein heiseres Flüstern, vielleicht war er nicht schwindelfrei. »Sie werden nicht . . .«
»Werde ich nicht? Deine Leute haben heute nachmittag einen meiner Freunde umgebracht. Schädlinge auszurotten kann ein großes Vergnügen sein. Einundzwanzig Meter sind eine schöne Strecke im freien Fall — und nirgends wird man ein Zeichen von Gewaltanwendung finden. Abgesehen davon, daß jeder Knochen in deinem Körper gebrochen sein wird. Einundzwanzig Meter. Schau 'runter.«
Ich schob ihn noch ein bißchen weiter über die Balustrade, damit er die Aussicht besser bewundern konnte, und ich brauchte beide Hände, um ihn wieder hereinzuziehen.
»Redest du jetzt?«
Er gab ein heiseres Räuspern von sich, also zog ich ihn wieder auf festen Boden zurück und stieß ihn bis in die Mitte des Zimmers. Ich fragte: »Wer hat dich geschickt?«
Ich sagte schon, er war zäh, aber er war noch viel zäher, als ich gedacht hatte. Er hätte völlig verängstigt und von Todesangst gepeinigt sein sollen, und ich zweifle keinen Augenblick daran, daß beides auch zutraf, aber das hielt ihn nicht davon ab, sich nach rechts herumzuwerfen und sich so aus meinem Griff zu befreien. Mit diesem völlig unerwarteten Manöver erwischte er mich in einem Augenblick, in dem ich nicht auf der Hut war. Er ging wieder auf mich los, ein Messer, das er plötzlich in der Hand hielt, beschrieb einen tückischen Aufwärtsbogen und zielte schließlich genau auf die Stelle unterhalb meines Brustbeins. Unter normalen Umständen hätte er mich wahrscheinlich wunderhübsch erwischt, aber die Umstände waren nicht normal: Seine Schnelligkeit und sein Reaktionsvermögen waren verschwunden. Ich packte seine Hand, die das Messer hielt, und umklammerte sein Handgelenk mit

beiden Händen, warf mich zurück, stellte ihm ein Bein, als ich seinen Arm herunterriß und schleuderte ihn über meine Schulter. Der Aufprall seines Körpers auf dem Boden erschütterte den Raum und wahrscheinlich auch noch einige der anschließenden Zimmer.

Ich wirbelte herum und sprang auf die Füße, aber ich hätte mich nicht so zu beeilen brauchen. Er lag am anderen Ende des Zimmers, sein Kopf ruhte auf der Schwelle zum Balkon. Ich hob ihn an den Jackenaufschlägen hoch, und sein Kopf hing hinten so weit herunter, daß er fast seine Schulterblätter berührte. Ich ließ ihn auf den Boden zurückgleiten. Es tat mir leid, daß er tot war, denn wahrscheinlich hätte er mir unschätzbare Informationen geben können, aber das war auch der einzige Grund, warum es mir leid tat.

Ich durchsuchte seine Taschen, die eine ganze Anzahl interessanter Dinge enthielten, wovon aber nur zwei für mich von Interesse waren: eine halbvolle Schachtel selbstgerollter Marihuanazigaretten und ein paar Papierschnitzel. Auf einem Fetzchen stand mit Maschine geschrieben »MOO 144«, auf den anderen beiden standen die Zahlen »910020« und »2789«. – Diese Zeichen sagten mir gar nichts, aber ausgehend von der vernünftigen Annahme, daß der Kellner sie nicht mit sich herumgetragen hätte, wenn sie für ihn nicht irgendeine Bedeutung gehabt hätten, legte ich sie an einen sicheren Platz, der von meinem liebenswürdigen Schneider für derartige Fälle vorgesehen worden war: eine kleine Tasche, die an der Innenseite des rechten Hosenbeins etwa zwölf Zentimeter über dem Knöchel eingearbeitet war.

Ich beseitigte die spärlichen Spuren unseres Kampfes, nahm die Waffe des Toten an mich, ging auf den Balkon, lehnte mich über die Balustrade und warf die Waffe nach links oben. Sie flog über die Dachrinne und landete in etwa sechs Meter Entfernung lautlos auf dem Dach. Ich kehrte ins Zimmer zurück, spülte die Reste der Marihuanazigarette in der Toilette hinunter, wusch den Aschenbecher aus und öffnete jede Tür und jedes Fenster, um den widerlichen Gestank so schnell wie möglich herauszukriegen. Dann zog ich den Kellner in den kleinen Vorraum und öffnete die Tür zum Flur.

Der Gang lag verlassen da. Ich lauschte angestrengt, aber es war nichts zu hören, kein Laut näher kommender Schritte. Ich ging zum Lift hinüber, drückte auf den Knopf, wartete, bis der Lift kam, öffnete die Tür einen Spalt, schob eine Streichholzschachtel hinein damit sie nicht zufallen und den Stromkreis schließen konnte, dann lief ich zurück in mein Apartment. Ich schleifte den Kellner zum Lift, öffnete die Tür, ließ ihn ohne weitere Umstände auf den Boden fallen, zog die Streichholzschachtel heraus und ließ die Tür zuschwingen. Der Lift blieb wo er war. Offensichtlich drückte niemand gerade in diesem Augenblick auf den Knopf, um gerade diesen Lift zu holen.

Ich verschloß die Außentür meiner Suite mit dem Dietrich und begab mich zurück zur Feuerleiter, die inzwischen schon ein alter Freund war, der mein volles Vertrauen genoß. Ich erreichte ungesehen die Straße und ging um den Block herum zum Vordereingang. Der Alte am Leierkasten spielte jetzt Verdi, und Verdi verlor den ungleichen Kampf bei weitem. Der Mann stand mit dem Rücken zu mir, als ich einen Gulden in seine Büchse warf. Er drehte sich um, um mir zu danken, seine Lippen teilten sich zu einem zahnlosen Lächeln, dann sah er, wer es war, und seine Kinnlade fiel augenblicklich herunter: Er war nur ein kleines Rad im Getriebe, und niemand hatte es für nötig gehalten, ihn davon zu unterrichten, daß Sherman hier war. Ich lächelte ihm liebenswürdig zu und betrat das Foyer. Ein paar uniformierte Angestellte standen mit dem Empfangschef hinter der Rezeption. Er wandte mir den Rücken zu. Ich sagte laut: »Sechs eins sechs, bitte.«

Der Empfangschef drehte sich mit einem Ruck zu mir um und zog die Augenbrauen hoch, aber nicht hoch genug. Dann schenkte er mir sein warmherziges Krokodillächeln.

»Mr. Sherman! Ich wußte nicht, daß Sie aus waren.«

»Oh doch, allerdings. Kleiner Spaziergang vor dem Abendessen, wegen der Kondition. Ein alter englischer Brauch, wissen Sie.«

»Natürlich, natürlich.« Er lächelte mich schelmisch an, als sei etwas leicht Verwerfliches an diesem alten englischen Brauch, dann gestattete er einem leicht verwirrten Blick, sein Lächeln abzulösen. Er war so falsch wie nur möglich. »Ich erinnere mich nicht, Sie weggehen gesehen zu haben.«

»Man kann schließlich nicht erwarten, daß Sie all Ihre Gäste gleichzeitig im Auge haben, nicht wahr?« sagte ich liebenswürdig. Ich erwiderte sein falsches Lächeln ebenso falsch, nahm den Schlüssel und ging zu den Lifts hinüber. Ich hatte erst weniger als die Hälfte des Weges hinter mir, als ich unvermittelt stehenblieb: Ein schriller Schrei tönte durch das Foyer, augenblicklich von Stille gefolgt, die nur solange anhielt, bis die Frau Luft geholt hatte und von neuem zu schreien begann. Die Quelle dieses Geschreis war eine Frau mittleren Alters, grellbunt gekleidet — eine Karikatur des amerikanischen Touristen — die vor einem Lift stand, den Mund zu einem »O« geformt, die Augen so groß wie Untertassen. Neben ihr stand ein würdevoller, beleibter Mann in einem Leinenanzug, der sie zu beruhigen versuchte, aber auch er schien sich reichlich unbehaglich zu fühlen und sah aus, als hätte er auch ganz gern ein bißchen geschrien.

Der Empfangschef eilte an mir vorbei, und ich folgte ihm gemächlich. Als ich den Lift erreichte, lag der Empfangschef auf den Knien und beugte sich über die ausgebreitete Gestalt des toten Etagenkellners.

»Mein Gott«, sagte ich. »Glauben Sie, er ist krank?«

»Krank? *Krank*?« Der Empfangschef starrte mich feindselig an. »Sehen Sie sich seinen Hals an. Der Mann ist tot.«

»Großer Gott, ich glaube, Sie haben recht.« Ich beugte mich hinunter und sah mir den Kellner näher an. »Habe ich diesen Mann nicht schon irgendwo gesehen?«

»Er war Ihr Etagenkellner«, sagte der Empfangschef, was eine ziemliche Leistung war, denn dieser Satz läßt sich schwer zwischen zusammengebissenen Zähnen hervorquetschen.

»Ich wußte doch, er kam mir bekannt vor. Mitten aus dem Leben ...« ich schüttelte bekümmert den Kopf. »Wo ist der Speisesaal?«

»Wo ist der ... wo ist der ...«

»Schon gut«, sagte ich besänftigend. »Ich sehe, daß Sie aufgeregt sind. Ich werde schon selbst hinfinden.«

Das Restaurant des Hotel *Rembrandt* mag vielleicht nicht — wie die Besitzer behaupten — das beste in Holland sein, aber ich würde sie nicht gerade wegen Verdrehung der Tatsachen vor Gericht bringen. Vom Kaviar bis zu den — obwohl nicht die Zeit dafür war — frischen Erdbeeren — ich fragte mich nebenbei, ob ich sie als Unterhaltung oder Bestechung auf die Spesenabrechnung setzen sollte — war das Essen einfach fabelhaft. Ich dachte kurz, aber ohne Schuldgefühle, an Maggie und Belinda, aber solche Dinge mußten sein. Das rote Plüschsofa war das Äußerste

an Eßkomfort, also lehnte ich mich zurück, hob mein Glas Brandy und sagte: »Amsterdam!«
»Amsterdam!« sagte Colonel de Graaf, stellvertretender Chef der Stadtpolizei. Er hatte sich fünf Minuten zuvor ohne Einladung zu mir gesellt. Er saß in einem riesigen Stuhl, der zu klein für ihn schien. Er war ein sehr breiter Mann von nur mittlerer Größe, mit eisengrauem Haar, einem von tiefen Furchen durchzogenen braungebrannten Gesicht, mit dem unmißverständlichen Ausdruck der Autorität und dem Flair fast erschreckender Tüchtigkeit. Trocken fuhr er fort: »Ich freue mich zu sehen, daß Sie sich amüsieren, Major Sherman, immerhin war es ein ereignisreicher Tag.«
»Man muß das Leben genießen, solange noch Zeit ist, Colonel, das Leben ist viel zu kurz. Von welchen Ereignissen sprechen Sie übrigens?«
»Es ist uns nicht gelungen, viel über diesen Mann, diesen James Duclos, herauszufinden, der heute auf dem Flughafen erschossen wurde.« Colonel de Graaf war ein geduldiger Mann, nicht schwer in eine Falle zu locken. »Wir wissen lediglich, daß er vor drei Wochen aus England kam, daß er eine Nacht im Hotel *Schiller* wohnte und dann verschwand. Er hat anscheinend auf Ihr Flugzeug gewartet, Major Sherman. Darf ich fragen, ob das ein Zufall war?«
»Er wollte mich treffen.« De Graaf hätte es sowieso früher oder später herausgefunden. »Er war einer meiner Leute. Ich nehme an, er hat sich irgendwo einen gefälschten Polizeiausweis beschafft – um am Einreiseschalter vorbeizukommen, meine ich.«
»Sie überraschen mich.« Er seufzte tief und schien nicht im mindesten überrascht. »Mein Freund, es macht alles sehr schwer für uns, wenn wir solche Dinge nicht wissen. Man hätte mich über Duclos informieren müssen. Da wir von Interpol in Paris die Anweisung haben, Ihnen alle nur mögliche Unterstützung zu gewähren, wäre es da nicht besser, wenn wir zusammenarbeiteten? Wir können Ihnen helfen – Sie können uns helfen.« Er nippte an seinem Brandy. Der Blick seiner grauen Augen war sehr direkt. »Es ist anzunehmen, daß dieser Mann Informationen hatte – und nun haben wir sie verloren.«
»Vielleicht. Nun, beginnen wir damit, daß *Sie mir* helfen. Können Sie nachprüfen, ob Sie eine Miß Astrid Lemay in Ihren Akten haben? Sie arbeitet in einem Nachtklub, aber sie hört sich nicht sehr holländisch an,

und sie sieht auch nicht holländisch aus, also haben Sie vielleicht Material über sie.«
»Das Mädchen, das Sie auf dem Flugplatz niedergeschlagen haben? Woher wissen Sie, daß sie in einem Nachtklub arbeitet?«
»Sie hat es mir erzählt«, log ich unverfroren.
Er runzelte die Stirn. »Die Angestellten auf dem Flughafen haben mir von keiner derartigen Bemerkung berichtet.«
»Die Angestellten auf dem Flughafen sind alle Vollidioten.«
»Ah!« Das konnte alles mögliche bedeuten. »Diese Information kann ich bekommen. Sonst nichts?«
»Sonst nichts.«
»Noch ein kleines Ereignis, über das wir noch nicht gesprochen haben.«
»Welches?«
»Der Etagenkellner vom sechsten Stock — ein unangenehmer Bursche, über den wir einiges wissen — war nicht zufällig auch einer Ihrer Männer?«
»Colonel!«
»Ich habe es keinen Moment lang geglaubt. Wußten Sie, daß er an einem Genickbruch starb?«
»Er muß schwer gestürzt sein«, sagte ich teilnahmsvoll.
De Graaf schüttete seinen Brandy hinunter und stand auf. »Sie selbst kennen wir nicht, Major Sherman, aber Sie sind zu lange bei Interpol und haben in Europa einen zu guten Ruf erlangt, als daß wir nicht Ihre Methoden kennen würden. Darf ich Sie daran erinnern, daß das, was in Istanbul, Marseille und Palermo — um nur ein paar Orte zu nennen — geht, in Amsterdam keineswegs geht?«
»Na«, sagte ich, »Sie sind aber wirklich gut unterrichtet.«
»Hier in Amsterdam sind wir alle dem Gesetz unterworfen.« Er hatte meinen Einwurf völlig übergangen. »Inklusive meiner Person. Sie sind keine Ausnahme.«
»Das würde ich auch nicht erwarten«, sagte ich bescheiden.
»Also dann, Zusammenarbeit. Kommen wir zum Zweck meines Besuches. Wann kann ich mit Ihnen sprechen?«
»Um zehn Uhr in meinem Büro.« Er sah sich ohne Begeisterung im Speisesaal um. »Dies ist weder die richtige Zeit noch der richtige Ort.«
Ich hob die Augenbrauen.

»Das Hotel *Rembrandt* ist einer der Horchposten von internationaler Bekanntheit.«
»Sie überraschen mich«, sagte ich.
De Graaf ging. Ich fragte mich, worin zum Teufel er den Grund sah, daß ich ausgerechnet im Hotel *Rembrandt* wohnte.
Colonel de Graafs Büro hatte nicht die leiseste Ähnlichkeit mit dem Hotel *Rembrandt*. Es war ein großes Zimmer, aber kahl und funktionell, dessen Mobiliar in der Hauptsache aus stahlgrauen Aktenschränken, einem stahlgrauen Tisch und stahlgrauen Stühlen bestand, die ebenso hart waren wie sie aussahen. Aber wenigstens hatte diese schmuckvolle Einrichtung die Wirkung, daß man sich auf die wichtigen Dinge konzentrierte, um die es ging: Es gab nichts, was den Verstand oder das Auge abgelenkt hätte. De Graaf und ich konzentrierten uns, nach einigen Minuten des Vorgeplänkels, obwohl ich glaube, daß es dem Colonel leichter fiel als mir. In der vorhergehenden Nacht hatte ich lange wach gelegen, und ich bin morgens um zehn sowieso nie in bester Verfassung, vor allem nicht an einem kalten und wolkenverhangenen Tag.
»Alle Drogen«, nickte de Graaf. »Natürlich beschäftigen wir uns mit allen Drogen — Opium, Marihuana, Amphetamin, LSD, STP, Kokain, Amyl Acetat — Sie sagen uns, worum es geht, und wir beschäftigen uns damit. Sie alle zerstören oder führen zur Zerstörung — aber in diesem Fall beschränken wir uns auf das Schlimmste — Heroin. Einverstanden?«
»Einverstanden.« Die tiefe, scharfe Stimme kam von der Tür her. Ich drehte mich um und sah den Mann an, der dort stand, einen großen Mann in einem gutgeschnittenen Geschäftsanzug, kühlen durchdringenden Augen und einem angenehmen Gesicht, das sehr schnell aufhören konnte, angenehm zu sein. Er sah sehr geschäftsmäßig aus. Es bestand kein Zweifel an der Art seines Berufs. Er war ein Polizist und keiner von der leichtzunehmenden Sorte.
Er schloß die Tür und ging mit einem leichten federnden Gang auf mich zu, der ihn viel jünger erscheinen ließ, nicht als den Mittvierziger, der er mindestens war. Er streckte seine Hand aus und sagte: »Van Gelder. Ich habe schon viel von Ihnen gehört, Major Sherman.«
Ich dachte kurz aber sorgfältig über diesen Satz nach und beschloß, mich eines Kommentars zu enthalten. Ich lächelte und schüttelte ihm die Hand.

»Inspektor van Gelder«, sagte de Graaf, »der Chef unseres Rauschgiftdezernats. Er wird mit Ihnen zusammenarbeiten, Sherman. Er wird sein Bestes geben, um Ihnen zu helfen.«

»Ich hoffe aufrichtig, daß wir gut zusammenarbeiten werden.« Van Gelder lächelte und setzte sich. »Sagen Sie mir, welche Fortschritte Sie bisher gemacht haben. Glauben Sie, daß Sie den Versorgungsring in England sprengen können?«

»Ich glaube schon, daß wir das könnten. Es handelt sich um ein durchorganisiertes Versorgungssystem, das lückenlos ineinandergreift — und deshalb war es uns möglich, gleich Dutzende von ihren Schiebern und die etwa sechs Hauptverteiler zu identifizieren.«

»Sie könnten den Ring sprengen, aber Sie werden es nicht tun. Sie lassen die Sache einfach weiterlaufen?«

»Was sonst, Inspektor? Wenn wir diesen Ring sprengen, dann wird der nächste so organisiert, daß wir ihn nie finden. So wie die Dinge jetzt liegen, können wir den Ring hochgehen lassen, wann immer wir wollen. Was wir noch herausfinden müssen, ist der Weg, auf dem das verdammte Zeug in das Land kommt — und wer es liefert.«

»Und Sie glauben offensichtlich — sonst wären Sie nicht hier — daß der Nachschub von hier kommt? Oder von irgendwo aus dieser Gegend?«

»Nicht von *irgendwo!* Von *hier!* Und ich glaube es nicht, ich *weiß* es! Achtzig Prozent der Leute, die unter Beobachtung stehen — und ich meine damit die Verteiler und ihre Mittelsmänner — haben Verbindungen zu diesem Land. Genauer gesagt, zu Amsterdam — fast alle von ihnen. Sie haben Verwandte hier oder Freunde. Sie haben Geschäftsverbindungen oder leiten persönlich ein Geschäft hier, oder sie kommen in den Ferien hierher. Wir haben fünf Jahre damit verbracht, dieses Dossier fertigzustellen.«

De Graaf lächelte. »Über diesen Ort namens ›hier‹.«

»Über Amsterdam, ja.«

Van Gelder fragte: »Gibt es Kopien von diesem Dossier?«

»Eine.«

»Haben Sie sie dabei?«

»Ja.«

»Haben Sie sie hier?«

»Am einzigen sicheren Platz.« Ich tippte mir an die Stirn. »Das ist wirklich ein sicherer Platz«, nickte de Graaf und fügte dann nachdenklich hinzu: »Jedenfalls solange Sie keine Leute treffen, die geneigt sind, Sie so zu behandeln, wie Sie *sie* behandeln.«

»Ich verstehe nicht, Colonel.«

»Ich spreche in Rätseln«, sagte de Graaf freundlich. »Schön, ich stimme Ihnen zu. Im Augenblick deutet der Finger auf die Niederlande, besser gesagt auf Amsterdam. Wir kennen unseren unseligen Ruf ebenfalls. Wir wünschten, er bestünde zu Unrecht, aber das tut er nicht. Wir wissen, daß das Zeug in einem Block ins Land gebracht wird, wir wissen, daß es das Land, in kleine Portionen aufgeteilt, wieder verläßt — aber über das Wie und Woher wissen wir nichts.«

»Es ist Ihr Amtsbezirk. Es handelt sich um Amsterdam, und in Amsterdam vertreten Sie das Gesetz.«

»Finden Sie im Lauf eines Jahres viele Freunde?« fragte van Gelder höflich.

»Ich bin nicht in diesem Metier, um Freundschaften zu schließen.«

»Sie sind in diesem Metier, um Menschen zu vernichten, die Menschen vernichten«, sagte de Graaf friedfertig. »Wir wissen über Sie Bescheid. Wir haben ein ausgezeichnetes Dossier über Sie. Würden Sie es gern sehen?«

»Alte Geschichte hat mich schon immer gelangweilt.«

»Das war vorauszusehen.« De Graaf seufzte. »Sehen Sie, Sherman, sogar die beste Polizeimacht der Welt kann einmal gegen eine Mauer anrennen. Das haben wir getan — nicht daß ich behaupte, wir seien die beste. Alles, was wir brauchen, ist ein einziger Anhaltspunkt. Haben Sie vielleicht eine Idee, irgendeinen Plan?«

»Ich bin erst gestern angekommen.« Ich fischte die zwei Papierfetzen, die ich in der Tasche des toten Etagenkellners gefunden hatte, aus der Geheimtasche in meinem rechten Hosenbein.

»Sagt Ihnen das irgend etwas?« fragte ich.

De Graaf warf einen flüchtigen Blick darauf, hielt sie gegen das helle Licht seiner Schreibtischlampe und legte sie auf den Tisch. »Nein.«

»Können Sie herausfinden, ob die Buchstaben und Zahlen irgend etwas bedeuten?«

»Ich habe einen sehr fähigen Mitarbeiterstab. Übrigens, wo haben Sie die Papierschnitzel her?«

»Ein Mann hat sie mir gegeben.«
»Sie meinen, Sie haben sie von einem Mann bekommen.«
»Ist das ein Unterschied?«
»Unter Umständen ein sehr großer.« De Graaf beugte sich vor. Sein Gesicht und seine Stimme waren sehr ernst. »Sehen Sie, Major Sherman, wir kennen Ihre Methode, Leute aus dem Gleichgewicht zu bringen und sie in diesem unsicheren Zustand zu belassen. Wir kennen Ihre Neigung, sich außerhalb des Gesetzes zu bewegen . . .«
»Colonel de Graaf!«
»Ein guter Standpunkt. Wahrscheinlich befinden Sie sich von vornherein niemals innerhalb der Gesetze. Wir wissen über die wohlüberlegte Methode Bescheid — die zugegebenermaßen ebenso wirkungsvoll wie selbstmörderisch ist — Leute unaufhörlich zu provozieren, darauf zu warten, daß etwas oder jemand zerbricht. Aber ich bitte Sie, Major Sherman, ich bitte Sie inständig, provozieren Sie nicht zu viele Leute in Amsterdam. Wir haben zu viele Kanäle.«
»Ich werde überhaupt niemanden provozieren«, sagte ich. »Ich werde sehr vorsichtig sein.«
»Dessen bin ich sicher.« De Graaf seufzte. »Und jetzt, glaube ich, möchte Ihnen van Gelder einige Dinge zeigen.«
Das wollte er allerdings. Er chauffierte mich in seinem schwarzen Opel vom Polizeipräsidium in der Marnixstraat zum städtischen Leichenschauhaus, und als ich es verließ, wünschte ich, er hätte mich nicht hingebracht.
Dem Leichenschauhaus fehlte der altmodische Charme, die Romantik und die schwermütige Schönheit des alten Amsterdam. Es sah aus, wie irgendein Leichenschauhaus in irgendeiner großen Stadt, kalt — sehr kalt — und antiseptisch und unmenschlich und abstoßend. Im Hauptblock verliefen in der Mitte zwei Reihen weißer Schränke, die aussahen wie aus Marmor, aber höchstwahrscheinlich nicht daraus waren, während sich an den Seiten eine große Metalltür an die nächste reihte. Der diensthabende Angestellte prangte in einem fleckenlosen, gestärkten weißen Mantel. Er war ein fröhlicher, rosiger, jovialer Mann, der so aussah, als laufe er ständig Gefahr, in schallendes Gelächter auszubrechen, was man zunächst für eine sehr seltsame Eigenschaft bei einem Angestellten eines Leichenschauhauses hielt, bis man sich in Erinnerung rief, daß

eine beträchtliche Anzahl der Henker im guten alten England zu den übermütigsten Saufkumpanen gehörten, die man sich vorstellen konnte. Auf ein Wort von van Gelder führte er uns zu einer der großen Metalltüren, öffnete sie und zog eine Metallbahre heraus, deren Räder lautlos in Stahlschienen liefen. Auf dieser Bahre lag ein mit einem weißen Laken bedeckter Körper.

Die Gracht, in der er gefunden wurde, heißt Croquiskade«, sagte van Gelder. Er schien völlig ungerührt. »Das ist nicht gerade die feinste Gegend von Amsterdam – unten bei den Docks. Hans Gerber. Neunzehn. Ich werde Ihnen nicht sein Gesicht zeigen. Er hat zu lange im Wasser gelegen. Die Feuerwehr fand ihn, als sie einen Wagen herauszog. Sonst hätte er dort noch Jahre unentdeckt liegen können. Irgend jemand hatte ihm ein paar alte Bleirohre um den Leib gebunden.

Er hob eine Ecke des Lakens und gab dadurch die Sicht auf einen schlaffen ausgemergelten Arm frei. Er sah aus, als sei jemand mit Nagelschuhen darüber hinweggetrampelt. Seltsame dunkelrote Linien verbanden viele dieser Punkte, und der ganze Arm war völlig farblos. Van Gelder legte das Laken ohne ein Wort wieder an seinen Platz und wandte sich ab. Der Angestellte schob die Bahre wieder zurück in die Kammer, schloß die Tür, führte uns zu einer anderen Tür und rollte eine andere Leiche heraus. Während der ganzen Zeit lächelte er strahlend wie ein bankrotter englischer Herzog, der das Publikum in seinem alten Schloß herumführt.

»Das Gesicht dieses Mannes werde ich Ihnen auch nicht zeigen«, sagte van Gelder. »Es ist nicht schön, einen dreiundzwanzigjährigen Jungen anzusehen, der das Gesicht eines Siebzigjährigen hat.« Er wandte sich an den Angestellten.

»Wo wurde dieser hier gefunden?«

»In Den Oosterhook«, strahlte der Mann. »Auf einem Kohlenschlepper.«

Van Gelder nickte. »Das stimmt. Und eine Flasche – eine leere Flasche – Gin lag neben ihm. Er hatte den ganzen Gin getrunken. Sie wissen, was für eine glänzende Kombination das ist – Gin und Heroin.« Er hob das Laken hoch, und ich sah einen Arm, der dem eben gesehenen sehr ähnlich war. »Selbstmord – oder Mord?«

»Das hängt davon ab.«

»Wovon?«
»Ob er den Gin selbst gekauft hat. Dann wäre es Selbstmord — oder Unfall. Irgend jemand könnte ihm den Gin aber auch gegeben haben. Dann wäre es Mord. Genau diesen Fall hatten wir vorigen Monat im Hafen von London. Wir werden nie wissen, was wirklich geschah.«
Auf ein Nicken von van Gelder führte uns der Angestellte, immer noch strahlend, zu einem Schrank in der Mitte des Raumes. Diesmal zog van Gelder das Laken von dem Gesicht weg. Das Mädchen war sehr jung und sehr hübsch, und es hatte goldblonde Haare.
»Schön, nicht?« fragte van Gelder. »Kein Zeichen auf dem Gesicht. Julia Rosemeyer aus Ostdeutschland. Das ist alles, was wir von ihr wissen und jemals wissen werden. Sechzehn schätzen die Ärzte.«
»Was geschah mit ihr?«
»Sie fiel aus dem sechsten Stock auf die Straße.«
Ich dachte flüchtig an den ehemaligen Etagenkellner und daran, wieviel besser er sich hier gemacht hätte, dann fragte ich: »Gestoßen?«
»Gefallen. Zeugen. Sie waren alle high. Sie hatte die ganze Nacht davon gesprochen, nach England zu fliegen. Sie war von der Idee besessen, die Königin treffen zu wollen. Plötzlich kletterte sie auf das Geländer des Balkons, sagte, sie würde nach London fliegen, um die Königin zu sehen — und dann, nun, dann flog sie. Glücklicherweise ging zu dieser Zeit niemand unten vorbei. Wollen Sie noch mehr sehen?«
»Ich würde gern in der nächsten Kneipe einen Drink nehmen, wenn es Ihnen nichts ausmacht.«
»Nein.« Er lächelte, aber sein Lächeln hatte nichts Humorvolles. »Van Gelders Kaminzimmer. Es ist nicht weit. Ich habe meine Gründe.«
»Ihre Gründe?«
»Sie werden schon sehen.«
Wir verabschiedeten uns von dem glücklich lächelnden Angestellten, der aussah, als hätte er gern gesagt: »Beehren Sie mich recht bald wieder«, aber er tat es nicht. Der Himmel war seit dem frühen Morgen dunkler geworden, und vereinzelt begannen schwere Regentropfen zu fallen. Im Osten war der Horizont bleigrau und dunkelrot, mehr als nur vage drohend und voller dunkler Vorahnungen. Nur selten gab der Himmel meine Stimmung so genau wieder wie jetzt.
Van Gelders Kaminzimmer hätte es mit den meisten englischen Kneipen

aufnehmen können, die ich kannte. Verglichen mit dem nun strömenden Regen war es eine Oase heller Freundlichkeit. Draußen lief der Regen in gerippten Wellen an den Fenstern hinunter, drinnen war es warm und gemütlich. Das Zimmer war mit schweren holländischen Möbeln eingerichtet, mit völlig überpolsterten Sesseln, aber ich habe eine große Vorliebe für prall gepolsterte Sessel: Sie drücken einen nicht so wie die schlecht gepolsterten. Auf dem Boden lag ein rostbrauner Teppich, und die Wände waren in verschiedenen warmen Pastelltönen gestrichen. Das Feuer prasselte, und van Gelder studierte – wie ich zu meiner Freude feststellte – einen gut bestückten gläsernen Flaschenschrank.
»Nun«, sagte ich, »Sie haben mich in dieses verdammte Leichenschauhaus geschleppt, um mir Ihren Standpunkt klarzumachen. Ich bin sicher, es ist Ihnen gelungen. Welches ist Ihr Standpunkt?«
»Punkte, nicht Punkt. Erstens wollte ich Sie überzeugen, daß wir es hier mit einem noch tückischeren Problem zu tun haben als Sie zu Hause. Im Leichenschauhaus liegen noch sechs andere Rauschgiftsüchtige, und wie viele von ihnen eines natürlichen Todes starben, kann man nur vermuten. Es ist nicht immer so schlimm wie diesmal, diese Todesfälle kommen in Wellen, aber immerhin stellen sie einen unerträglichen Verlust von Leben, und zwar hauptsächlich von jungem Leben, dar. Und wie viele hundert hoffnungslose Süchtige kommen auf einen Toten im Leichenschauhaus?«
»Sie wollen sagen, daß Sie noch mehr Antrieb haben als ich, diese Leute zu finden und zu vernichten – und daß wir einen gemeinsamen Feind, eine Hauptlieferquelle angreifen?«
»Jedes Land hat nur einen König.«
»Und der andere Standpunkt?«
»Ich wollte Colonel de Graafs Warnung bekräftigen. Diese Leute sind völlig skrupellos. Wenn Sie sie zuviel provozieren, wenn Sie Ihnen zu nahe kommen – nun, im Leichenschauhaus sind noch ein paar Schubladen frei.«
»Wie wär's mit einem Drink?« fragte ich.
Draußen im Flur klingelte das Telefon. Van Gelder murmelte eine Entschuldigung und ging hinaus. Im gleichen Augenblick, in dem sich die Tür hinter ihm schloß, öffnete sich eine andere Tür, und ein Mädchen trat ins Zimmer. Sie war groß und schlank, Anfang zwanzig und trug

einen mit Drachen bestickten Hausmantel, der fast bis zu ihren Knöcheln reichte.

Sie war schön, mit flachsblonden Haaren, einem ovalen Gesicht und riesigen violetten Augen, die gleichzeitig humorvoll und aufmerksam waren. Ihre Erscheinung war so faszinierend, daß es einige Zeit dauerte, bis ich mich meiner Manieren erinnerte und mich mit einiger Schwierigkeit aus dem tiefen Sessel hochrappelte.

»Hallo«, sagte ich. »Paul Sherman.« Das war nicht gerade geistreich, aber mir fiel nichts anderes ein.

Als sei sie verwirrt, lutschte das Mädchen einen Augenblick lang an der Spitze ihres Daumens, dann lächelte sie, und ich sah zwei Reihen makelloser Zähne.

»Ich heiße Trudi. Ich spreche nicht gut Englisch.« Das tat sie wirklich nicht, aber sie sprach mit der hübschesten Stimme schlechtes Englisch, die ich je gehört hatte. Ich streckte ihr meine Hand entgegen, aber sie machte keine Anstalten, sie zu ergreifen. Statt dessen legte sie die Hand auf den Mund und kicherte schüchtern. Ich bin es nicht gewöhnt, daß halberwachsene Mädchen mich schüchtern ankichern, und ich war mehr als erleichtert, als ich hörte, daß draußen der Hörer auf die Gabel gelegt wurde und van Gelders Stimme ertönte, als er vom Flur hereinkam.

»Nur ein Routinebericht über den Vorfall auf dem Flugplatz. Bisher haben wir noch keine Anhaltspunkte ...«

Van Gelder sah das Mädchen, brach ab, lächelte, trat zu ihr und legte den Arm um ihre Schultern.

»Ich sehe, Sie haben sich schon miteinander bekannt gemacht.«

»Nun«, sagte ich, »nicht ganz ...« dann brach ich ab, als Trudi sich auf die Zehenspitzen stellte und ihm etwas ins Ohr flüsterte, wobei sie mich aus dem Augenwinkel beobachtete. Van Gelder lächelte, nickte, und Trudi verließ eilig das Zimmer. Die Verwirrung mußte sich deutlich in meinem Gesicht abgezeichnet haben, denn van Gelder lächelte wieder, und es schien mir kein besonders glückliches Lächeln zu sein.

»Sie kommt gleich zurück, Major. Zuerst ist sie Fremden gegenüber schüchtern, aber nur am Anfang.«

Wie van Gelder versprochen hatte, war Trudi einen Augenblick später wieder zurück. Sie brachte eine sehr große Puppe mit, die so wunderbar gearbeitet war, daß man sie auf den ersten Blick für ein lebendiges Kind

halten konnte. Sie war fast neunzig Zentimeter groß. Auf dem Kopf trug sie einen weißen Hut mit Schleier, der flachsblonde Locken bedeckte, die den gleichen Ton hatten wie Trudis. Die Puppe trug ein knöchellanges, wogendes, gestreiftes Seidenkleid und ein herrliches gesticktes breites Mieder. Trudi preßte die Puppe an sich, als sei sie wirklich ein Kind. Wieder legte van Gelder den Arm um ihre Schultern.
»Das ist Trudi, meine Tochter. Trudi, das ist ein Freund von mir, Major Sherman aus England.«
Diesmal kam sie ohne Zögern auf mich zu, streckte die Hand aus, machte eine kleine ruckartige Bewegung, die wie die Andeutung eines Knickses aussah, und lächelte.
»Guten Tag, Major Sherman.«
Um nicht hinter ihr zurückzustehen, lächelte ich, verbeugte mich leicht und sagte: »Miss van Gelder. Es ist mir ein Vergnügen.«
»Ganz meinerseits.« Sie wandte sich an van Gelder und sah ihn fragend an.
»Englisch ist nicht Trudis stärkste Seite«, sagte van Gelder entschuldigend. »Setzen Sie sich, Major, setzen Sie sich.« Er nahm eine Flasche Scotch aus dem Schrank, goß für mich und für sich einen Drink ein, reichte mir mein Glas und sank mit einem Seufzer in seinen Sessel. Dann sah er zu seiner Tochter auf, die mich in einer Weise musterte, die mich unruhig hin und her rutschen ließ.
»Willst du dich nicht auch setzen, meine Liebe?«
Sie wandte sich van Gelder zu, lächelte strahlend, nickte und gab ihm die riesige Puppe. Er nahm sie so selbstverständlich, daß man merkte, daß er an derartige Dinge gewöhnt war.
»Ja, Papa«, sagte sie, und dann setzte sie sich plötzlich ohne jede Vorwarnung und so selbstverständlich, als sei das das Natürlichste von der Welt, auf meine Knie, legte mir einen Arm um den Hals und lächelte mich an. Ich erwiderte ihr Lächeln, obwohl es mich in diesem Augenblick ungeheuere Anstrengung kostete.
Trudi sah mich ernst an und sagte: »Ich mag Sie.«
»Ich mag Sie auch, Trudi.« Ich drückte sie an mich, um ihr zu zeigen, wie sehr ich sie mochte. Sie lächelte mich an, legte den Kopf an meine Schulter und schloß die Augen. Ich betrachtete einen Moment lang ih-

ren blonden Kopf, dann warf ich van Gelder einen leicht fragenden Blick zu. Er lächelte. Es war ein sorgenvolles Lächeln.

»Ich möchte Sie nicht verletzen, Major Sherman, aber Trudi liebt jeden Menschen.«

»Das tun alle Mädchen in einem gewissen Alter.«

»Sie sind ein Mann von außerordentlicher Auffassungsgabe.« Ich war nicht der Ansicht, daß es einer außerordentlichen Auffassungsgabe bedurfte, um die Bemerkung zu machen, die ich gerade von mir gegeben hatte, also antwortete ich nicht, sondern lächelte nur und wandte mich wieder Trudi zu. Ich sagte sehr sanft: »Trudi?«

Sie sagte nichts. Sie bewegte sich nur leicht, lächelte wieder, ein seltsam zufriedenes Lächeln, das aus irgendeinem mir nicht ganz klaren Grund bewirkte, daß ich mir wie ein Schwindler vorkam. Sie machte die Augen noch fester zu und schmiegte sich an mich.

Ich versuchte es noch einmal. »Trudi. Ich bin überzeugt, daß Sie wunderschöne Augen haben. Darf ich sie sehen?«

Sie dachte eine Weile darüber nach, lächelte wieder, setzte sich auf, legte die Hände auf meine Schultern, hielt sich selbst auf Armeslänge von mir weg und öffnete die Augen ganz weit, wie ein Kind das auf diese Bitte hin getan hätte.

Die riesengroßen violetten Augen waren schön, das stand außer Zweifel. Aber sie waren auch etwas anderes. Sie waren glasig und leer und schienen kein Licht zu reflektieren. Sie funkelten. Dieses Funkeln wäre trügerischerweise auf jeder Fotografie ein Glanzpunkt gewesen, denn das Funkeln war nur oberflächlich: Dahinter lag eine seltsam undurchsichtige Dunkelheit.

Immer noch sanft nahm ich ihre rechte Hand von meiner Schulter und schob den Ärmel bis zum Ellenbogen hinauf. Nach ihrer übrigen Erscheinung zu schließen hätte es ein schöner Unterarm sein müssen, aber das war er nicht: Er war erschreckend entstellt von den Punkten, die ungezählte Injektionsspritzen hinterlassen hatten. Trudis Lippen bebten. Sie sah mich schreckerfüllt an als fürchte sie einen Vorwurf, riß ihren Ärmel herunter, warf die Arme um meinen Hals, vergrub ihr Gesicht an meinem Hals und begann zu weinen. Sie weinte, als ob ihr Herz zerbräche. Ich tätschelte sie so besänftigend, wie man jemanden tätscheln kann, der drauf und dran ist, einen zu erwürgen, und sah zu van Gelder

hinüber. »Jetzt weiß ich, warum Sie unbedingt wollten, daß ich mit hierher kam«, sagte ich.
»Es tut mir leid. Nun wissen Sie es.«
»Gibt es noch einen dritten Punkt?«
»Es gibt noch einen dritten Punkt. Ich wünschte weiß Gott, ich müßte es nicht tun. Aber Sie werden verstehen, daß ich es aus Fairneß meinen Kollegen gegenüber eingestehen mußte.«
»De Graaf weiß davon?«
»Jeder höhere Polizeibeamte in Amsterdam weiß davon«, sagte van Gelder einfach. »Trudi!«
Trudis einzige Reaktion war, daß sie sich noch fester an mich klammerte. Ich litt allmählich wirklich unter Atemnot.
»Trudi!« Diesmal war van Gelders Stimme energischer. »Dein Nachmittagsschlaf. Du weißt, was der Arzt gesagt hat. Du mußt ins Bett.«
»Nein«, schluchzte sie, »nein, nicht ins Bett.«
Van Gelder seufzte und rief: »Herta!«
Als ob sie nur auf ihr Stichwort gewartet hätte – und wahrscheinlich hatte sie mit einem Ohr an der Tür draußen gestanden – betrat eine ziemlich fremdländisch aussehende Frau den Raum. Wenn alle Leute so aussähen wie sie aussah müßten die Gesundheitsfarmen ihre Pforten schließen. Sie war eine mächtige, ungeheuer fette watschelnde Frau – ihre Art der Fortbewegung als Gehen zu bezeichnen wäre eine grobe Ungenauigkeit gewesen – die genau die gleiche Kleidung trug wie Trudis Puppe. Lange blonde Zöpfe, die mit glänzenden Bändern zusammengebunden waren, hingen auf ihren wogenden Busen herunter. Ihr Gesicht war alt – sie war bestimmt weit über siebzig – von tiefen Furchen durchzogen, und die Haut sah aus wie gebrochenes braunes Leder. Der Kontrast zwischen der farbenfrohen Kleidung und den blonden Zöpfen einerseits und der unförmigen alten Hexe, die sie trug, andererseits war bizarr, erschreckend und so grotesk, daß es schon beinahe obszön war, aber weder van Gelder noch Trudi schienen diesen Eindruck zu haben. Die alte Frau durchquerte das Zimmer – in Anbetracht der Massen, die sie watschelnd vorwärtsbewegte, kam sie bemerkenswert schnell vom Fleck – nickte knapp in meine Richtung und legte dann freundlich aber bestimmt eine Hand auf Trudis Schulter. Trudi blickte auf – die Tränen waren so rasch versiegt wie sie gekommen waren – nickte unterwürfig,

löste die Arme von meinem Hals und stand auf. Sie ging zu van Gelder hinüber, nahm ihre Puppe wieder an sich, küßte ihn, kam zu mir zurück, küßte mich wie ein Kind, das gute Nacht sagt, und verließ fast hopsend das Zimmer, dicht gefolgt von der watschelnden Herta. Ich stieß einen langen Seufzer aus und hielt mich gerade noch zurück, meine Stirn abzuwischen.

»Sie hätten mich vorwarnen können«, beschwerte ich mich. »Wegen Trudi und wegen Herta. Wer ist sie überhaupt – Herta meine ich? Eine Krankenschwester?«

»Ein altes Erbstück.« Van Gelder nahm einen großen Schluck Whisky, als ob er ihn nötig hätte, und ich tat das gleiche, denn ich hatte es noch nötiger – er war an derartige Dinge schließlich gewöhnt. »Die alte Haushälterin meiner Eltern – von der Insel Huyler in der Zuider Zee. Wie sie vielleicht bemerkt haben sind sie dort ein bißchen – wie soll ich sagen – konservativ, was ihre Kleidung betrifft. Sie ist erst seit ein paar Monaten bei uns – aber, nun, Sie haben ja gesehen, wie gut sie mit Trudi umgehen kann.«

»Und Trudi?«

»Trudi ist acht Jahre alt. Sie ist seit fünfzehn Jahren acht Jahre alt. Wie sie sich vielleicht schon gedacht haben ist sie nicht meine Tochter – aber eine Tochter könnte ich nicht mehr lieben. Sie ist die adoptierte Tochter meines Bruders. Er und ich arbeiteten bis vor einem Jahr in Curaçao – ich im Rauschgiftdezernat, er als Sicherheitsbeamter für eine holländische Ölgesellschaft. Seine Frau starb vor einigen Jahren – und dann kamen er und meine Frau vergangenes Jahr bei einem Autounfall ums Leben. Einer mußte Trudi zu sich nehmen. Ich tat es. Ich wollte sie zuerst gar nicht haben – und jetzt könnte ich nicht mehr ohne sie leben. Sie wird niemals erwachsen werden, Mr. Sherman.«

Und seine Untergebenen waren wahrscheinlich die ganze Zeit über der Ansicht, daß er nur ihr glücklicher Vorgesetzter war, der nichts anderes im Kopf hatte, als so viele Übeltäter wie möglich hinter Gitter zu bringen. Mitleidsbezeugungen sind noch nie meine Stärke gewesen, also sagte ich: »Diese Sucht – wann begann sie?«

»Das weiß der Himmel. Vor Jahren. Und Jahre bevor mein Bruder dahinterkam.«

»Einige dieser Einstiche sind neu.«

»Sie macht eine Entziehungskur. Finden Sie, daß es zu viele Injektionen sind?«
»Das finde ich.«
»Herta bewacht sie wie ein Adler. Jeden Morgen geht sie mit ihr in den Vondel Park – sie füttert so gern die Vögel. Nachmittags schläft Trudi. Aber abends wird Herta manchmal müde – und ich bin abends oft nicht zu Hause.«
»Haben Sie sie beobachten lassen?«
»Schon x-mal. Ich weiß nicht, wie es passiert.«
»Sie machen sich an sie heran, um Sie in ihre Gewalt zu bekommen?«
»Um mich unter Druck zu setzen. Was sonst? Sie hat kein Geld, um das Zeug zu bezahlen. Sie sind Narren und erkennen nicht, daß ich sie erst vor meinen Augen langsam sterben sehen muß, bevor ich mich bloßstellen kann. Und deshalb lassen sie nicht locker.«
»Sie könnten sie vierundzwanzig Stunden täglich bewachen lassen.«
»Damit wäre die Sache dann offiziell. Eine derartige offizielle Bitte wird den Leuten vom Gesundheitsamt automatisch zur Kenntnis gebracht. Und was dann?«
»Eine Anstalt«, nickte ich. »Für geistig Zurückgebliebene. Und sie würde nie mehr dort herauskommen.«
»Nein, nie mehr.«
Ich wußte nicht, was ich noch sagen sollte außer »auf Wiedersehen«, also sagte ich das und ging.

VIERTES KAPITEL

Den Nachmittag verbrachte ich in meinem Hotelzimmer damit, die sorgfältig mit Hinweisen und Kreuzen gekennzeichneten Akten und Berichte durchzusehen, die Colonel de Graafs Büro mir gegeben hatte. Sie enthielten jeden bekannten Fall von Rauschgiftsucht und Rauschgiftverfolgung – erfolgreich oder nicht – der vergangenen zwei Jahre in Amsterdam. Es war eine sehr interessante Lektüre, jedenfalls dann, wenn man Tod und Erniedrigung, Selbstmord, zerbrochene Familien und ruinierte Karrieren als interessant betrachtete. Ich verbrachte eine nutzlose

Stunde damit, die verschiedenen Kreuzchen zu ordnen und zusammenzustellen, aber ich erreichte nicht einmal die Andeutung einer Gesetzmäßigkeit. Ich gab auf. So geschulte Köpfe wie de Graaf und van Gelder hatten viele, viele Stunden mit dem gleichen fruchtlosen Zeitvertreib verbracht, und wenn es ihnen nicht gelungen war, einen roten Faden in der Geschichte zu finden, dann hatte ich überhaupt keine Chance.
Am späten Nachmittag ging ich ins Foyer hinunter und gab meinen Schlüssel ab. Dem Lächeln des Empfangschefs fehlte etwas von der alten Säbelzahntiger-Freundlichkeit, es war respektvoll, sogar entschuldigend: Offensichtlich hatte man ihn angewiesen, im Umgang mit mir einen neuen Weg einzuschlagen.
»Guten Abend, guten Abend, Mr. Sherman.« Eine Liebedienerei, die mir noch unsympathischer war als die übliche Begrüßung.
»Ich fürchte, ich habe gestern abend etwas barsch geklungen, aber wissen Sie . . .«
»Macht nichts, mein lieber Freund, macht gar nichts.«
Ich hätte es nicht zugelassen, daß mich ein Empfangschef an Freundlichkeit übertraf. »Das war doch unter den gegebenen Umständen völlig verständlich. Es muß ein großer Schock für Sie gewesen sein.« Ich schaute durch die Hoteltüren in den Regen hinaus. »Im Fremdenführer steht davon nichts.«
Er lächelte strahlend, als hätte er diese dämliche Bemerkung nicht schon tausendmal gehört und sagte scherzend: »Es ist kaum der richtige Abend, um einen Gesundheitsspaziergang zu machen, Mr. Sherman.«
»Fällt sowieso aus. Heute abend ist Zaandam dran.«
»Zaandam!« Er verzog das Gesicht. »Mein Beileid, Mr. Sherman.« Offensichtlich wußte er eine Menge mehr über Zaandam als ich, was nicht weiter überraschend war, denn ich hatte den Namen willkürlich aus einer Landkarte herausgepickt.
Ich trat hinaus. Regen oder nicht Regen, die Drehorgel kreischte und jammerte in Hochform. Heute abend war Puccini an der Reihe, und er hatte wirklich nichts zu lachen. Ich ging zu dem Leierkasten hinüber und blieb eine Weile daneben stehen, nicht so sehr, um der Musik zuzuhören, denn von Musik im eigentlichen Sinn war wirklich nichts zu hören, sondern um unauffällig eine Handvoll ausgemergelter und schlecht gekleideter Teenager zu beobachten — ein seltener Anblick in Amster-

dam, wo man magere Menschen nicht gerade schätzt — die sich mit den Ellenbogen auf den Leierkasten stützten und völlig verzückt schienen. Meine Gedanken wurden plötzlich durch eine scheppernde Stimme unterbrochen, die hinter mir laut wurde.

»Mynheer mag Musik?« Ich drehte mich um. Er lächelte ein zögerndes Lächeln.

»Ich liebe Musik.«

»Ich auch, ich auch.« Ich sah ihn mir genau an, denn nach menschlichem Ermessen mußte seine Zeit bald kommen, und unter Umständen fand er für diese Bemerkung keine Vergebung mehr. Wir lächelten einander an, ein Musikliebhaber den anderen. »Heute abend werde ich an Sie denken. Ich gehe in die Oper.«

»Mynheer ist sehr liebenswürdig.«

Ich ließ zwei Münzen in die Blechbüchse fallen, die auf geheimnisvolle Weise plötzlich unter meiner Nase erschienen war.

»Mynheer ist zu liebenswürdig.«

In Anbetracht des Verdachtes, den ich gegen ihn hegte, fand ich das auch, aber ich lächelte wohltätig, und während ich die Straße wieder überquerte, nickte ich dem Portier zu: mit dem Trick, den nur Portiers beherrschen, beschaffte er im Handumdrehen ein Taxi aus dem Nichts. Ich sagte zu dem Fahrer: Flughafen »Schiphol« und stieg ein.

Wir fuhren los. Wir fuhren nicht allein los. Bei der ersten Verkehrsampel, etwa zwanzig Meter vom Hotel entfernt, spähte ich durch das getönte Heckfenster hinaus. Ein gelbgestreiftes Mercedes-Taxi war zwei Wagen hinter uns, ein Taxi, das ich als eines erkannte, das gewöhnlich auf einem Standplatz in der Nähe des Hotels parkte. Aber das konnte Zufall sein. Die Ampel schaltete auf Grün, und wir bogen in die Vijzelstraat ein. Ebenso der gelbgestreifte Mercedes.

Ich tippte dem Fahrer auf die Schulter. »Halten Sie bitte. Ich möchte Zigaretten kaufen.« Ich stieg aus. Der Mercedes hielt direkt hinter uns. Niemand stieg ein, niemand stieg aus. Ich ging in ein Hotel, kaufte eine Schachtel Zigaretten, die ich nicht brauchte, und kam wieder heraus. Der Mercedes war immer noch da. Wir fuhren los, und nach einer Weile sagte ich zu dem Fahrer: »Fahren Sie die Prinsengracht entlang.«

Er protestierte: »Das ist nicht der Weg zum Flugplatz.«

»Aber es ist der Weg, den ich fahren will. Biegen Sie rechts ein.«

Er tat es, ebenso der Mercedes.
»Halten Sie.« Er hielt. Der Mercedes hielt. Zufälle sind ja recht und schön, aber das hier war einfach lächerlich. Ich stieg aus, ging zu dem Mercedes und machte die Tür auf. Der Fahrer war ein kleiner fetter Mann mit einem leuchtendblauen Anzug und einem unsoliden Aussehen.
»Guten Abend. Sind Sie frei?«
»Nein.« Er sah mich von oben bis unten an, versuchte es erst mit leichter Sorglosigkeit, dann mit unverschämter Gleichgültigkeit, aber beides gelang ihm nicht.
»Warum stehen Sie dann hier?«
»Gibt es ein Gesetz, das einem Mann verbietet, eine Zigarettenpause zu machen?« »Gibt es nicht. Dumm ist nur, daß Sie nicht rauchen. Kennen Sie das Polizeipräsidium in der Marnixstraat?« Das plötzliche Fehlen jeder Begeisterung auf seinem Gesicht sagte deutlich, daß er es nur allzu gut kannte. »Ich schlage vor, Sie gehen hin und fragen entweder nach Colonel de Graaf oder nach Inspektor van Gelder und sagen ihnen, daß Sie eine Beschwerde gegen Paul Sherman vorzubringen haben, Zimmer 616, Hotel *Rembrandt*.«
»Eine Beschwerde?« sagte er unsicher. »Welche Beschwerde?«
»Sagen Sie ihnen, daß er den Zündschlüssel aus dem Zündschloß Ihres Wagens genommen und in den Kanal geworfen hat.«
Ich zog den Schlüssel aus dem Zündschloß und warf ihn ins Wasser. Es gab ein äußerst befriedigendes Aufklatschen, als er für immer in den Tiefen der Prinsengracht verschwand. »Hören Sie auf, mich zu verfolgen«, sagte ich und schloß die Tür in einer Weise, die das Ende unseres kurzen Gesprächs unterstrich, aber Mercedes ist eine gute Firma und macht gute Wagen, und deshalb fiel die Tür nicht herunter.
Wieder in meinem eigenen Taxi wartete ich, bis wir wieder auf der Hauptstraße waren, dann hielt ich das Taxi an. »Ich habe mich entschlossen zu Fuß zu gehen«, sagte ich und bezahlte.
»Was? Bis zum Flughafen?«
Ich warf ihm ein nachsichtiges Lächeln von der Art zu, wie man es bei einem Langstrecken-Geher erwarten könnte, dessen überragendes Können in Frage gestellt worden ist, wartete, bis er außer Sicht war, stieg in eine »Sechzehner« und stieg am »Dam« wieder aus. Belinda, in einem schwarzen Mantel und mit einem schwarzen Tuch auf den blon-

den Haaren, wartete im Trambahnhäuschen auf mich. Sie sah feucht aus und durchfroren. »Sie sind spät dran«, sagte sie anklagend.
»Kritisiere niemals deinen Boß, nicht einmal in Gedanken. Die oberen Klassen haben immer etwas zu tun.«
Wir überquerten den Platz und gingen den gleichen Weg, den der graue Mann am Abend vorher gegangen war, die Allee hinunter, am Krasnapolsky vorbei, den baumgesäumten Oudezijds Vorburgwal entlang, ein Gebiet, das einer der kulturellen Glanzpunkte Amsterdams ist, aber Belinda schien nicht in der Stimmung für Kultur. Das sonst so lebhafte Mädchen schien in sich zurückgezogen und weit weg mit ihren Gedanken, und das Schweigen war nicht gerade amüsant. Irgend etwas ging Belinda im Kopf herum, und wenn ich Belinda allmählich richtig beurteilen konnte, dann würde sie es mir früher oder später mitteilen. Ich hatte recht. Unvermittelt sagte sie: »Wir existieren gar nicht wirklich für Sie, nicht wahr?«
»Wer existiert nicht?«
»Ich, Maggie, alle die Leute, die für Sie arbeiten. Wir sind völlig unbedeutend.«
»Nun, du weißt, wie das ist«, sagte ich besänftigend. »Der Kapitän eines Schiffes mischt sich nicht unter die Mannschaft.«
»Genau das meine ich. Das sage ich ja — wir existieren für Sie gar nicht. Wir sind nur Marionetten, die so manipuliert werden, daß sie für den Meisterpuppenspieler nützlich sind. Alle anderen Marionetten wären ebenso geeignet.«
Ich sagte sanft: »Wir sind hier, um einen sehr unangenehmen und häßlichen Auftrag auszuführen, und das einzig Wichtige ist, daß wir ihn zu Ende bringen. Persönliche Dinge bleiben dabei völlig aus dem Spiel. Du vergißt, daß ich dein Chef bin, Belinda. Ich finde es wirklich nicht richtig, daß du so mit mir sprichst.«
»Ich spreche mit Ihnen wie es mir paßt.« Nicht nur ein lebhaftes Mädchen, auch noch ein Mädchen mit Geist; Maggie wäre es nicht im Traum eingefallen, so mit mir zu sprechen. Sie überdachte ihren letzten Satz noch einmal und sagte dann ruhig: »Entschuldigen Sie. Ich hätte nicht so mit Ihnen reden dürfen. Aber müssen Sie uns so — so von oben herab und völlig unpersönlich behandeln und nie Kontakt mit uns aufnehmen? Wir sind Menschen, wissen Sie — aber nicht für Sie. Sie wür-

den morgen auf der Straße an mir vorbeigehen, ohne mich zu erkennen. Sie nehmen uns gar nicht wahr.«

»Oh doch, ich nehme euch wahr. Nimm zum Beispiel dich selbst.« Ich vermied es sorgfältig, sie anzusehen, während wir dahingingen, obwohl ich wußte, daß sie mich genau beobachtete. »Ein neues Mädchen im Rauschgiftdezernat. Begrenzte Berufserfahrung im Deuxième Bureau in Paris. Trägt einen Regenmantel, ein Kopftuch mit kleinen Edelweiß, gestrickte weiße Kniestrümpfe, Schnallenschuhe – vernünftigerweise mit niedrigen Absätzen. Du bist einsachtundfünfzig groß und hast – um einen berühmten englischen Schriftsteller zu zitieren – eine Figur, die einen Bischof dazu treiben würde, ein Loch in ein bemaltes Kirchenfenster zu treten. Du hast ein schönes Gesicht, platinblonde Haare, die in der Sonne aussehen wie gesponnene Seide, schwarze Augenbrauen und grüne Augen. Du hast eine rasche Auffassungsgabe, und was das beste ist, du beginnst dir Gedanken über deinen Chef zu machen, vor allem über seinen Mangel an menschlichen Gefühlen. Oh, ich vergaß: Am dritten Finger der linken Hand ist der Nagellack abgeblättert, und ein leicht schiefer Eckzahn oben links intensiviert – wenn das überhaupt noch möglich ist – dein strahlendes Lächeln.«

»Puh!« Im Augenblick fehlten ihr die Worte, was, wie ich allmählich zu glauben begann, ganz und gar nicht ihrer Veranlagung entsprach. Sie warf einen prüfenden Blick auf ihren Finger: Der Nagellack war abgeblättert, und sie wandte sich mit einem Lächeln an mich, das genauso strahlend war, wie ich es beschrieben hatte. »Vielleicht tun Sie es doch.«

»Was?«

»Sich um uns kümmern und uns mögen.«

»Aber natürlich tue ich das.« Sie fing an, mich mit Sir Galahad durcheinanderzubringen, und das konnte sehr schlecht sein.

»Alle meine Mitarbeiter, Kategorie erstklassig, weiblich, gutaussehend, sind für mich wie Töchter.«

Es trat ein längeres Schweigen ein, bis sie schließlich kaum hörbar etwas murmelte, das sich wie »Ja, Papa« anhörte.

»Wie bitte?« fragte ich mißtrauisch.

»Nichts. Gar nichts.«

Wir bogen in die Straße ein, in der das Lagerhaus von Morgenstern und Muggenthaler lag. Dieser, mein zweiter Besuch, erhärtete den Eindruck, den ich in der vorhergehenden Nacht gewonnen hatte. Die Straße erschien noch dunkler noch kahler und drohender, das Kopfsteinpflaster noch schadhafter, die Rinnsteine schienen durch noch mehr Abfall verstopft. Sogar die Giebeldächer neigten sich offenbar noch weiter gegeneinander – morgen um diese Zeit würden sie sich berühren. Belinda blieb unvermittelt stehen und klammerte sich an meinen rechten Arm. Ich sah sie an. Sie starrte mit weitaufgerissenen Augen nach oben. Ich folgte ihrem Blick dorthin, wo die Lagerschuppen immer näher zueinander zu rücken schienen. Die Ladebäume zeichneten sich klar gegen den Himmel ab. Ich wußte, daß sie das Gefühl hatte, es sei Unheil im Anzug. Mir ging es nicht anders.

»Das hier muß der Ort sein«, flüsterte sie. »Hier ist es, das weiß ich.«

»Das ist der Ort«, sagte ich nüchtern. »Was ist los?«

Sie riß ihre Hand von meinem Arm zurück, als hätte ich gerade etwas Verletzendes gesagt, aber ich packte sie, klemmte ihren Arm unter meinen und hielt ihre Hand ganz fest. Sie machte keinen Versuch, sie wegzuziehen.

»Es – es ist so unheimlich. Was sind denn das für gräßliche Stangen, die unter den Giebeln herausragen?«

»Ladebäume. Früher wurden die Häuser hier nach der Breite ihrer Vorderfront besteuert, also bauten die geizigen Holländer ihre Häuser ungewöhnlich schmal. Unglücklicherweise bauten sie die Treppen noch schmaler. Daher die Ladebäume für die sperrigen Dinge – große Klaviere nach oben, Särge nach unten, und so weiter.«

»Hören Sie auf.« Sie zog die Schultern hoch und schauderte. »Es ist schrecklich hier. Diese Ladebäume sehen aus wie Galgen. Das hier ist ein Ort, an den die Leute kommen, um zu sterben.«

»Unsinn, mein liebes Mädchen«, sagte ich herzlich. Ich konnte stilettspitze Eisfinger Chopins Todesmarsch mein Rückgrat rauf und runter spielen hören, und plötzlich erfüllte mich Sehnsucht nach der lieben alten schwermütigen Musik des Leierkastens vor dem *Rembrandt*: Ich war genauso froh, Belindas Hand zu halten, wie sie meine. »Sie dürfen nicht das Opfer Ihrer gallischen Phantasie werden.«

»Das hat nichts mit Phantasie zu tun«, sagte sie düster, dann schauderte sie wieder. »Mußten wir an diesen schrecklichen Ort kommen?« Sie

flog jetzt am ganzen Körper, und obwohl es kalt war, war es doch nicht kalt genug, um derartig zu frieren.
»Erinnerst du dich an den Weg, den wir hierher nahmen?« fragte ich. Sie nickte verwirrt, und ich fuhr fort: »Du gehst zurück ins Hotel, ich komme später nach.«
»Ins Hotel zurück?« Sie war immer noch verwirrt.
»Mir passiert schon nichts. Also, ab durch die Mitte.« Sie zog ihre Hand weg, und bevor mir richtig klarwurde, was geschah, umklammerte sie meine Jackenaufschläge und sah mich mit einem Blick an, der dazu gedacht war, mich augenblicklich im Boden versinken zu lassen. Wenn sie jetzt zitterte, dann aus Wut: Es war mir nie klargewesen, daß ein so schönes Mädchen so wütend aussehen konnte. »Lebhaft« war nicht die richtige Bezeichnung für Belinda, nur ein unzureichender Ersatz für das, was ich wirklich sagen wollte. Ich blickte auf die Fäuste hinunter, die meine Revers umklammert hielten. Die Knöchel waren schon ganz weiß. Sie versuchte tatsächlich, mich zu schütteln.
»Sagen Sie sowas nie wieder zu mir!« Sie war wirklich wütend, darüber gab es keinen Zweifel. Es gab einen kurzen aber heftigen Kampf zwischen meinem tiefverwurzelten Instinkt für Disziplin und dem Wunsch, sie in die Arme zu nehmen: Die Disziplin gewann, aber es war ein knapper Sieg. Ich sagte unbeholfen: »Ich werde nie wieder sowas zu dir sagen.«
»Gut.« Sie ließ meine reichlich mitgenommenen Revers los und ergriff statt dessen meine Hand. »Dann kommen Sie jetzt mit.«
Mein Stolz würde es niemals zulassen zu sagen, daß sie mich einfach hinter sich her schleifte, aber für den unbeteiligten Beobachter muß es sehr danach ausgesehen haben. Nach fünfzig Schritten blieb ich stehen.
»Wir sind da.«
Belinda las das Namensschild: »Morgenstern und Muggenthaler.«
»Das übertrifft noch die Rechnung des dieswöchigen Palladiums.« Ich stieg die Stufen hinauf und machte mich am Schloß zu schaffen. »Achte auf die Straße.«
»Und was mache ich anschließend?«
»Mir den Rücken decken.«
Nicht einmal einem Neuling mit einer zurechtgebogenen Haarnadel hätte dieses Schloß Schwierigkeiten bereitet. Wir betraten das Haus, und

ich zog die Tür hinter uns zu. Meine Taschenlampe war zwar klein aber sehr stark. Im ersten Stock gab es nicht viel zu sehen. Fast bis zur Decke türmten sich leere Holzkisten, Papier, Pappe, Strohballen und Verpakkungsapparate. Es war ein Packraum, nichts anderes.
Wir stiegen die schmale gewundene Holztreppe zum nächsten Stockwerk hinauf. Auf halbem Weg blickte ich mich um und sah, daß Belinda ebenfalls wachsam hinter sich blickte. Der Strahl ihrer Stablampe huschte in die verschiedensten Richtungen.
Im zweiten Stock fanden sich riesige Mengen von holländischem Zinn, Windmühlen, Hunden, Pfeifen und einem Dutzend anderer Artikel, die einzig und allein mit dem Touristenhandel zu tun hatten. Es waren zehntausende solcher Dinge, auf Regalen, die sich die Wand entlang zogen und auf Tischen, die über den ganzen Raum verteilt waren, und obwohl ich sie unmöglich alle untersuchen konnte, sahen sie für mich alle völlig harmlos aus. Was jedoch nicht ganz so harmlos aussah, war ein Raum, fünfzehn mal zwanzig Meter groß, der an einer Ecke des Lagerhauses hervorsprang, oder genauer gesagt, die Tür, die zu diesem Raum führte, obwohl sie heute abend offensichtlich nicht zu diesem Raum führte. Ich rief Belinda zu mir und leuchtete die Tür mit meiner Stablampe ab. Sie starrte sie an, dann starrte sie mich an, und in dem schwachen Lichtschein konnte ich ihre Verwirrung sehen.
»Ein Zeitschloß«, sagte sie. »Warum sollte jemand wohl an einer einfachen Bürotür ein Zeitschloß anbringen?«
»Es ist keine einfache Bürotür«, erklärte ich. »Sie ist aus Stahl. Und deshalb kannst du sicher sein, daß diese einfachen Holzwände mit Stahl unterlegt sind, und ich wette, daß das einfache alte Fenster, das auf die Straße hinaus geht, mit nahe beieinanderstehenden einbetonierten Stangen verrammelt ist. In einem Lagerhaus, in dem Diamanten aufbewahrt werden, könnte ich das verstehen. Aber hier? Warum, hier ist doch nichts, was man verstecken muß.«
»Es sieht ganz so aus, als hätten wir uns das richtige Haus ausgesucht«, sagte Belinda.
»Hast du jemals an mir gezweifelt?«
»Nein, Sir.« Sehr zögernd. »Was ist das hier überhaupt?«
»Offensichtlich ein Lagerhaus für Touristensouvenirs, oder nicht?« Die Fabriken oder die Heimarbeiter oder wer immer, schicken ihre Güter

hierher, und das Lagerhaus versorgt die Geschäfte der Nachfrage entsprechend. Einfach, nicht wahr? Ganz harmlos, nicht wahr?«

»Aber nicht sehr hygienisch.«

»Wie bitte?«

»Es riecht entsetzlich.«

»Den Geruch von Marihuana finden viele Leute entsetzlich.«

»Marihuana!«

»Du und dein behütetes Leben. Komm.«

Ich ging voran in den dritten Stock und wartete dann, bis Belinda nachgekommen war. »Deckst du mir immer noch den Rücken?« fragte ich. »Immer noch«, antwortete sie mechanisch. Die feuerspeiende Belinda von vor ein paar Minuten war verschwunden. Ich konnte es ihr nicht verdenken. An diesem alten Gebäude war irgend etwas unerklärlich Eigenartiges und Unheildrohendes. Der scheußliche Geruch von Cannabis war jetzt sogar noch stärker, aber in diesem Stockwerk schien sich ebenfalls nichts zu befinden, was auch nur im entferntesten etwas damit zu tun hatte. Drei Seiten des gesamten Stockwerks und außerdem eine Anzahl von quergestellten Regalen wurden von Pendeluhren eingenommen, die Gott sei Dank alle stillstanden. Es waren alle Arten, alle Formen und alle Größen vertreten, von kleinen billigen, grellbemalten für den Touristenhandel, die fast alle aus heller Kiefer hergestellt waren, bis zu sehr großen, wunderbar gearbeiteten und ungewöhnlich entworfenen Metalluhren, die offensichtlich sehr alt und sehr teuer waren – oder moderne Nachbildungen, die auch nicht viel billiger sein konnten.

Die vierte Wand des Raumes brachte, milde ausgedrückt, eine Überraschung: In den Regalen lagen wahre Massen von Bibeln. Ich fragte mich flüchtig, was um alles in der Welt Bibeln in einem Lagerhaus für Souvenirs zu suchen hatten, aber ich hielt mich bei dieser Frage nicht lange auf: Es gab zu viele Dinge, die ich nicht verstand.

Ich nahm eine von ihnen in die Hand und sah sie mir näher an. In die untere Hälfte des Ledereinbandes waren in Gold die Worte *Die Gabriel Bibel* geprägt ... ich öffnete sie und auf dem Schmutztitel stand gedruckt: »Mit den Empfehlungen der Ersten Reformierten Kirche der Amerikanischen Hugenotten-Gesellschaft.«

»In unserem Hotelzimmer liegt auch so eine«, sagte Belinda. »Es würde mich nicht überraschen, wenn in den meisten Hotelzimmern dieser Stadt eine läge. Die Frage ist, warum liegen sie ausgerechnet hier? Warum nicht im Lagerhaus eines Verlegers oder Buchhändlers? Wo man sie zu finden erwarten würde? Seltsam, nicht wahr?«

Sie schauderte. »Alles hier ist seltsam.«

Ich tätschelte ihren Rücken. »Du brütest eine Erkältung aus, das ist alles. Ich habe dich vor diesen Miniröcken gewarnt. Ins nächste Stockwerk, los.«

Das nächste Stockwerk beherbergte die erstaunlichste Puppenkollektion, die man sich vorstellen kann. Im ganzen müssen es Tausende gewesen sein. Ihre Größe bewegte sich von winzigen Miniaturen bis zu größeren als die, die ich bei Trudi gesehen hatte. Ohne Ausnahme waren sie hervorragend gearbeitet, alle in die verschiedensten holländischen Trachten gekleidet. Die größeren Puppen standen entweder frei oder wurden von einem Metallstab gestützt, die kleineren hingen an Schnüren, die an Stangen unter der Decke befestigt waren. Der Strahl meiner Taschenlampe richtete sich schließlich auf eine Gruppe von Puppen, die alle die gleiche Tracht trugen.

Belinda hatte völlig vergessen, daß sie mir den Rücken decken sollte: Sie klammerte sich wieder an meinen Arm.

»Es ist so – so unheimlich. Sie sind so lebendig, so wachsam.« Sie sah die Puppen an, die ich mit meiner Lampe anleuchtete. »Irgend etwas Besonderes an ihnen?«

»Es ist völlig unnötig zu flüstern. Sie sehen dich vielleicht an, aber ich versichere dir, daß sie dich nicht hören können. Nein, an den Puppen ist nichts Besonderes, außer daß sie von der Insel Huyler in der Zuider See kommen. Van Gelders Haushälterin, eine charmante alte Hexe, die ihren Besenstiel verloren hat, ist genauso gekleidet.«

»Genauso?«

»Ja, es ist schwer, sich das vorzustellen«, gab ich zu. »Und Trudi hat eine große Puppe, die auch so angezogen ist.«

»Das kranke Mädchen?«

»Das kranke Mädchen.«

»Irgend etwas an diesem ganzen Haus ist krank.« Sie ließ meinen Arm los und wandte sich wieder ihrer Aufgabe zu, mir den Rücken zu decken. Sekunden später hörte ich, wie sie scharf den Atem einzog und drehte mich um: Sie stand nicht mehr als einen Meter zwanzig von mir entfernt, mit dem Rücken zu mir, und während ich sie beobachtete, begann sie langsam und lautlos rückwärts zu gehen, wobei ihre Augen sich offensichtlich auf etwas konzentrierten, das sie mit ihrer Taschenlampe anleuchtete. Ihre freie Hand griff hilfesuchend nach hinten. Ich nahm sie, und sie kam nahe an mich heran, immer noch ohne den Kopf zu wenden.

Sie sprach in einem drängenden Flüsterton.

»Da ist jemand. Irgend jemand beobachtet uns.«

Ich warf einen kurzen Blick in die Richtung, in die der Strahl ihrer Taschenlampe zeigte, doch ich konnte nichts sehen, aber ihre Lampe war auch nicht so stark wie meine. Ich drückte ihre Hand, um ihre Aufmerksamkeit auf mich zu lenken, und als sie sich umdrehte, sah ich sie fragend an.

»Da ist bestimmt jemand!« Immer noch flüsterte sie eindringlich, die grünen Augen waren weit aufgerissen. »Ich habe sie gesehen. Ich habe sie gesehen!«

»Sie?«

»Augen. Ich habe sie gesehen.«

Ich glaubte ihr. Sie hatte vielleicht viel Phantasie, aber sie war darauf gedrillt, sich bei einer Beobachtung nicht von ihrer Phantasie übertölpeln zu lassen. Ich hob meine eigene Taschenlampe. Nicht ganz so sorgfältig, wie ich es hätte tun können, denn der Strahl traf ihre Augen und blendete sie momentan, und als sie schützend die Hand an die Augen hob, richtete ich den Strahl auf das Gebiet, das sie mir angegeben hatte. Augen sah ich zwar keine, dafür aber zwei nebeneinanderhängende Puppen, die so sanft hin und her schwangen, daß man die Bewegung kaum wahrnehmen konnte. Kaum, aber eben *doch* — und es gab keinen Luftzug, keinen Durchzug und keine Bewegung im vierten Stock des Lagerhauses.

Ich drückte ihre Hand ganz fest und lächelte sie an: »Nun, Belinda . . .«

»Hören Sie auf!« Ob das als Zischen oder als zittriges Flüstern gemeint war, wußte ich nicht genau. »Ich habe sie gesehen. Entsetzliche, starrende Augen. Ich schwöre Ihnen, ich habe sie gesehen. Ich schwöre es.«

»Ja, ja, natürlich, Belinda . . .«

Sie drehte sich um, um mich anzuschauen. In ihren wachsamen Augen lag Enttäuschung, als verdächtige sie mich, ich wolle sie aufheitern, was auch tatsächlich der Fall war. Ich sagte: »Ich glaube dir, Belinda. Natürlich glaube ich dir.« Ich hatte meinen Tonfall nicht geändert. »Warum unternehmen Sie dann nichts?«

»Aber sicher werde ich etwas unternehmen. Ich werde machen, daß ich auf dem schnellsten Weg hier 'raus komme.« Ich ließ den Lichtstrahl meiner Lampe noch einmal gemächlich über den Raum gleiten, als ob nichts geschehen wäre, dann drehte ich mich um und nahm beschützend Belindas Arm. »Hier gibt es nichts für uns zu sehen – und wir sind schon viel zu lange hier gewesen. Ein Drink wird unsere restlichen noch vorhandenen Nerven stärken.« Sie starrte mich an, während ihr Gesichtsausdruck von Wut über Enttäuschung bis zu Unglaublichkeit und – wie ich annahm – großer Erleichterung wechselte. Aber die Wut war dominierend. Die meisten Menschen werden wütend, wenn sie den Eindruck haben, keinen Glauben zu finden und auch noch auf den Arm genommen zu werden.

»Aber ich sage Ihnen ...«

»Ah-ah!« Ich legte den Zeigefinger an die Lippen. »Du sagst mir gar nichts. Denk daran, der Boß weiß immer, was das beste ist ...«

Sie war zu jung, um zu Schlaganfällen zu neigen oder rot anzulaufen, aber ihre Gefühle überstürzten sich. Sie starrte mich feindselig an, kam offensichtlich zu dem Schluß, daß es um jedes weitere Wort schade sei und ging die Treppen hinunter. Sogar ihr Rücken war ein einziges wütendes Ausrufezeichen. Ich folgte ihr, und auch mit meinem Rücken war nicht alles in Ordnung: Das seltsame Kitzeln hatte sich wieder eingestellt und hörte nicht auf, bis ich die Eingangstür des Lagerhauses sicher hinter mir verschlossen hatte.

Wir gingen schnell die Straße hinauf, etwa einen Meter voneinander entfernt. Belinda achtete darauf, daß der Zwischenraum nicht geringer wurde. Ihr Benehmen zeigte deutlich, daß Händchenhalten und Sich-an-meinen-Arm-klammern für diese Nacht vorüber war, und wahrscheinlich auch für alle Zukunft. Ich räusperte mich.

»Wer kämpft und davonläuft, kann am nächsten Tag weiterkämpfen.« Sie kochte derartig, daß sie es nicht verstand.

»Bitte reden Sie nicht mit mir«, fuhr sie mich an, also unterließ ich es, wenigstens bis wir zu der ersten Kneipe im Hafenviertel kamen, einer unangenehmen Pinte, die den schönen Namen *Die neunschwänzige Katze* trug. Irgendwann mußte die britische Marine einmal hier abgestiegen sein. Ich nahm Belindas Arm und führte sie hinein. Sie war nicht gerade begeistert, aber sie wehrte sich nicht.

Die Luft in der verräucherten Kneipe war zum Schneiden. Das war das einzige, was man über sie sagen konnte. Einige Seeleute, denen es nicht paßte, daß ein paar Touristen in das Revier eindrangen, das sie — wahrscheinlich zu Recht — als ihres betrachteten, warfen mir finstere Blicke zu, als ich eintrat, aber mir war noch viel mehr nach finsteren Blicken zumute als ihnen, und nach dem verächtlichen Empfang ließen sie uns vollkommen in Ruhe. Ich führte Belinda zu einem kleinen Tisch, einem unverfälschten antiken Holztisch, dessen Oberfläche seit undenklichen Zeiten weder mit Seife noch mit Wasser in Berührung gekommen war.

»Ich nehme einen Scotch«, sagte ich. »Und du?«

»Scotch«, sagte sie, immer noch beleidigt.

»Aber du trinkst doch gar keinen Scotch.«

»Heute abend schon.«

Sie hatte nur zur Hälfte recht. Sie goß die Hälfte ihres Drinks in einem kühnen Zug hinunter, und dann begann sie zu spucken, zu husten und so schrecklich zu würgen, daß ich schon anfing zu glauben, sie neige vielleicht doch zu Schlaganfällen. Ich klopfte ihr auf den Rücken.

»Nehmen Sie ihre Hand weg«, keuchte sie.

Ich nahm meine Hand weg.

»Ich glaube nicht, daß ich weiter mit Ihnen zusammenarbeiten kann, Major Sherman«, sagte sie, nachdem ihr Kehlkopf wieder richtig arbeitete.

»Ich bedauere, das zu hören.«

»Ich kann nicht mit Menschen zusammenarbeiten, die mir nicht trauen, die mir nicht glauben. Sie behandeln uns nicht nur wie Marionetten, sondern wie Kinder.«

»Ich betrachte dich nicht als Kind«, sagte ich friedfertig. Und das tat ich wirklich nicht.

»Ich glaube dir, Belinda«, ahmte sie meinen Tonfall verbittert nach. »Natürlich glaube ich dir, Belinda. — Aber Sie glauben Belinda mitnichten.«

»Ich glaube Belinda sehr wohl«, sagte ich. »Ich glaube sehr wohl, daß ich mich um Belinda sorge. Und aus diesem Grund brachte ich Belinda aus dem Lagerhaus heraus.«

Sie starrte mich an. »Sie glauben – warum dann ...«

»Es war wirklich jemand dort, hinter dem Regal mit den Puppen. Ich sah, daß zwei der Puppen leicht hin und her schwangen. Irgend jemand versteckte sich hinter dem Regal und beobachtete uns, um zu sehen, ob wir etwas entdeckten, und wenn ja, was wir entdeckten. Er hatte keine Mordabsichten, sonst hätte er uns in den Rücken geschossen, als wir die Treppe hinuntergingen. Aber wenn ich mich so verhalten hätte, wie du das von mir erwartetest, dann wäre ich gezwungen gewesen, ihn zu suchen, und er hätte mich von seinem Versteck aus in aller Ruhe abgeknallt, bevor ich ihn gesehen hätte. Und dann hätte er dich auch noch abgeknallt, weil es keinen Zeugen geben durfte, und du bist wirklich noch viel zu jung zum Sterben. Oder ich hätte mit ihm Verstecken spielen können und eine Chance gehabt, ihn zu finden – wenn du nicht da gewesen wärst. Aber du *warst* da, und du hast keine Waffe, du hast nicht die geringste Erfahrung in den gemeinen Spielen, die wir spielen, und du wärst eine hervorragende Geisel für ihn gewesen. Also schaffte ich Belinda von dort weg. Na, war das nicht eine hübsche Rede?«

»Ich weiß nicht recht.« Heftig wie üblich, hatte sie jetzt Tränen in den Augen. »Ich weiß nur, daß das das Netteste war, was jemals jemand über mich gesagt hat.«

»Unsinn.« Ich trank meinen Scotch in einem Zug aus, goß ihren hinterher und brachte sie in ihr Hotel zurück. Wir blieben einen Moment unter dem Dächlein an der Eingangstür stehen, um uns vor dem jetzt dicht strömenden Regen zu schützen, und sie sagte: »Es tut mir leid. Ich war eine solche Närrin. Und Sie tun mir auch leid.«

»Ich?«

»Ich sehe jetzt, warum Sie lieber mit Marionetten als mit Menschen zusammenarbeiten würden. Man weint nicht, wenn eine Marionette stirbt.«

Ich schwieg. Ich begann, das Mädchen aus dem Griff zu verlieren, das alte Meister-Schüler-Verhältnis war nicht mehr das, was es einmal gewesen war.

»Noch etwas«, sagte sie. Ihre Stimme klang fast glücklich. Ich wappnete mich.

»Ich werde mich nie wieder vor Ihnen fürchten.«
»Du hast dich vor mir gefürchtet? Vor *mir?*«
»Ja. Wirklich. Aber es ist so, wie der Mann gesagt hat . . .«
»Welcher Mann?«
»Shylock, nicht wahr? Schneide mich, und ich blute . .«
»Oh, sei still!«
Sie war still. Sie schenkte mir lediglich ihr strahlendes Lächeln, küßte mich ohne jede Hast, lächelte mich noch einmal an und ging hinein. Ich starrte auf die gläsernen Schwingtüren, bis sie zum Stehen kamen. Wenn es so weiterging, war die Disziplin bald beim Teufel, dachte ich düster.

FÜNFTES KAPITEL

Ich ging zwei- oder dreihundert Meter zu Fuß, bis ich nicht mehr in der Nähe des Hotels der Mädchen war, hielt ein Taxi an und ließ mich zum *Rembrandt* zurückfahren. Einen Moment lang blieb ich unter der Markise vor dem Foyer stehen und sah zu dem Leierkasten auf der anderen Straßenseite hinüber. Der Alte war nicht nur unermüdlich, sondern auch wasserdicht, Regen kümmerte ihn nicht. Nur ein Erdbeben hätte ihn davon abhalten können, seine Abendvorstellung zu geben. Wie der alte Schauspieler, der weiß, daß die Show weitergehen muß, hatte er vielleicht das Gefühl, daß er dem Publikum gegenüber eine Verpflichtung hatte, und unglaublicherweise hatte er wirklich Publikum: ein halbes Dutzend Jugendliche, deren abgewetzte Kleidung aussah, als sei sie völlig durchweicht, eine Gruppe von Altardienern, die in der mystischen Betrachtung der Todesqualen von Strauß versunken waren, dem es an diesem Abend an den Kragen ging. Ich betrat das Hotel.
Der Empfangschef sah mich, als ich aus der Garderobe zurückkam. Seine Überraschung schien echt zu sein.
»Schon zurück aus Zaandam?«
»Ich hatte ein schnelles Taxi«, erklärte ich und ging durch die Halle zur Bar, wo ich einen Jonge Genever und ein Pils bestellte, und beides langsam trank, während ich über den Zusammenhang zwischen schnellen Männern mit schnellen Waffen, Schiebern und kranken Mädchen

und versteckten Augen hinter Puppen, Leuten und Taxis, die mir auf Schritt und Tritt folgten, und Polizeibeamten, die erpreßt wurden, und korrupten Geschäftsführern und Portiers und blechernen Leierkästen nachdachte. Es kam nichts dabei heraus. Ich hatte das sichere Gefühl, mich nicht herausfordernd genug zu benehmen, und gelangte gerade widerwillig zu dem Schluß, daß mir nichts anderes übrigblieb, als das Lagerhaus später an diesem Abend noch einmal aufzusuchen — natürlich, ohne es Belinda jemals wissen zu lassen — als ich zufällig zum erstenmal in den Spiegel hinter der Bar blickte. Ich wurde nicht von meinem Instinkt dazu veranlaßt, es war nur so, daß meine Nase fast unbewußt seit einiger Zeit den Geruch eines Parfums aufgenommen hatte, das ich soeben als Sandelholz identifiziert hatte, und da ich dafür eine Vorliebe habe, wollte ich sehen, woher der Duft kam. Schlichte Neugier. Das Mädchen saß an einem Tisch direkt hinter mir. Vor ihr stand ein Drink. Sie hielt ein Blatt Papier in der Hand. Ich hätte mir einreden können, daß ich es mir nur einbildete, daß sie den Blick auf das Papier senkte, als ich in den Spiegel sah, aber ich neige nicht zu Einbildungen. Sie hatte mich angeschaut. Sie schien noch jung zu sein, trug einen grünen Mantel und hatte einen blonden Mop auf dem Kopf, der — nach der modernen Mode frisiert — so aussah, als sei er von einem übergeschnappten Heckenschneider bearbeitet worden. Amsterdam schien voll von Blondinen zu sein, die auf die eine oder andere Weise meine Aufmerksamkeit erregten.

Ich sagte »nochmal das gleiche« zu dem Barkeeper, stellte die Drinks auf einen Tisch in der Nähe der Theke, und ging durch den Raum auf das Foyer zu. Ich ging an dem Mädchen vorbei, als sei ich völlig in Gedanken versunken und trat durch den Haupteingang auf die Straße hinaus. Strauß hatte sich ergeben, aber nicht der Alte, der jetzt — um seine Vorurteilslosigkeit zu demonstrieren — eine greuliche Version der »Bonnie, bonnie Banks of Loch Lomond« zum besten gab. Wenn er das in der Sauchiehall Street in Glasgow versuchte, wären er und seine Drehorgel innerhalb einer Viertelstunde nur noch eine verschwommene Erinnerung. Die jugendlichen Meßdiener waren verschwunden, was entweder bedeutete, daß sie antischottisch eingestellt waren oder außerordentlich proschottisch. In Wahrheit aber bedeutete ihre Abwesenheit, wie ich später herausfand, etwas völlig anderes: Die Beweise lagen alle

vor mir, aber ich übersah sie, und weil ich sie übersah, würden zu viele Menschen sterben müssen.
Der Alte sah mich, und auf seinem Gesicht malte sich Überraschung. »Mynheer sagte, er wolle . . .«
»In die Oper. Und da war ich auch.« Ich schüttelte betrübt den Kopf. »Als die Primadonna das hohe E erreichen wollte, bekam sie einen Herzanfall.« Ich klopfte ihm auf die Schulter. »Keine Panik. Ich gehe nur bis zur Telefonzelle dort drüben.« Ich wählte die Nummer des Hotels, in dem die Mädchen einquartiert waren. Ich kam sofort zur Rezeption durch und wurde dann – nach einer langen Wartepause – mit dem Zimmer der Mädchen verbunden. Belinda klang mürrisch.
»Hallo? Wer ist da?«
»Sherman. Ich möchte euch beide sofort hier haben.«
»*Jetzt?*« Ihre Stimme war eine einzige Anklage. »Aber ich bade gerade.«
»Bedauerlicherweise kann ich nicht an zwei Orten zugleich sein. Du bist sauber genug für die dreckige Arbeit, die ich an der Hand habe. Und Maggie.«
»Aber Maggie schläft.«
»Dann solltest du sie lieber wecken, meinst du nicht auch? Jedenfalls, wenn du sie nicht tragen willst.« Beleidigtes Schweigen. »Seid in zehn Minuten beim Hotel. Wartet in etwa zwanzig Metern Entfernung draußen.«
»Aber es regnet in Strömen.« Sie jammerte immer noch.
»Die Damen der Straße kümmern sich nicht darum, wie feucht sie werden. Bald geht ein Mädchen von hier weg. Deine Größe, dein Alter, deine Figur, deine Haare . . .«
»Es muß in Amsterdam Tausende von Mädchen geben, die . . .«
»Ah – aber diese ist schön. Natürlich nicht so schön wie du, aber auch schön. Außerdem trägt sie einen grünen Mantel – passend zu ihrem grünen Regenschirm – benützt Sandelholzparfum und hat an der linken Schläfe eine ganz gut verdeckte Schürfwunde, die ich ihr gestern nachmittag beibrachte.«
»Eine ganz gut verdeckte . . . Sie haben uns nichts davon gesagt, daß Sie herumgehen und Mädchen zusammenschlagen.«
»Ich kann doch nicht an jede unwichtige Kleinigkeit denken. Geht ihr nach. Wenn sie an ihrem Ziel angelangt ist, bleibt eine von euch dort,

die andere erstattet mir Bericht. Nein, hierher kannst du nicht kommen, das weißt du doch. Ich werde im *Old Bell* am anderen Ende des Rembrandtplein sein.«
»Was machen Sie dort?«
»Es ist ein Lokal. Was glaubst du wohl, was ich dort tun werde?«

Das Mädchen in dem grünen Regenmantel saß immer noch am gleichen Tisch, als ich zurückkam. Ich ging erst zur Rezeption und fragte nach Briefpapier und nahm es mit zu dem Tisch, auf dem meine Drinks standen. Das Mädchen in Grün war nicht mehr als zwei Meter von mir entfernt, im rechten Winkel, und hatte auf diese Weise einen ausgezeichneten Ausblick auf das, was ich tat, ohne selbst beobachtet werden zu können.
Ich zog meine Brieftasche heraus, entnahm ihr die Rechnung für das Essen vom Vorabend, legte sie vor mich auf den Tisch, strich sie glatt und begann, mir auf einem Blatt Papier Notizen zu machen. Nach kurzer Zeit warf ich angewidert meinen Bleistift hin, zerknüllte das Papier und warf es in den nächsten Papierkorb. Ich begann wieder auf einem neuen Blatt und schien zu demselben unbefriedigenden Ergebnis zu kommen. Das machte ich noch einige Male, dann schloß ich fest die Augen und legte den Kopf etwa fünf Minuten lang auf meine Arme: ein Mann, in tiefste Konzentration versunken. Tatsache war, daß ich es nicht sehr eilig hatte. Zehn Minuten hatte ich zu Belinda gesagt, aber wenn sie sich in dieser Zeit fertig baden, anziehen und mit Maggie hier sein würde, dann wußte ich noch weniger über Frauen als ich annahm.
Ich nahm meine Kritzelei, das Zusammenknüllen und Wegschmeißen wieder auf, und schließlich waren zwanzig Minuten vergangen. Ich trank den letzten Schluck, stand auf, sagte dem Barkeeper gute Nacht und ging. Ich ging bis hinter die weinroten Samtvorhänge, die die Bar vom Foyer trennten, und wartete. Vorsichtig spähte ich durch den Vorhang: Das Mädchen in Grün stand auf, ging zur Bar hinüber, bestellte sich einen weiteren Drink und setzte sich dann wie zufällig mit dem Rücken zu mir in den Sessel, den ich kurz vorher verlassen hatte. Sie sah sich unauffällig um, um sich zu überzeugen, daß sie nicht beobachtet wurde, dann griff sie ebenso unauffällig in den Papierkorb und nahm das oberste zerknüllte Blatt heraus. Sie strich es glatt, als ich lautlos

hinter ihren Stuhl trat. Ich konnte jetzt die eine Seite ihres Gesichts sehen, und ich sah, daß es sehr gespannt war. Nur neugierige junge Mädchen wühlen in Papierkörben herum, stand da zu lesen.
»Auf allen Zetteln steht die gleiche geheime Botschaft«, sagte ich. »Guten Abend, Miß Lemay.«
Sie drehte sich um und blickte zu mir auf. Sie hatte sich große Mühe gegeben, die natürliche olivbraune Tönung ihres Teints zu verbergen, aber alle Farbe und aller Puder dieser Welt hätten die Röte nicht überdeckt, die von ihrem Hals bis zu ihrer Stirn hochstieg.
»Was für ein zauberhafter rosiger Schimmer«, sagte ich.
»Es tut mir leid. Ich spreche nicht Englisch.«
Ich fuhr sanft über die Schürfwunde an ihrer Schläfe und sagte freundlich: »Amnesie, durch eine Erschütterung hervorgerufen. Das geht vorüber. Was macht Ihr Kopf, Miß Lemay?«
»Es tut mir leid, ich . . .«
»Spreche nicht Englisch. Das sagten Sie bereits. Aber verstehen können Sie es ausgezeichnet, nicht wahr? Vor allem in schriftlicher Form. Für einen alternden Mann wie mich ist es erfrischend zu sehen, daß die jungen Mädchen von heute so reizend erröten können. Sie sehen wirklich entzückend aus, wenn Sie rot werden.«
Sie stand verwirrt auf und drehte und knüllte die Blätter in ihrer Hand herum. Sie mochte zwar auf der Seite der Gottlosen sein – wer außer einer von der Gegenseite würde schließlich versucht haben, mich auf dem Flughafen von der Verfolgung des Mörders abzuhalten, wie sie es getan hatte – aber ich konnte einen Anflug von Mitleid nicht unterdrücken. Sie hatte irgend etwas Verlorenes und Hilfloses an sich. Sie hätte eine vollendete Schauspielerin sein können, aber dann hätten vollendete Schauspielerinnen ein Vermögen auf der Bühne oder auf der Leinwand verdient. Dann fiel mir plötzlich Belinda ein. Zwei an diesem einen Tag, das waren zwei zuviel. Ich wurde langsam schwachsinnig. Ich machte eine Kopfbewegung zu den Papieren hin.
»Sie können sie behalten, wenn Sie wollen«, sagte ich gemein.
»Diese?« Sie warf einen Blick darauf. »Ich will nicht . . .«
»Ha! Die Amnesie verliert sich.«
»Bitte, ich . . .«
»Ihre Perücke ist verrutscht, Miß Lemay.«

Automatisch hob sie die Hände und berührte ihre Haare, dann ließ sie sie langsam wieder sinken und biß sich ärgerlich auf die Lippen. Der Ausdruck in ihren Augen war Verzweiflung sehr ähnlich. Wieder hatte ich das unangenehme Gefühl, nicht sehr stolz auf mich sein zu können. »Bitte gehen Sie«, sagte sie, also trat ich zur Seite, um sie vorbei zu lassen. Einen Moment lang sah sie mich an, und ich hätte schwören können, daß ein Flehen in ihren Augen stand und ihr Gesicht leicht zuckte, als ob sie gleich weinen würde, dann schüttelte sie den Kopf und entfernte sich hastig. Ich folgte ihr langsam, sah, wie sie die Treppe hinunterlief und sich in Richtung Gracht entfernte. Zwanzig Sekunden später kamen Belinda und Maggie vorbei und verschwanden in der gleichen Richtung. Trotz ihrer Regenschirme schienen sie völlig durchweicht zu sein und sahen höchst unglücklich aus. Vielleicht waren sie doch schon vor zehn Minuten da gewesen. Ich ging in die Bar zurück, die ich ursprünglich gar nicht hatte verlassen wollen, obwohl ich dem Mädchen gegenüber diesen Eindruck hatte erwecken müssen. Der Barkeeper, ein freundlicher Mann, strahlte mich an. »Noch einmal guten Abend, Sir. Ich dachte, sie wären zu Bett gegangen.«
»Das hatte ich eigentlich auch vor. Aber meine Geschmacksnerven sagten mir, nein, noch einen Jonge Genever.«
»Man sollte immer auf seine Geschmacksnerven hören, Sir«, sagte der Barkeeper ernst. Er schob mir das kleine Glas herüber. »Prost, Sir.« Ich hob mein Glas und fuhr in meinen Überlegungen fort. Ich dachte über Naivität nach und darüber, wie unangenehm es war, an der Nase herumgeführt zu werden, und ob junge Mädchen auf Kommando erröten konnten. Ich glaubte, von einigen Schauspielerinnen gehört zu haben, die es konnten, aber ich war nicht sicher, also bestellte ich noch einen Genever, um mein Erinnerungsvermögen auf Vordermann zu bringen.

Das nächste Glas, das ich zum Mund führte, war ein ganz anderes, viel schwerer, und es enthielt eine viel dunklere Flüssigkeit. Tatsächlich war es ein Halbliterkrug Guinness, was in einem Lokal auf dem Kontinent ziemlich seltsam anmutete. Aber nicht in diesem, nicht in der *Old Bell*, einem mit Pferdegeschirren dekorierten Gasthaus, das englischer war als die meisten englischen Gasthäuser. Es war auf englisches Bier spezialisiert – und, wie mein Glas bewies, auf irische Derbheit.

Das Lokal war gut besetzt, aber es war mir gelungen, einen Tisch zu bekommen, von dem aus ich die Tür im Auge behalten konnte, nicht etwa, weil ich irgendwelche Wild-West-Abneigungen dagegen habe, mit dem Rücken zu einer Tür zu sitzen, sondern weil ich Maggie oder Belinda gleich sehen wollte, wenn sie hereinkam. Wie sich herausstellte, kam Maggie. Sie kam an meinen Tisch und setzte sich. Sie war völlig durchnäßt. Trotz des Kopftuches und des Regenschirms klebten nasse Strähnen ihres blauschwarzen Haares an ihren Wangen.
»Bist du okay?« fragte ich besorgt.
Maggie sah mich spöttisch an.
»Wenn du es als okay betrachtest, daß ich naß bis auf die Haut bin, dann ist die Antwort ja.« Es war gar nicht Maggies Art, so schnippisch zu sein. Sie mußte wirklich patschnaß sein.
»Und Belinda?«
»Sie wird's auch überleben. Aber ich glaube, sie macht sich zu viele Sorgen um dich.« Sie wartete absichtlich, bis ich einen langen, befriedigenden Schluck aus meinem Krug genommen hatte. »Sie hofft, daß du die Dinge nicht übertreibst.«
»Belinda ist ein sehr nachdenkliches Mädchen.« Belinda wußte verdammt gut, was ich tat.
»Belinda ist jung«, sagte Maggie.
»Ja, Maggie.«
»Und verletzlich.«
»Ja, Maggie.«
»Ich möchte nicht, daß ihr weh getan wird, Paul.« Das veranlaßte mich, mich gerade hinzusetzen, jedenfalls in Gedanken. Sie nannte mich nie »Paul«, wenn wir nicht allein waren, und auch dann nur, wenn sie so in Gedanken versunken oder von Gefühlen überwältigt war, daß sie vergaß, was sie als Anstandsregeln betrachtete. Ich wußte nicht, wie ich ihre Bemerkung auffassen sollte und fragte mich, worüber zum Teufel die beiden wohl miteinander gesprochen hatten. Ich begann mir zu wünschen, ich hätte die Mädchen zu Hause gelassen und statt dessen ein paar Dobermannpinscher mitgenommen. Mindestens hätte ein Dobermann kurzen Prozeß mit unserem Freund im Lagerhaus von Morgenstern und Muggenthaler gemacht.
»Ich sagte . . .«, begann Maggie.

»Ich habe gehört, was du gesagt hast«, sagte ich und nahm noch einen Schluck. »Du bist ein sehr liebes Mädchen, Maggie.«
Sie nickte – nicht, um ihre Zustimmung zu bekunden, sondern lediglich um zu zeigen, daß sie das aus irgendeinem Grund für eine befriedigende Antwort hielt – und nippte an dem Sherry, den ich für sie bestellt hatte. Ich beeilte mich, wieder auf tragfähigeres Eis zu kommen.
»Wo ist unsere Freundin, der ihr gefolgt seid?«
»In der Kirche.«
»*Wie bitte*?« Ich verschluckte mich.
»Sie singt Kirchenlieder.«
»Mein Gott! Und Belinda?«
»Sie ist auch in der Kirche.«
»Singt sie vielleicht *auch* Kirchenlieder?«
»Ich weiß es nicht. Ich bin nicht drin gewesen.«
»Vielleicht hätte Belinda auch nicht 'reingehen sollen.«
»Was kann ungefährlicher sein als eine Kirche?«
»Auch wieder wahr.« Ich versuchte, mich zu entspannen, aber ich fühlte mich unbehaglich.
»Eine von uns mußte doch dort bleiben.«
»Natürlich.«
»Belinda sagte, du wüßtest vielleicht gern den Namen der Kirche.«
»Warum sollte ich ...« Ich starrte Maggie an. »Die Erste Reformierte Kirche der Amerikanischen Hugenotten-Gesellschaft?«
Maggie nickte. Ich schob meinen Stuhl zurück und stand auf. »Und das sagst du mir jetzt erst! Komm!«
»Was? Du willst das ganze herrliche Guinness stehen lassen, das dir so guttut?«
»Ich denke im Augenblick an Belindas Gesundheit, nicht an meine.«
Wir verließen das Lokal, und plötzlich wurde mir klar, daß der Name der Kirche Maggie nichts sagte. Er sagte ihr nichts, weil Belinda ihr nichts davon erzählt hatte, als sie ins Hotel zurückgekommen war, und sie hatte ihr nichts erzählt, weil Maggie geschlafen hatte. Und ich hatte mich gefragt, worüber zum Teufel die beiden gesprochen hatten. Sie hatten über gar nichts gesprochen. Entweder war das sehr seltsam, oder ich war nicht sehr klug. Oder beides.
Es regnete wie gewöhnlich, und als wir auf dem Rembrandtplein am

Hotel *Schiller* vorbeikamen, begann Maggie wie auf Kommando zu zittern.

»Sieh mal, da ist ein Taxi, nein, sogar viele Taxis.«

»Ich würde nicht sagen, daß es in Amsterdam kein einziges Taxi gibt, das nicht von den Gottlosen gekauft wurde«, sagte ich gefühlvoll, »aber ich würde auch nicht einen Penny darauf wetten. Es ist nicht weit.«

Das war es auch nicht – mit einem Taxi. Zu Fuß war es eine ganz beträchtliche Strecke. Aber ich hatte gar nicht die Absicht, den Weg zu Fuß zurückzulegen. Ich führte Maggie den Thorbeckeplein hinunter, bog links ein, dann rechts und dann wieder links, bis wir an der Amstel herauskamen. Maggie sagte: »Sie scheinen sich hier wirklich gut auszukennen, Major Sherman.«

»Ich bin schon mal hier gewesen.«

»Wann?«

»Hab' ich vergessen. Irgendwann im letzten Jahr.«

»Wann im letzten Jahr?« Maggie glaubte, jeden meiner Schritte aus den vergangenen fünf Jahren zu kennen, und Maggie konnte man leicht reizen. Sie mochte keine – wie sie es nannte – Unregelmäßigkeiten.

»Ich glaube im Frühling.«

»Vielleicht zwei Monate lang?«

»Etwa.«

»Im letzten Frühling hast du zwei Monate in Miami verbracht«, sagte sie anklagend. »Jedenfalls steht das in den Berichten.«

»Du weißt doch, wie ich die Daten immer durcheinanderbringe.«

»Nein, das weiß ich nicht.« Sie machte eine Pause. »Ich dachte, du hättest Colonel de Graaf und van Gelder noch nie vorher gesehen?«

»Das habe ich auch nicht.«

»Aber. . .«

»Ich wollte sie nicht behelligen.« Ich blieb an einer Telefonzelle stehen. »Ich muß ein paar Gespräche führen. Warte hier auf mich.«

»Das werde ich nicht tun!« Amsterdams Atmosphäre schien manche Menschen aufsässig zu machen. Maggie entwickelte sich in die gleiche Richtung wie Belinda. Aber sie hatte recht: es goß jetzt in Strömen. Ich öffnete die Tür und ließ sie vor mir in die Zelle treten. Ich rief eine nahegelegene Mietwagenfirma an, legte auf, und wählte eine andere Nummer.

»Ich wußte nicht, daß du Holländisch sprichst«, sagte Maggie.
»Das wissen unsere Freunde auch nicht. Und deshalb erwischen wir vielleicht auf diese Weise einen ehrlichen Taxichauffeur.«
»Du traust wirklich niemandem über den Weg, was?« sagte Maggie bewundernd.
»Dir traue ich, Maggie.«
»Nein, das tust du nicht. Du willst nur meinen schönen Kopf nicht mit unnötigen Problemen belasten.«
»Das ist mein Beruf«, beschwerte ich mich. De Graaf kam an den Apparat. Nach den üblichen Höflichkeitsfloskeln sagte ich: »Was ist mit diesen Papierschnitzeln? Noch kein Glück bis jetzt? Danke, Colonel de Graaf. Ich rufe Sie später noch einmal an.« Ich legte auf.
»Was für Papierschnitzel?« fragte Maggie.
»Papierschnitzel, die ich ihm gegeben habe.«
»Wo hattest du sie denn her?«
»Ich bekam sie gestern abend von einem jungen Mann.«
Maggie warf mir ihren berühmten resignierten Blick zu, sagte aber nichts. Einige Minuten später kam ein Taxi. Ich gab dem Fahrer eine Adresse in der Altstadt an, und als wir dort angekommen waren, ging ich mit Maggie eine schmale Straße entlang zu einer der Grachten in der Nähe der Docks. An der Ecke blieb ich stehen.
»Das ist sie?«
»Das ist sie.«
»Sie« war eine kleine graue Kirche. Sie stand etwa fünfzig Meter von uns entfernt am Kanalufer, ein altes, hohlkreuziges, halbzerfallenes Gebäude, das anscheinend nur von Gottvertrauen in einer halbwegs aufrechten Lage gehalten wurde, denn für mein ungeübtes Auge sah es so aus, als sei es in unmittelbarer Gefahr, in den Kanal zu stürzen. Es hatte einen niedrigen quadratischen Steinturm, der mindestens um fünf Grad geneigt war und von einer winzigen Spitze gekrönt wurde, die sich gefährlich weit in die entgegengesetzte Richtung lehnte. Die Zeit war reif für die Erste Reformierte Kirche der Amerikanischen Hugenotten-Gesellschaft, eine vermögenssteigernde Kampagne zu starten.
Daß für einige der anschließenden Gebäude noch größere Einsturzgefahr bestand, bewies die Tatsache, daß mehrere Häuser auf der anderen Seite der Gracht bereits abgerissen worden waren: Ein riesiger Kran mit

dem größten Ausleger, den ich je gesehen hatte und der sich fast oben in der Dunkelheit verlor, stand in der Mitte dieses gesäuberten Geländes, wo der Wiederaufbau bereits das Stadium der Fertigstellung des verstärkten Fundaments erreicht hatte.
Wir gingen langsam an der Gracht entlang auf die Kirche zu. Jetzt klangen gut hörbar Orgelmusik und singende Frauenstimmen zu uns herüber. Es hörte sich sehr angenehm und heimelig und wehmütig an, wie die Musik über die dunklen Wasser des Kanals dahinschwebte.
»Die Messe scheint immer noch im Gang zu sein«, sagte ich. »Du gehst 'rein . . .«
Ich brach ab und warf einen Blick auf ein blondes Mädchen in einem weißen Regenmantel, das in diesem Augenblick vorbeikam.
»Hey!« sagte ich.
Das blonde Mädchen wußte genau, was es zu tun hatte, wenn es in einer einsamen Straße von fremden Männern angesprochen wurde: Sie streifte mich mit einem Blick und begann zu rennen. Aber sie kam nicht weit. Sie rutschte auf dem nassen Kopfsteinpflaster, fing sich wieder und konnte nur noch zwei oder drei Schritte machen, bis ich sie eingeholt hatte. Sie versuchte einen Augenblick lang, sich loszureißen, dann entspannte sie sich und warf die Arme um meinen Hals. Maggie gesellte sich zu uns. Sie hatte wieder ihr sittenstrenges Gesicht aufgesetzt. »Eine alte Freundin, Major Sherman?«
»Seit heute morgen. Das ist Trudi. Trudi van Gelder.«
»Oh!« Maggie legte beruhigend die Hand auf Trudis Arm, aber Trudi ignorierte sie, verstärkte den Griff um meinen Hals und starrte mir aus einer Entfernung von etwa zehn Zentimetern anbetend ins Gesicht. »Ich mag Sie«, verkündete sie. »Sie sind nett.«
»Ja, ich weiß, das haben Sie mir schon einmal gesagt. Oh, zum Teufel.«
»Was nun?« fragte Maggie.
»Was nun? Ich muß sie nach Hause bringen. Ich muß sie selbst nach Hause bringen. Wenn man sie in ein Taxi setzt, entwischt sie an der ersten Ampel, die auf Rot steht. Ich wette hundert zu eins, daß das alte Schlachtroß, das sie bewachen soll, eingeschlafen ist, und inzwischen sucht ihr Vater bestimmt schon die ganze Stadt nach ihr ab. Es wäre einfacher für ihn, eine Kette mit einer Eisenkugel zu verwenden.«
Ich löste Trudis Arme nicht ohne Schwierigkeit von meinem Hals und

schob den Ärmel an ihrem linken Arm hoch. Zuerst sah ich mir den Arm an, dann sah ich Maggie an, deren Augen sich weiteten und die ihre Lippen spitzte, als sie das unschöne Muster sah, das die Injektionsspritzen hinterlassen hatten. Ich zog den Ärmel wieder herunter und anstatt in Tränen auszubrechen, wie Trudi es das erste Mal getan hatte, stand sie nur da und kicherte, als ob das alles ein Riesenspaß wäre. Ich untersuchte den anderen Unterarm. Dann zog ich auch diesen Ärmel wieder herunter.

»Keine neuen Einstiche«, sagte ich.

»Du meinst, keine neuen Einstiche, die du sehen kannst«, sagte Maggie.

»Was erwartest du von mir? Soll ich sie hier in dem eisigen Regen am Kanalufer einen Striptease machen lassen, begleitet von Orgelmusik? Warte einen Augenblick.«

»Warum?«

»Ich will nachdenken«, sagte ich geduldig.

Und so dachte ich nach, während Maggie mit einem Ausdruck pflichtschuldigster Erwartung dastand und Trudi meinen Arm besitzergreifend umklammerte und mich von unten herauf anhimmelte. Schließlich sagte ich: »Da drin hat dich niemand gesehen?«

»Nicht daß ich wüßte.«

»Aber Belinda ist natürlich gesehen worden.«

»Natürlich. Aber nicht so, daß man sie wiedererkennen würde. Alle Leute da drin haben eine Kopfbedeckung auf. Belinda hat ein Kopftuch auf und die Kapuze ihres Mantels, und außerdem sitzt sie im Halbdunkel – das habe ich vom Gang aus gesehen.«

»Hol' sie 'raus. Warte, bis die Messe zu Ende ist, dann folge Astrid. Und versuche, dir so viele Gesichter wie möglich einzuprägen, die du in der Kirche siehst.«

Maggie sah mich zweifelnd an. »Ich fürchte, das wird schwierig werden.«

»Warum?«

»Nun, sie sehen alle gleich aus.«

»Sie sehen alle – was sind sie denn, Chinesen oder sowas?«

»Die meisten von ihnen sind Nonnen, mit Bibeln und Rosenkränzen an der Taille, und man kann ihre Haare nicht sehen, und sie tragen diese langen schwarzen Gewänder und die weißen . . .«

»Maggie«, sagte ich mühsam beherrscht, »ich weiß, wie Nonnen aussehen.«
»Ja, aber da ist noch etwas. Sie sind fast alle jung und hübsch — einige sogar sehr hübsch . . .«
»Man muß nicht ein Gesicht wie ein Feuermelder haben, um Nonne zu werden. Rufe dein Hotel an und hinterlasse die Nummer, unter der du zu erreichen bist, wo immer Astrids Verfolgung dich auch hinführt. Kommen Sie, Trudi. Nach Hause.«
Sie folgte mir fast unterwürfig, zuerst zu Fuß und dann per Taxi, wo sie die ganze Zeit über meine Hand hielt und himmelschreienden Blödsinn auf so lebhafte Weise erzählte wie ein Kind, das man zu einem unerwarteten Ausflug mitgenommen hat. Bei van Gelders Haus bat ich den Taxichauffeur, auf mich zu warten.
Trudi wurde sowohl von van Gelder als auch von Herta mit jener Heftigkeit und Strenge gescholten, die immer tiefe Erleichterung bemäntelt, dann wurde Trudi hinausgebracht, voraussichtlich zu Bett. Van Gelder goß mit einer Geschwindigkeit zwei Drinks ein, die erkennen ließ, daß er einen nötig hatte und bat mich, Platz zu nehmen. Ich lehnte ab. »Ich habe ein Taxi vor der Tür. Wo kann ich um diese Zeit Colonel de Graaf finden? Ich möchte mir einen Wagen von ihm leihen, am liebsten einen schnellen.«
Van Gelder lächelte. »Das ist kein Problem mein Freund. Sie finden den Colonel in seinem Büro — ich weiß, daß er heute abend lange arbeitet.« Er hob sein Glas. »Tausend Dank. Ich hatte mir sehr große Sorgen gemacht.«
»Hatten sie eine polizeiliche Fahndung nach ihr veranlaßt?«
»Eine inoffizielle Fahndung.« Van Gelder lächelte wieder, aber diesmal etwas gezwungen. »Sie wissen warum. Ich habe ein paar Freunde, denen ich vertrauen kann — aber in Amsterdam gibt es neunhunderttausend Menschen.«
»Haben Sie eine Ahnung, warum sie so weit von zu Hause weg war?«
»Ja, das ist wenigstens kein Rätsel. Herta geht oft mit ihr dorthin — in die Kirche, meine ich. Alle Leute von der Insel Huyler, die in Amsterdam leben, gehen dorthin. Es ist eine Hugenottenkirche — auf Huyler gibt es auch eine, allerdings keine richtige Kirche, sondern eine Art von Geschäftsgebäude, das sie an Sonntagen für Gottesdienste benützen.

Auch dort geht Herta mit ihr hin – die beiden fahren sehr oft zu der Insel hinaus. Die Kirchen und der Vondelpark – das sind die einzigen Ausflugsziele für das Kind.«
Herta watschelte ins Zimmer, und van Gelder sah ihr ängstlich entgegen. Auf Hertas ledrigem Gesicht lag ein Ausdruck, den man mit viel Phantasie für Zufriedenheit halten konnte. Sie schüttelte den Kopf und watschelte wieder hinaus.
»Gott sei Dank«, van Gelder leerte sein Glas. »Keine Injektionen.«
»*Diesmal* nicht«, auch ich leerte mein Glas, verabschiedete mich und ging.
In der Marnixstraat ließ ich das Taxi halten und zahlte. Van Gelder hatte meinen Besuch bereits angekündigt, und Colonel de Graaf erwartete mich. Falls er zu tun hatte, so war ihm jedenfalls nichts anzumerken.
Er war wie üblich nur damit beschäftigt, den Stuhl, auf dem er saß, beinah zu sprengen, der Schreibtisch vor ihm war leer. Er hatte die Fingerspitzen aneinandergelegt und stützte sein Kinn damit ab, und als ich hereinkam, wandte er seine Augen von der müßigen Betrachtung der Unendlichkeit ab und kehrte in die Wirklichkeit zurück. »Ich nehme an, Sie machen Fortschritte?«
»Ich fürchte, das ist eine falsche Annahme.«
»Was? Keine breite Straße in Sicht, die schnurgerade zum Ziel führt?«
»Nur Sackgassen.«
»Es geht um ein Auto, soweit ich den Inspektor verstanden habe.«
»Ja.«
»Darf ich fragen, warum Sie diesen Wagen haben möchten?«
»Um die Sackgassen entlang zu fahren. Aber das ist nicht der wirkliche Grund, aus dem ich Sie aufsuche.«
»Das hatte ich auch nicht angenommen.«
»Ich brauche einen Durchsuchungsbefehl.«
»Wozu?«
»Um eine Durchsuchung durchzuführen«, sagte ich geduldig. »Natürlich in Begleitung eines hohen Beamten, um die Sache legal zu machen.«
»Bei wem? Und wo?«
»Bei Morgenstern und Muggenthaler. Das ist ein Lagerhaus für Souvenirs. Unten bei den Docks – ich weiß die Adresse nicht auswendig.«

»Ich habe davon gehört.« De Graaf nickte. »Ich wüßte nichts, was gegen die Firma spräche. Sie etwa?«
»Nein.«
»Warum interessieren Sie sich dann so dafür?«
»Um ehrlich zu sein, ich weiß es selbst nicht. Ich möchte herausfinden, warum sie mich so interessiert. Ich war heute abend dort.«
»Abends haben sie doch sicher geschlossen.«
Ich ließ ein Bund Dietriche vor seinen Augen hin- und herschwingen.
»Sie wissen, daß es gesetzwidrig ist, im Besitz solcher Instrumente zu sein«, sagte de Graaf streng.
Ich steckte den Schlüsselbund wieder in die Tasche. »Welcher Instrumente?«
»Ich hatte eine Halluzination«, sagte de Graaf entgegenkommend.
»Ich interessiere mich dafür, warum sie ein Zeitschloß an einer Stahltür haben, die zu ihrem Büro führt. Ich interessiere mich für die vielen Bibeln, die stoßweise in einer Lagerhalle herumliegen.« Den Geruch von Cannabis und den Burschen, der uns beobachtet hatte, verschwieg ich.
»Aber was mich vor allem interessiert, ist die Liste ihrer Lieferanten.«
»Einen Haussuchungsbefehl können wir aus jedem beliebigen Grund bekommen«, sagte de Graaf. »Ich werde Sie selbst begleiten. Zweifellos werden Sie mir morgen früh eine detaillierte Erklärung für Ihr Interesse geben. Und jetzt zu dem Wagen. Van Gelder hat einen ausgezeichneten Vorschlag. Ein spezielles Polizeifahrzeug mit einem Spezialmotor, komplett vom Funkgerät bis zu den Handschellen, äußerlich jedoch ein Taxi. Das Fahrzeug wird in zwei Minuten hier sein. Ein Taxi zu fahren bringt gewisse Probleme mit sich, wissen Sie.«
»Ich werde versuchen, nicht zuviel nebenher zu verdienen. Haben Sie sonst noch was für mich?«
»Ebenfalls in zwei Minuten. Ihr Wagen bringt einige Informationen aus dem Berichterstattungsbüro mit.«
Genau zwei Minuten später wurde eine Aktenmappe vor de Graaf auf den Tisch gelegt. Er sah einige Papiere durch.
»Astrid Lemay. Seltsamerweise ihr richtiger Name. Holländischer Vater, griechische Mutter. Er war Vizekonsul in Athen. Jetzt ist er tot. Aufenthalt der Mutter unbekannt. Vierundzwanzig. Es liegt nichts gegen sie vor — aber für sie auch nichts. Ich muß sagen, der Hintergrund ist ein

wenig undeutlich. Sie arbeitet als Hosteß im Balinova-Nachtklub, wohnt in einer kleinen Wohnung dort in der Nähe. Nur ein Verwandter bekannt: ihr Bruder George. Zwanzig Jahre. Ah! Das wird Sie vielleicht interessieren: George hat offensichtlich sechs Monate lang die Gastfreundschaft Ihrer Majestät in Anspruch genommen.«

»Rauschgift?«

»Überfall und versuchter Raub, sehr laienhafte Arbeit, scheint es. Er machte den Fehler, einen Beamten in Zivil zu überfallen. Unter Verdacht, süchtig zu sein — wahrscheinlich versuchte er, zu Geld zu kommen, um mehr Rauschgift kaufen zu können. Das ist alles, was wir haben.« Er wandte sich einem anderen Schriftstück zu. »Dieses MOO 144, das Sie mir mitgebracht haben, ist die Rufnummer eines belgischen Küstenfahrzeugs, das morgen aus Bordeaux zurück sein soll. Ich habe ziemlich fähige Mitarbeiter, was?«

»Ja. Wann kommt es an?«

»Mittags. Sollen wir es durchsuchen?«

»Sie würden nichts finden. Aber bitte gehen Sie nicht in seine Nähe. Haben Sie eine Idee, was die anderen beiden Nummern bedeuten könnten?«

»Nein. Weder bei 910020 noch bei 2797.« Er schwieg nachdenklich. »Oder könnte das einfach bedeuten, daß man die Zahlen zweimal nehmen muß — wissen Sie: 797797?«

»Es kann alles mögliche bedeuten.«

De Graaf nahm ein Telefonverzeichnis aus einer Schublade, legte es wieder weg und nahm den Hörer ab. »Eine Telefonnummer«, sagte er. »797797. Stellen Sie fest, wessen Nummer das ist. Sofort bitte!«

Wir saßen schweigend da, bis das Telefon klingelte. De Graaf lauschte einen Moment, dann legte er auf.

»Der Balinova-Nachtklub«, sagte er.

»Die fähigen Mitarbeiter haben einen scharfsinnigen Chef.«

»Und wo führt mein Scharfsinn Sie hin?«

»Zum Balinova-Nachtklub.« Ich stand auf. »Ich habe ein ziemlich einprägsames Gesicht, finden Sie nicht, Colonel?«

»Es ist kein Gesicht, das man vergißt. Diese weißen Narben. Ich glaube nicht, daß der Chirurg sich wirklich Mühe gegeben hat.«

»Oh doch, er hat sich schon Mühe gegeben — seine völlige Unkenntnis

der plastischen Chirurgie zu verbergen. Haben Sie irgendwelche braune Farbe im Präsidium?«
»Braune Farbe?« Er blinzelte, dann lächelte er breit. »Oh nein, Major Sherman! Maskerade! Heute, in unserer Zeit? Sherlock Holmes ist doch schon so lange tot.«
»Wenn ich soviel Grips hätte, wie Sherlock ihn hatte, brauchte ich keine Maskerade.«

SECHSTES KAPITEL

Das gelbrote Taxi, das sie mir zur Verfügung gestellt hatten, sah von außen wie ein ganz normaler Opel aus, aber es schien ihnen gelungen zu sein, einen zusätzlichen Motor einzubauen. Und außerdem hatten sie viele nette Kleinigkeiten eingebaut: Der Wagen besaß eine versenkbare Sirene, einen versenkbaren Polizeischeinwerfer und hinten eine Verkleidung, die ein beleuchtbares Stopschild verdeckte. Unter den Vordersitzen lagen Seile, Erste-Hilfe-Kästen und Tränengaskanister. In den Taschen an den Türen befanden sich Handschellen mit den dazugehörigen Schlüsseln. Was mochte dann erst alles im Kofferraum liegen! Mich interessierte es nicht. Alles, was ich gewollt hatte, war ein schneller Wagen, und den hatte ich nun.
Ich bog in die Straße ein, in der das *Balinova* lag, und hielt genau gegenüber von einem uniformierten und bewaffneten Polizisten im Parkverbot. Er nickte fast unmerklich und ging gemächlich davon: Er erkannte ein Polizeitaxi auf den ersten Blick und hatte kein Bedürfnis, aufgebrachten Verkehrsteilnehmern zu erklären, warum ein Taxi ungestraft das Parkverbot mißachten durfte, während ihnen das automatisch einen Strafzettel eingebracht hätte. Ich stieg aus, schloß den Wagen ab und ging über die Straße auf den Balinova-Nachtklub zu. Über dem Eingang flackerten in Leuchtschrift das Wort »Balinova« und die Umrisse von zwei Hula-Hula-Tänzerinnen. Es gelang mir jedoch nicht, den Zusammenhang zwischen Hawaii und Indonesien herzustellen. Vielleicht sollten es balinesische Tänzerinnen sein, aber wenn, dann hatten sie die falschen Kleider an, beziehungsweise nicht an. Rechts und links

von der Eingangstür befanden sich zwei große Schaukästen, in denen Fotografien und anreißerische Texte deutlich erkennen ließen, welche Art kultureller Genüsse einen im Inneren erwartete. Die junge Dame, die der Beschreibung nach nichts als Ohrringe und Armreifen trug, schien fast unanständig viel anzuhaben. Noch interessanter jedoch war das braune Gesicht, das mir aus der reflektierenden Glasscheibe entgegenblickte. Wenn ich mich nicht kennen würde, hätte ich mich nicht erkannt. Ich ging hinein. Nach alter Tradition war das *Balinova* klein, muffig und voll eines unbeschreiblichen Dufts, dessen Hauptbestandteil verbrannter Gummi zu sein schien, was wahrscheinlich den Zweck haben sollte, die Besucher in den richtigen Geisteszustand zu versetzen, damit sie die Darbietungen richtig genießen konnten. In Wahrheit aber hatte der Gestank den Effekt, die Geruchsnerven innerhalb von Sekunden zu lähmen. Auch ohne die kräftige Mithilfe der Rauchschwaden, die durch den Raum schwebten, war das Lokal nur sehr dürftig beleuchtet, abgesehen von einem blendenden Scheinwerfer, der die Bühne beleuchtete, die – ebenfalls nach alter Tradition – absolut keine Bühne war, sondern eine winzige runde Tanzfläche in der Mitte des Raumes. Das Alter des – fast ausschließlich männlichen – Publikums bewegte sich zwischen glotzäugigen Teenagern und lebhaften Achtzigern mit glänzenden Augen, deren Sehschärfe im Lauf der Jahre nicht gelitten zu haben schien. Fast alle waren gutangezogen, denn die besseren Amsterdamer Nachtklubs – diejenigen, die es immer noch fertigbringen, dem kultivierten Geschmack der übersättigten Kenner gewisser plastischer Künste etwas Neues zu bieten – sind nichts für diejenigen, die Fürsorgeunterstützung beziehen. Sie sind mit einem Wort, nicht billig, und das *Balinova* war sehr sehr teuer, eines der sehr wenigen Nepplokale der Stadt. Es waren auch einige Frauen da, aber wirklich nur ein paar. Ich war nicht im mindesten überrascht, als ich Maggie und Belinda an einem Tisch in der Nähe der Tür sitzen sah. Vor ihnen standen Drinks von einer ungesunden Farbe. Beide machten abweisende Gesichter, aber Maggie zeigte sich unzweifelhaft abweisender.

Im Augenblick schien meine Maskerade völlig überflüssig. Niemand sah mich an, als ich hereinkam, und das war unter den gegebenen Umständen auch nur zu verständlich: Der größte Teil des Publikums zerbrach fast seine Operngläser vor lauter Begierde, sich auch nicht eine ästheti-

sche Nuance oder symbolische Bedeutsamkeit der originellen und gedankenlähmenden Tanzvorstellung entgehen zu lassen, die vor seinen entzückten Augen stattfand. Eine kurvenreiche junge Dirne saß in einem Schaumbad, begleitet von dem dröhnenden Trommeln und asthmatischen Winseln einer entsetzlichen Band, die man nicht einmal in einer Boilerfabrik geduldet hätte, und versuchte, ein Handtuch zu fassen zu kriegen, das man absichtlich einen Meter außerhalb ihrer Reichweite hingelegt hatte. Die Luft knisterte vor Spannung, als die Zuschauer sich die kärglichen Möglichkeiten ausmalten, die das unglückliche Mädchen hatte. Ich setzte mich neben Belinda und schenkte ihr – in Anbetracht meiner neuen Hautfarbe – ein sicherlich ziemlich überwältigendes Lächeln. Belinda rückte augenblicklich zehn Zentimeter von mir ab und hob ihre Nase noch höher in die Luft.
»Dideldum, dideldei«, sagte ich. Die beiden Mädchen fuhren herum, starrten mich an, und ich nickte zur Bühne hin. »Warum geht denn nicht eine von euch und hilft dem armen Mädchen?«
Ein langes Schweigen folgte. Schließlich sagte Maggie sehr beherrscht: »Was um Himmels willen ist denn mit Ihnen passiert?«
»Ich bin maskiert. Sprich leise.«
»Aber – aber ich habe erst vor zwei oder drei Minuten im Hotel angerufen«, sagte Belinda.
»Flüstere nicht. Colonel de Graaf hat mich auf diesen Laden hier gebracht. Kam sie direkt hierher zurück?«
Sie nickten.
»Und ging nicht wieder weg?«
»Nicht durch die Vordertür«, sagte Maggie.
»Habt ihr versucht, euch die Gesichter der Nonnen zu merken, als sie aus der Kirche kamen?«
»Wir haben es versucht«, sagte Maggie.
»Irgend etwas Seltsames oder Ungewöhnliches an ihnen?«
»Nein, nichts. Außer, daß sie sehr gutaussehende Nonnen in Amsterdam zu haben scheinen«, sagte Belinda strahlend.
»Das hat mir Maggie auch schon erzählt. Und das ist alles?«
Sie sahen einander an, zögerten, dann sagte Maggie: »Etwas war sehr merkwürdig: Es schienen viel mehr Leute in die Kirche gegangen zu sein, als herauskamen.«

»Es *gingen* viel mehr hinein als herauskamen«, sagte Belinda. »Ich war nämlich dort, wissen Sie.«
»Ich weiß«, sagte ich geduldig. »Was meint ihr mit ›viel mehr‹?«
»Nun«, sagte Belinda verteidigend, »eine ganze Menge.«
»Ha! Jetzt sind wir schon auf ›eine ganze Menge‹ herunter. Ihr habt natürlich beide überprüft, ob die Kirche leer war?«
Jetzt war Maggie in Verteidigungsstellung. »Sie haben uns gesagt, wir sollten Astrid Lemay folgen. Wir konnten nicht warten.«
»Ist es euch nicht in den Sinn gekommen, daß auch *nach* der Messe noch Leute zum stillen Gebet in der Kirche geblieben sein könnten? Oder daß ihr vielleicht nicht so gut im Zählen seid?«
Belinda kniff wütend die Lippen zusammen, aber Maggie legte die Hand auf die ihre.
»Das ist nicht fair, Major Sherman.« Das war meine Maggie. »Es kann durchaus sein, daß wir Fehler machen, aber das ist nicht fair.« Wenn Maggie in diesem Ton sprach, dann hörte ich zu.
»Es tut mir leid, Maggie. Entschuldige, Belinda. Wenn Feiglinge wie ich sich Sorgen machen, dann lassen sie das an Leuten aus, die nicht zurückschlagen können.« Sofort sahen sie mich mit diesem verteufelt mitleidigen Lächeln an, das mich normalerweise die Wände hinaufgetrieben hätte, das ich aber in diesem Augenblick seltsam rührend fand. Vielleicht hatte die braune Farbe mein Nervensystem angegriffen. »Gott weiß, daß ich mehr Fehler mache als ihr.« Das stimmte, und in diesem Augenblick machte ich meinen größten: Ich hätte den Mädchen besser zuhören sollen.
»Und jetzt?« fragte Maggie.
»Ja, was machen wir jetzt?« fragte Belinda.
Sie hatten mir verziehen, das war klar. »Macht die Runde durch die Nachtklubs in dieser Gegend. Es herrscht wahrhaftig kein Mangel. Paßt auf, ob ihr irgend jemanden seht – auf der Bühne, beim Personal, vielleicht sogar im Publikum – der aussieht wie jemand, den ihr heute abend in der Kirche gesehen habt.«
Belinda starrte mich ungläubig an. »Nonnen in einem Nachtklub?«
»Warum nicht? Bischöfe gehen schließlich auch zu Gartenparties, oder nicht?«
»Das ist doch nicht das gleiche ...«

»Unterhaltung ist auf der ganzen Welt Unterhaltung«, sagte ich herablassend.
»Achtet besonders auf diejenigen, die langärmelige Kleider oder diese modischen ellenbogenlangen Handschuhe tragen.«
»Warum das?« fragte Belinda.
»Benütze deinen Kopf, dazu hast du ihn schließlich. Falls ihr wirklich irgend jemanden finden solltet, versucht herauszubekommen, wo er wohnt. Seid um eins wieder im Hotel. Ich treffe euch dort.«
»Und was werden Sie tun?«
Ich sah mich angelegentlich im Club um. »Ich muß hier noch eine Menge Nachforschungen anstellen.«
»Darauf möchte ich wetten«, sagte Belinda.
Maggie machte den Mund auf und wollte etwas sagen, aber Belinda entging der unvermeidlichen Lektion durch die ehrerbietigen »Ohs« und »Ahs« und die Seufzer uneingeschränkter Bewunderung, die plötzlich im Klub laut wurden. Die Zuschauer hob es fast von den Stühlen: Die unglückliche Künstlerin hatte ihr Dilemma gelöst, indem sie — einer genialen Eingebung folgend — ihre Blechwanne einfach umgekippt hatte und sie benützte wie eine Schildkröte den Panzer, um ihren jungfräulichen Körper zu verhüllen. Und so legte sie den kaum nennenswerten Weg zu ihrem rettenden Handtuch zurück. Sie richtete sich auf, in das Tuch gehüllt — Venus erschien aus der Tiefe und verbeugte sich mit königlicher Grazie vor dem Publikum, Madame Melba nahm Abschied von Covent Garden. Die Zuschauer, in völliger Ekstase, pfiffen und schrien nach einer Zugabe, am lautesten die Achtzigjährigen, aber vergeblich: Ihr Repertoire war erschöpft, sie schüttelte lieblich den Kopf und schwebte von der Bühne, Wolken von Schaumbläschen hinter sich herziehend.
»Alle Achtung«, sagte ich bewundernd. »Ich wette, darauf wäre keine von euch beiden gekommen.«
»Komm, Belinda«, sagte Maggie. »Das hier ist nicht der richtige Ort für uns.« Sie standen auf. Als Belinda an mir vorbeiging, bewegte sie ihre Augenbrauen, was mir verdächtig nach einem Zwinkern aussah, lächelte liebenswürdig, sagte: »So mag ich Sie« und ließ mich über der Bedeutung dieser Bemerkung brütend zurück. Ich sah ihnen bis zum Ausgang nach, um festzustellen, ob ihnen jemand folgte, und es folgte ihnen tat-

sächlich jemand: zunächst ein sehr dicker, sehr schwer gebauter Mann mit Hängebacken, der heitere Gutmütigkeit ausstrahlte, aber das war wohl kaum von Bedeutung, denn gleich nach ihm verließen Dutzende von Leuten das Lokal. Der Höhepunkt des Abends war vorüber, große Augenblicke wie dieser waren selten — nur dreimal pro Abend, siebenmal in der Woche — und sie waren unterwegs zu saftigeren Weiden, wo man Schnaps für ein Viertel des hiesigen Preises bekommen konnte. Der Klub war jetzt halbleer, die Rauchschwaden verflüchtigten sich allmählich, und dementsprechend besserten sich die Sichtverhältnisse. Ich sah mich um, konnte aber in diesem augenblicklichen Leerlauf nichts Interessantes entdecken. Kellner flitzten herum. Ich bestellte einen Scotch und bekam einen Drink vorgesetzt, in dem man mittels einer rigorosen chemischen Analyse vielleicht eine Spur von Whisky gefunden hätte. Ein alter Mann kehrte die Tanzfläche so versunken, als zelebriere er einen heiligen Ritus. Die Band, die in einem Anfall von Menschenfreundlichkeit eine Pause machte, trank begeistert Bier, das ihr von einem wahrscheinlich tauben Gast spendiert worden war. Und dann sah ich die Person, deretwegen ich hergekommen war, nur schien es, als würde ich sie nicht sehr lange sehen.

Astrid Lemay stand an einer Tür am hinteren Ende des Raumes und zog sich einen Mantel über, während ein Mädchen ihr etwas ins Ohr flüsterte: ihrem gespannten Gesichtsausdruck und ihren hastigen Bewegungen nach zu urteilen, schien es sich um etwas Dringendes zu handeln. Astrid nickte einige Male, dann rannte sie beinah über die winzige Tanzfläche und lief durch den Haupteingang hinaus. Ich folgte ihr etwas langsamer. Ich holte schnell auf und war dicht hinter ihr, als sie in den Rembrandtplein einbog. Sie blieb stehen. Ich blieb ebenfalls stehen, schaute in die Richtung, in die sie schaute und lauschte.

Der Leierkasten stand vor einem überdachten, von oben beheizten aber fensterlosen Straßencafé. Sogar um diese Zeit war das Café noch fast vollbesetzt, und die leidenden Gäste sahen aus, als würden sie viel Geld für die Möglichkeit bezahlen, dieser nervlichen Zerreißprobe zu entgehen. Diese Drehorgel schien eine Nachbildung derjenigen vor dem *Rembrandt* zu sein. Sie war genauso grell bemalt, hatte ein ebenso vielfarbiges Zeltdach und es hingen auch genau die gleichen Puppen an genau den gleichen elastischen Schnüren. Nur war diese Orgel sowohl in mechanischer als auch musikalischer Hinsicht der anderen bei weitem unterlegen. Auch dieser Apparat wurde von einem Greis bedient, aber dieser prangte in einem langen grauen Bart, der seit Beginn seines Wachstums weder Seife noch Kamm gesehen hatte. Der Alte trug einen Stetson und einen gefütterten Mantel der britischen Armee, der ihm bis zu den Knöcheln reichte. In all dem Scheppern und Winseln, das die Orgel ausstieß, glaubte ich einen Auszug aus *La Bohème* zu erkennen, obwohl der Himmel wußte, daß Puccini seine sterbende Mimi niemals hätte so leiden lassen, wie sie gelitten hätte, wenn sie an diesem Abend auf dem Rembrandtplein gewesen wäre.

Der Alte hatte nur einen einzigen Zuhörer, aber dieser schien geradezu verzückt zu lauschen. Ich erkannte ihn als einen von der Gruppe, die ich bei der Orgel vor dem *Rembrandt* gesehen hatte. Seine Kleider waren abgewetzt, aber ordentlich, seine dünnen schwarzen Haare fielen bis auf seine erschütternd schmalen Schultern herab, deren Schulterblätter wie spitze Stöcke durch sein Jackett stachen. Sogar auf diese Entfernung von etwa sechs Metern konnte ich sehen, daß er halb verhungert war. Ich konnte seine eine Gesichtshälfte nur teilweise sehen, aber das bißchen reichte aus, um eine totenschädelähnliche eingesunkene Wange zu erkennen, deren Haut die Farbe alten Pergaments hatte.

Er lehnte an einem Ende der Orgel, aber nicht aus Liebe zu Mimi. Er lehnte dort, weil er — hätte er sich nicht irgendwo angelehnt — sicherlich zusammengebrochen wäre. Es war offensichtlich ein sehr kranker junger Mann, dessen völliger Zusammenbruch unmittelbar bevorstand. Ab und zu wurde sein Körper von unkontrollierten Zitteranfällen geschüttelt. Immer wieder stieß er rauhe schluchzende oder gutturale Laute aus. Offensichtlich betrachtete der alte Mann ihn nicht gerade als geschäftsfördernd, denn er flatterte fortwährend unentschlossen um ihn herum, stieß vorwurfsvolle schnalzende Töne aus und wedelte wirkungslos mit den Armen. Er sah einem schwachsinnigen Huhn zum Verwechseln ähnlich. Außerdem blickte er immer wieder über seine Schulter und schaute wachsam um sich, als fürchte er sich vor etwas oder jemandem.

Astrid ging mit schnellen Schritten auf die Drehorgel zu, ich folgte ihr auf den Fersen. Sie lächelte dem bärtigen Greis entschuldigend zu, legte einen Arm um den jungen Mann und zog ihn von der Orgel weg. Sofort versuchte er sich aufzurichten, und ich sah, daß er ein ziemlich großer

Bursche war, mindestens zwölf Zentimeter größer als das Mädchen. Seine Größe unterstrich sein abgezehrtes Aussehen noch. Seine Augen waren starr und glasig, und er hatte das Gesicht eines Mannes, der an Hunger stirbt. Seine Wangen waren so unglaublich eingefallen, daß man hätte schwören können, er habe keine Zähne. Astrid versuchte, ihn halb zu führen und halb zu tragen, aber obwohl seine Auszehrung schon so weit fortgeschritten war, daß er kaum noch schwerer sein konnte als das Mädchen, ließ sein unkontrollierbares Schlurfen sie schwanken.

Ich näherte mich ihnen ohne ein Wort, legte einen Arm um ihn – es war, als legte ich einen Arm um ein Skelett – und nahm Astrid das Gewicht ab. Sie sah mich an, und ihre Augen waren krank vor Angst und Furcht. Ich glaube nicht, daß meine braune Hautfarbe ihr großes Vertrauen einflößte.

»Bitte!« sagte sie flehend. »Bitte lassen Sie mich. Ich schaffe es schon.«

»Nein, das können Sie nicht. Er ist sehr krank, Miß Lemay.«

Sie starrte mich an. »Mr. Sherman!«

»Ich weiß nicht, wie ich das finden soll«, sagte ich nachdenklich. »Vor ein oder zwei Stunden hatten Sie mich noch nie gesehen, nie meinen Namen gehört. Aber jetzt, wo ich sonnengebräunt und attraktiv aussehe – schwups!«

George, dessen weiche Knie jetzt völlig unter ihm nachgaben, wäre mir fast entglitten. Ich sah ein, daß wir beide nicht weit damit kommen würden, walzertanzend den Rembrandtplein hinunterzuschwanken, also beugte ich mich nieder, um ihn mir über die Schulter zu legen. Sie ergriff in panischer Angst meinen Arm.

»Nein! Tun Sie das nicht! Tun Sie das nicht!«

»Aber warum denn nicht?« war meine vernünftige Frage. »So ist es doch viel einfacher.«

»Nein, nein! Wenn die Polizei Sie sieht, wird sie ihn mitnehmen.« Ich richtete mich auf und legte wieder den Arm um ihn, um ihn so senkrecht wie möglich zu halten. »Der Jäger und der Gejagte«, sagte ich. »Sowohl Sie als auch van Gelder.«

»Wie bitte?«

»Und natürlich ist Bruder George . . .«

»Woher wissen Sie seinen Namen?« flüsterte sie.

»Es ist mein Beruf, Dinge zu wissen«, sagte ich leichthin. »Und natürlich ist Bruder George schlecht dran, da er der Polizei nicht völlig unbekannt ist. Einen ehemaligen Süchtigen zum Bruder zu haben, kann ein entschiedener sozialer Nachteil sein.«

Sie antwortete nicht. Ich glaube nicht, daß ich jemals zuvor jemanden gesehen hatte, der so unglücklich und verzweifelt aussah.

»Wo wohnt er?« fragte ich. Die Frage schien sie zu überraschen.

»Bei mir, natürlich«, antwortete sie nach kurzem Zögern. »Es ist nicht weit.«

Ich folgte ihr wortlos.

Es war wirklich nicht weit: nicht mehr als fünfzehn Meter entfernt, in einer Seitenstraße – wenn man eine so schmale und düstere Gasse als Straße bezeichnen konnte – hinter dem *Balinova.* Die Treppe, die zu Astrids Wohnung führte, war die engste und gewundenste, die ich je gesehen hatte, und mit George – den ich mir nun doch über die Schulter gelegt hatte – konnte ich es kaum schaffen. Astrid schloß die Tür zu ihrer Wohnung auf, die kaum größer als ein Hasenstall war. Sie bestand, soweit ich sehen konnte, aus einem winzigen Wohnzimmer und einem anschließenden, ebenso winzigen Schlafzimmer. Ich ging ins Schlafzimmer, legte George auf das schmale Bett, richtete mich auf und wischte mir den Schweiß von der Stirn.

»Ich bin auch schon bessere Leitern hinaufgeklettert«, sagte ich nachdrücklich.

»Es tut mir leid. Das Mädchenheim ist billiger, aber mit George ... sie bezahlen nicht besonders viel im *Balinova.*«

An den beiden winzigen, schäbigen aber sauberen Zimmern erkannte man, daß sie sehr wenig bezahlten. Ich sagte: »Leute in Ihrer Lage haben Glück, wenn sie überhaupt etwas finden.«

»Wie bitte?«

»Lassen Sie gefälligst dieses ewige ›wie bitte‹. Sie wissen verdammt gut, was ich meine. Oder vielleicht nicht, Miß Lemay? Oder darf ich Sie Astrid nennen?«

»Woher wissen Sie meinen Namen?« Ich kann mich aus dem Stegreif nicht daran erinnern, vorher jemals ein Mädchen gesehen zu haben, das die Hände rang.

»Woher – woher wissen Sie über mich Bescheid?«

»Lassen wir doch das Spielchen«, sagte ich grob. »Schenken Sie ihrem Freund doch ein klein wenig Glauben.«
»Freund? Ich habe keinen Freund.«
»Dann eben Ex-Freund. Oder wäre Ihnen ›verstorbener‹ Freund lieber?«
»Jimmy?« flüsterte sie.
»Jimmy Duclos«, nickte ich. »Er war Ihnen verfallen — restlos verfallen — aber er hatte mir schon etwas über Sie erzählt. Ich habe sogar ein Bild von Ihnen.«
Sie schien verwirrt. »Aber . . . aber auf dem Flugplatz . . .«
»Was hatten Sie denn erwartet? Sollte ich Sie vielleicht umarmen? Jimmy wurde auf dem Flugplatz umgebracht, weil er hinter etwas her war. Was war dieses Etwas?«
»Es tut mir leid. Ich kann Ihnen nicht helfen.«
»*Können* Sie nicht, oder *wollen* Sie nicht?«
Sie antwortete nicht.
»Haben Sie ihn geliebt, Astrid?«
Sie sah mich schweigend an, ihre Augen glitzerten. Schließlich nickte sie langsam.
»Und Sie werden mir trotzdem nichts sagen?« Schweigen. Ich seufzte und versuchte es auf eine andere Tour. »Hat Jimmy Duclos Ihnen gesagt, was er von Beruf war?«
Sie schüttelte den Kopf.
»Aber Sie haben es vermutet?«
Sie nickte.
»Und Sie haben jemandem von Ihrer Vermutung erzählt.«
Das saß. »Nein! Nein! Ich habe niemandem etwas gesagt. Ich schwöre es, ich habe niemandem etwas gesagt!« Sie hatte ihn wirklich geliebt, und sie log nicht.
»Hat er jemals meinen Namen erwähnt?«
»Nein.«
»Aber Sie wissen, wer ich bin?«
Sie sah mich nur an, zwei große Tränen rollten über ihre Wangen.
»Sie wissen verdammt gut, daß ich das Rauschgiftdezernat der Interpol in London leite.«
Sie schwieg weiter. Ich packte sie an den Schultern und schüttelte sie wütend.

»Nun?«
Sie nickte. Sie war eine große Schweigerin vor dem Herrn.
»Wenn Jimmy es Ihnen also nicht erzählt hat, wer dann?«
»O Gott! Bitte lassen Sie mich in Ruhe!« Die Tränen liefen ihr jetzt ununterbrochen über die Wangen. Sie hatte heute ihren Tränen-Tag und ich meinen Seufzertag, also seufzte ich und wechselte wieder die Masche und sah durch die offene Tür zu dem Jungen auf dem Bett hinüber.
»Ich nehme an, daß George nicht die Brötchen für die Familie verdient«, sagte ich.
»George kann nicht arbeiten.« Sie sagte das, als stelle sie ein simples Naturgesetz auf. »Er hat seit über einem Jahr nicht mehr gearbeitet. Aber was hat George mit der Sache zu tun?«
»Eine ganze Menge.« Ich ging hinüber, beugte mich über ihn, sah ihn genau an, hob ein Augenlid hoch und ließ es wieder fallen. »Was tun Sie, wenn er in dieser Verfassung ist?«
»Man kann gar nichts tun.«
Ich schob den Ärmel an Georges skelettmagerem Arm hoch. Es war ein widerlicher Anblick: punktiert, fleckig und farblos von ungezählten Einstichen. Trudis Arm war dagegen makellos gewesen. Ich sagte: »Niemand wird jemals etwas für ihn tun können, das wissen Sie doch, oder?«
»Das weiß ich.« Sie sah meinen nachdenklichen Blick, hörte auf, ihr Gesicht mit einem Spitzentaschentuch von der Größe einer Briefmarke zu betupfen, und lächelte bitter. »Jetzt soll ich wohl meinen Ärmel auch hochrollen.«
»Ich beleidige keine netten Mädchen. Ich will Ihnen lediglich ein paar einfache Fragen stellen, die Sie leicht beantworten können. Wie lange ist George schon in diesem Zustand?«
»Drei Jahre.«
»Wie lange arbeiten Sie schon im *Balinova*?«
»Drei Jahre.«
»Gefällt es Ihnen?«
»Gefallen!« Das Mädchen verriet sich, sobald es den Mund aufmachte. »Wissen Sie, was es heißt, in einem Nachtklub zu arbeiten – in einem solchen Nachtklub? Widerliche, einsame alte Männer schielen nach einem ...«

»Jimmy Duclos war weder widerlich noch alt noch einsam.«
Sie war aus der Fassung gebracht. »Nein, nein, natürlich nicht. Jimmy . . .«
»Jimmy Duclos ist tot, Astrid. Jimmy ist tot, weil er auf eine Hosteß in einem Nachtklub hereinfiel, die erpreßt wird.«
»Niemand erpreßt mich.«
»Nein? Wer übt dann Druck auf Sie aus, daß Sie schweigen und eine Arbeit tun, die Sie offensichtlich verabscheuen? Ist es, weil George hier ist? Was hat er getan, oder was hat er *angeblich* getan? Ich weiß, daß er im Gefängnis war, das kann es also nicht sein. Warum haben Sie mir nachspioniert, Astrid? Was wissen Sie über Jimmys Tod? Ich weiß, *wie* er starb. Aber *wer* hat es getan? Und *warum*?«
»Ich wußte nicht, daß er umgebracht würde!« Sie setzte sich auf die Bettcouch und verbarg das Gesicht in den Händen. Ihre Schultern bebten. »Ich wußte nicht, daß er umgebracht würde!«

»Na schön, Astrid.« Ich gab es auf, weil ich nichts erreichte als eine steigende Abneigung gegen mich selbst. Wahrscheinlich hatte sie Duclos wirklich geliebt, er war erst einen Tag tot, und hier wühlte ich in blutenden Wunden herum. »Ich habe zu viele Menschen in Todesangst gesehen, um mit Gewalt zu versuchen, Sie zum Reden zu bringen. Aber denken Sie darüber nach, Astrid, um Gottes willen und um Ihretwillen, denken Sie darüber nach. Es ist Ihr Leben, und das ist alles, worum Sie sich noch Sorgen zu machen brauchen. George hat kein Leben mehr vor sich.«
»Ich kann nichts tun, ich kann nichts sagen.« Ihr Gesicht lag ruhig in ihren Händen. »Bitte gehen Sie.«
Ich glaubte, auch nichts mehr sagen oder tun zu können, also tat ich, worum sie mich gebeten hatte.

Nur mit Hosen und Unterhemd bekleidet, sah ich mich in dem winzigen Spiegel in dem winzigen Bad an. Von Gesicht, Hals und Händen war alle braune Farbe verschwunden, was man von dem großen und ehemals weißen Handtuch, das ich in der Hand hielt, nicht behaupten konnte. Es war klitschnaß und unwiderruflich schokoladenbraun.
Ich ging ins Schlafzimmer hinaus, das kaum genügend Platz für das

Bett und die Bettcouch bot, die es beherbergte. Auf dem Bett saßen aufrecht Maggie und Belinda. Beide sahen ungeheuer reizvoll aus in ihren sehr schicken Nachthemden, die hauptsächlich aus Löchern zu bestehen schienen. Aber im Moment hatte ich wichtigere Dinge im Kopf, als daß ich mich mit der Überlegung hätte beschäftigen können, in welch fahrlässiger Weise manche Nachthemdenhersteller mit ihrem Stoff umgingen.

»Sie haben unser Handtuch ruiniert«, beschwerte sich Belinda.

»Sagt einfach, ihr hättet euch abgeschminkt.« Ich griff nach meinem Hemd. Innen war der Kragen dunkelbraun, aber dagegen konnte ich nichts tun. »Die meisten der Nachtklub-Mädchen wohnen also im Jugendheim *Paris*?«

Maggie nickte. »Das hat Mary jedenfalls gesagt.«

»Mary?«

»Dieses nette Mädchen, das im *Trianon* arbeitet.«

»Es gibt keine netten englischen Mädchen, die im *Trianon* arbeiten, nur unanständige englische Mädchen. War sie eines der Mädchen aus der Kirche?« Maggie schüttelte den Kopf. »Nun, das bestätigt wenigstens das, was Astrid gesagt hat.«

»Astrid?« fragte Belinda. »Wer hat denn mit ihr gesprochen?«

»Ich habe den schönsten Teil des Abends mit ihr verbracht. Ich fürchte, es war kein sehr ergiebiges Gespräch. Sie war nicht in der Stimmung zu reden.« Ich berichtete kurz, wie wenig sie in Stimmung gewesen war, dann fuhr ich fort: »Nun, allmählich wird es Zeit, daß ihr auch mal was arbeitet, anstatt euch andauernd in Nachtklubs herumzutreiben.« Sie sahen einander an, dann starrten sie mir feindselig ins Gesicht. »Maggie, mach morgen einen Spaziergang im Vondel Park. Paß auf, ob Trudi dort ist — du kennst sie ja. Laß dich aber nicht sehen — sie kennt dich auch. Achte darauf, was sie tut, ob sie jemanden trifft, mit jemanden spricht. Es ist ein großer Park, aber es sollte dir keine Schwierigkeiten machen, sie zu finden, wenn sie dort ist — sie wird von einer lieben alten Dame begleitet, die eine Taillenweite von etwa einem Meter fünfzig hat. Belinda, du kontrollierst morgen abend das Jugendheim. Wenn du irgendein Mädchen siehst, das in der Kirche war, folge ihm und paß auf, was es macht.« Ich schüttelte mich fröstelnd in meinem feuchten Jackett. »Gute Nacht.«

»Das war alles? Sie gehen?« Maggie schien leicht überrascht.
»Mensch, Sie haben es vielleicht eilig«, sagte Belinda.
»Morgen abend«, versprach ich, »bringe ich euch alle beide zu Bett und erzähle euch ein wunderschönes Märchen. Heute abend habe ich etwas anderes vor.«

SIEBTES KAPITEL

Ich parkte das Polizeiauto mitten auf einem Parkverbotszeichen, das auf die Straße gemalt war, und ging die letzten hundert Meter zum Hotel zu Fuß. Die Drehorgel war dorthin verschwunden, wohin immer Drehorgeln sich für die Nacht zurückziehen mögen, und das Foyer war menschenleer bis auf den Empfangschef, der in einem Sessel hinter der Rezeption vor sich hindöste. Ich langte hinüber, nahm lautlos den Schlüssel vom Haken und ging bis in den zweiten Stock, um den Empfangschef nicht aus seinem, wie es schien, festen und zweifellos wohlverdienten Schlaf zu reißen. Erst dann nahm ich den Lift.
Ich zog meine nassen Kleider aus – was bedeutete, daß ich mich völlig auszog – duschte, zog trockene Sachen an, fuhr mit dem Lift wieder hinunter und donnerte meinen Zimmerschlüssel auf den Tresen. Der Empfangschef erwachte blinzelnd, sah mich an, dann auf die Uhr und dann auf den Schlüssel. In dieser Reihenfolge.
»Mr. Sherman. Ich . . . ich habe Sie nicht kommen gehört.«
»Ich bin schon seit Stunden hier. Sie schliefen. Einen Schlaf von kindlicher Unschuld . . .«
Er hörte mir nicht zu. Zum zweitenmal sah er verwirrt auf seine Uhr.
»Was machen Sie, Mr. Sherman?«
»Ich wandle Schlaf.«
»Es ist halb drei Uhr morgens!«
»Tagsüber wandle ich auch nicht Schlaf«, sagte ich folgerichtig. Ich drehte mich um und spähte durch das Vestibül. »Was? Kein Türsteher? Kein Träger, kein Taxifahrer, kein Drehorgelquäler, keine Menschenseele zu sehen. Lax. Nachlässig. Sie werden über diese Nachlässigkeit Rechenschaft ablegen müssen.«

»Wie bitte?«
»Ewige Schlaflosigkeit ist der Preis für die Admiralität.«
»Ich verstehe nicht.«
»Ich bin nicht einmal sicher, ob ich es selbst verstehe. Hat irgendein Friseurgeschäft um diese Zeit offen?«
»Hat irgendein — haben Sie gefragt, ob . . .«
»Vergessen Sie's. Ich bin sicher, ich werde irgendwo eins finden.«
Ich ging. Zwanzig Meter vom Hotel entfernt trat ich in einen Hauseingang, in der fröhlichen Erwartung und bestens darauf vorbereitet, jeden zusammenzuschlagen, der den Eindruck machte, als folge er mir, aber nach zwei oder drei Minuten wurde mir klar, daß niemand hinter mir her war. Ich ging zu meinem Wagen zurück und fuhr hinunter zu den Docks. Zwei Straßen weit von der Ersten Reformierten Kirche der Amerikanischen Hugenotten-Gesellschaft parkte ich. Ich ging zur Gracht hinunter.
Der Kanal — gesäumt von den unvermeidlichen Linden und Ulmen — war dunkel und braun und unbewegt und reflektierte kein Licht von den spärlich beleuchteten engen Straßen auf beiden Seiten. In keinem einzigen Gebäude auf beiden Seiten des Kanals brannte Licht. Die Kirche sah noch baufälliger aus als vorher, und sie strahlte eine seltsame Stille und Abgeschiedenheit und Wachsamkeit aus, die viele Kirchen nachts an sich haben. Drohend zeichnete sich der riesige Kran mit seinem massiven Ausleger gegen den Nachthimmel ab. Die Gegend war völlig ausgestorben. Alles, was noch fehlte, war ein Friedhof.
Ich überquerte die Straße, stieg die Stufen hinauf und drückte auf die Klinke der Kirchentür. Sie war nicht verschlossen. Es gab eigentlich keinen Grund, aus dem sie hätte versperrt sein sollen, aber ich fand es trotzdem ein wenig überraschend, daß sie offen war. Die Scharniere mußten gut geölt sein, denn die Tür öffnete und schloß sich geräuschlos. Ich schaltete meine Stablampe ein und drehte mich einmal schnell um mich selber. Ich war allein. Ich inspizierte meine Umgebung genauer. Der Innenraum war klein, noch kleiner, als man es von außen annahm, geschwärzt und alt, so alt, daß ich sehen konnte, daß die eichenen Kirchenbänke ursprünglich mit Krummäxten behauen worden waren. Ich hob meine Lampe, aber es gab keine Empore, nur sechs kleine staubige bemalte Fenster, die selbst an einem sonnigen Tag nur ein Minimum an

Licht hereinlassen konnten. Die Eingangstür war die einzige nach außen führende Tür der Kirche. Die einzige andere Tür befand sich am oberen Ende des Raumes in einer Ecke, in der Mitte zwischen der Kanzel und einer alten mit einem Blasebalg betriebenen Orgel.
Ich ging auf die Tür zu, legte meine Hand auf die Klinke und machte meine Lampe aus. Diese Tür quietschte, aber nicht laut. Vorsichtig trat ich einen Schritt vor, und es war gut, daß ich das tat, denn worauf ich trat, war kein Fußboden, sondern die erste Stufe einer nach unten führenden Treppe. Ich ging hinunter — achtzehn Stufen einer Wendeltreppe — und setzte dann meinen Weg rasch fort, wobei ich einen Arm ausgestreckt vor mich hielt, um die Tür zu ertasten, die meiner Ansicht nach irgendwo vor mir sein mußte. Aber es war keine Tür da. Ich machte meine Lampe wieder an.
Der Raum, in dem ich mich befand, war etwa halb so groß wie das Kirchenschiff. Ich ließ den Lichtstrahl schnell einmal im Kreis gleiten. Hier gab es keine Fenster, nur zwei nackte Glühbirnen baumelten von der Decke herab. Ich fand den Schalter und machte Licht. Der Raum war noch geschwärzter als das Kirchenschiff. Der rauhe Holzboden war schmutzig von dem festgetrampelten Dreck ungezählter Jahre. In der Mitte standen einige Tische und Stühle, und die Wände wurden von sehr schmalen und sehr hohen abgeteilten Nischen eingenommen. Es sah aus wie ein mittelalterliches Café.
Meine Nasenflügel zogen sich ungewollt zusammen, als sie mit einem altbekannten und unsympathischen Geruch in Berührung kamen. Er hätte von überall herkommen können, aber ich glaubte, daß er von den Nischen rechts von mir kam. Ich steckte meine Taschenlampe ein, zog meine Pistole aus dem Schulterhalfter, fischte den Schalldämpfer heraus und schraubte ihn auf. Lautlos bewegte ich mich durch den Raum, und meine Nase sagte mir, daß ich mich auf der richtigen Spur befand. Die erste Nische war leer. Die zweite ebenfalls. Dann hörte ich plötzlich jemanden atmen. Ich ging lautlos weiter, und mein linkes Auge und der Lauf meiner Pistole lugten gleichzeitig um die Ecke der dritten Nische.
Meine Vorsichtsmaßnahmen waren unnötig gewesen. Es bestand keine Gefahr. Zwei Dinge lagen auf dem schmalen Tisch: ein Aschenbecher mit einer Zigarette, die bis auf den letzten Rest abgebrannt war, und die Arme und der Kopf eines Mannes, der mit von mir abgewandtem Ge-

sicht nach vorn gesunken war und fest schlief. Ich mußte sein Gesicht gar nicht sehen: Georges dünner Körper und die abgeschabten Kleider waren unverwechselbar. Als ich ihn das letzte Mal gesehen hatte, hätte ich geschworen, daß er innerhalb der nächsten vierundzwanzig Stunden nicht in der Lage sein würde, sich auf seinem Bett auch nur von einer Seite auf die andere zu drehen — jedenfalls hätte ich es geschworen, wenn er ein normaler Mensch gewesen wäre. Aber Süchtige sind in einem fortgeschrittenen Stadium von einem normalen Menschen himmelweit entfernt und haben die Fähigkeit, sich erstaunlich schnell zu erholen, wenn auch nur für kurze Zeit. Ich ließ ihn, wo er war. Im Moment stellte er kein Problem dar.

Zwischen den zwei Reihen von Nischen befand sich am Ende des Raumes eine Tür. Ich öffnete sie mit viel weniger Vorsicht als die andere, trat hindurch, fand einen Lichtschalter und drückte darauf.

Ich stand in einem großen aber sehr schmalen Raum, der so lang war wie die ganze Kirche, aber nur drei Meter breit. Beide Seitenwände wurden von Regalen bedeckt, und in diesen Regalen türmten sich Bibeln. Es war keine Überraschung für mich, als ich sah, daß es sich um die gleichen handelte, die ich im Lagerhaus von Morgenstern und Muggenthaler inspiziert hatte, diejenigen, die die Erste Reformierte Kirche so großzügig an die Amsterdamer Hotels verteilte. Es schien nichts damit gewonnen, wenn ich sie mir noch einmal ansah, also schob ich meine Waffe in meinen Gürtel und machte mich daran, sie trotzdem näher zu untersuchen. Ich nahm aufs Geratewohl einige aus der vordersten Reihe und blätterte darin: Sie waren so harmlos wie Bibeln nur sein können. Ich griff in die zweite Reihe, und die gleiche flüchtige Inspektion führte zu dem gleichen Ergebnis. Ich schob einen Teil der zweiten Reihe beiseite und nahm eine Bibel aus der dritten Reihe.

Diese Bibel mochte ursprünglich ebenfalls harmlos gewesen sein oder nicht, das hing davon ab, welchen Grund man für ihre Verschandelung annahm, aber als Bibel war sie jedenfalls nicht zu gebrauchen, denn das Loch, das man sauber aus ihrer Mitte herausgeschnitten hatte, ging fast durch das ganze Buch. Das Loch selbst hatte etwa die Form und Größe einer großen Feige. Ich sah mir noch einige Bibeln aus der gleichen Reihe an. Alle hatten das gleiche Loch. Offensichtlich war es mit einer Maschine gemacht worden. Ich legte eine der verstümmelten Bibeln beiseite und rückte dann die anderen wieder genauso hin, wie ich sie vorgefunden hatte. Dann ging ich zu der Tür, die genau derjenigen gegenüber lag, durch die ich hereingekommen war. Ich öffnete sie und machte das Licht an.

Die Erste Reformierte Kirche hatte zugegebenermaßen erfolgreich alles dazu getan, um sich an die Ermahnungen des Avantgarde-Clerus von heute zu halten, die da lauteten, daß es die Pflicht der Kirche sei, mit dem technologischen Zeitalter, in dem wir leben, Schritt zu halten und daran teilzunehmen. Vielleicht waren die Ermahnungen nicht ganz so wörtlich gemeint gewesen, aber wenn man nicht genau spezifizierte Ratschläge gibt, muß man, wenn sie in die Praxis umgesetzt werden, immer damit rechnen, daß sie in einer falschen Richtung befolgt werden, was anscheinend in diesem Fall passiert war: Dieser Raum, der fast den gesamten Keller der Kirche einnahm, war eine glänzend ausgestattete Werkstatt. Soweit ich das beurteilen konnte, war alles vorhanden – Drehbänke, Fräsmaschinen, Pressen, Schmelztiegel, Gießformen, ein Schmelzofen, eine große Stanzmaschine und Werkbänke, an denen einige kleinere Maschinen angeschraubt waren, deren Verwendungszweck mir ein Rätsel war. An einem Ende des Raumes war der Boden mit, wie es schien, Blech- und Kupferspänen bedeckt, denn der Hauptteil lag in eng zusammengedrehten Schlangen da. In einer Ecke lagen in einer Kiste ein unordentlicher Haufen von offensichtlich alten Bleirohren und einige Rollen offensichtlich gebrauchter mit Blei überzogener Dachverschalung. Alles in allem ein völlig funktioneller Raum, gänzlich auf Fabrikation abgestellt: Was die Endprodukte waren, blieb der Phantasie überlassen, denn es lagen keine Musterstücke herum.

Als ich die Hälfte des Raumes durchquert hatte, fühlte ich mehr als ich es hörte ein kaum wahrnehmbares Geräusch aus der Gegend der Tür, durch die ich gerade hereingekommen war. Und ich fühlte auch wieder das unangenehme Kribbeln im Nacken: irgend jemand beobachtete mich aus einer Entfernung von nur ein paar Metern und zwar nicht mit freundlichen Absichten.

Ich ging scheinbar völlig sorglos weiter, was nicht leicht ist, wenn die Chance besteht, daß dem nächsten Schritt, den man machen will, vielleicht eine 38er- Kugel oder etwas ähnlich Tödliches zuvorkommt, indem sie einen in den Hinterkopf trifft. Aber ich ging weiter, denn sich umzudrehen und als einzige Waffe eine ausgehöhlte Bibel in der linken Hand zu haben — meine Pistole steckte noch immer in meinem Gürtel — schien eine sichere Methode, einen ohnehin schon nervösen Abzugsfinger automatisch durchziehen zu lassen. Ich hatte mich wie ein Schwachsinniger benommen, so idiotisch, daß ich jeden anderen für dieses Benehmen angeschnauzt hätte, und es sah ganz danach aus, als müßte ich nun auch den Preis für meine Blödheit bezahlen. Das unverschlossene Hauptportal, die unverschlossene Kellertür, der freie Zugang für jeden, der Nachforschungen anstellen wollte, bedeuteten nur eins: die Anwesenheit eines Mannes mit einer Waffe, dessen Job es war, nicht das Eindringen, wohl aber das Verlassen der Räume auf sehr dauerhafte Weise zu verhindern. Ich fragte mich, wo er sich versteckt hatte, vielleicht auf der Kanzel, vielleicht hinter einer möglichen Seitentür, die von den Stufen wegführte und deren Existenz nachzuprüfen ich zu sorglos gewesen war.

Ich erreichte das Ende des Raumes, warf einen Blick hinter die letzte Drehbank, gab ein überraschtes Gemurmel von mir und bückte mich tief hinter die Drehbank. Ich blieb nicht mehr als zwei Sekunden in dieser Haltung, denn es schien wenig Sinn zu haben, das Unvermeidliche hinauszuschieben. Als ich meinen Kopf schnell über die Drehbank hob, bildete der Lauf meiner schallgedämpften Waffe bereits eine Linie mit meinem rechten Auge.

Er war nicht mehr als viereinhalb Meter von mir entfernt und näherte sich auf lautlosen Gummisohlen, ein runzliger Mann mit einem Rattengesicht, leichenblaß und mit glühenden kohlschwarzen Augen. Was er in die Richtung der Drehbank zielend in der Hand hielt war viel schlimmer als jede Achtunddreißiger, es war eine entsetzliche Vernichtungswaffe, ein doppelläufiges zwölfschüssiges Gewehr mit abgesägten Läufen, wahrscheinlich die tödlichste Kurzstreckenwaffe, die je erfunden wurde.

Ich sah ihn und drückte im gleichen Moment ab, denn es war sicher, daß ich keine zweite Gelegenheit bekommen würde.

Eine rote Blume erblühte auf der Stirn des verrunzelten Mannes. Er machte einen Schritt rückwärts, es war die Reflexbewegung eines bereits toten Mannes, dann sank er zu Boden, fast ebenso lautlos wie er sich mir genähert hatte. Die Waffe hielt er immer noch umklammert. Ich warf einen schnellen Blick auf die Tür, aber falls Verstärkung da sein sollte, so war man wenigstens klug genug, diese Tatsache geheimzuhalten. Ich richtete mich auf und ging schnell durch den Raum auf die Regale zu, in denen die Bibeln gestapelt waren, aber dort war niemand, ebensowenig wie in den Nischen in dem anschließenden Raum, in dem George immer noch bewußtlos über dem Tisch lag.

Ich zog George unsanft hoch, legte ihn mir über die Schulter, trug ihn hinauf in die Kirche und ließ ihn ohne weitere Umstände hinter die Kanzel fallen, wo er unsichtbar für jeden war, der zufällig durch die Eingangstür hereinschauen würde, obwohl ich mir weiß Gott nicht vorstellen konnte, wie jemand um diese Zeit auf die Idee kommen sollte, in die Kirche hineinzuschauen. Ich öffnete die Kirchentür und spähte hinaus: Die Straße war in beiden Richtungen menschenleer.

Drei Minuten später parkte ich das Taxi vor der Kirche. Ich ging hinein, holte George, schleppte ihn die Stufen hinunter und über die Straße und schob ihn auf den Rücksitz des Wagens. Sofort fiel er vom Sitz auf den Boden, und da diese Lage wahrscheinlich sicherer für ihn war, ließ ich ihn dort, überzeugte mich schnell, daß sich niemand für mein Tun interessierte, und ging wieder in die Kirche zurück.

Die Durchsuchung der Taschen des Toten förderte nichts zutage als ein paar selbstgedrehte Zigaretten, was hervorragend zu der Tatsache paßte, daß er bis zum Hals mit Rauschgift vollgepumpt gewesen war, als er mich mit seiner Waffe verfolgt hatte. Ich nahm die Waffe in die linke Hand, packte den Toten am Mantelkragen – jede andere Methode, ihn von dort wegzubringen, hätte einen blutbefleckten Anzug zur Folge gehabt, und ich hatte bereits meinen letzten sauberen Anzug an – zerrte ihn durch den Keller und die Treppen hinauf, und auf meinem Weg löschte ich die Lichter und schloß die Türen hinter mir. Wieder sah ich die Straße entlang, wieder lag sie verlassen da. Ich schleifte den Mann über die Straße in die kärgliche Deckung, die das Taxi bot, und ließ ihn so lautlos in die Gracht gleiten, wie er es zweifellos mit mir getan hätte, wenn er ein bißchen geschickter mit seiner Waffe umgegangen wäre, die ich hinter ihm her in die Gracht warf. Ich ging zum Taxi zurück und wollte gerade einsteigen, als die Tür des Hauses neben der Kirche aufgerissen wurde und ein Mann erschien, der sich unsicher umblickte und dann auf mich zukam.

Es war ein großer kräftiger Mann. Er trug etwas, das aussah wie ein riesiges Nachthemd mit einem Bademantel darüber. Er hatte einen mächtigen Schädel mit einer weißen Mähne, einem weißen Schnauzbart, einem rosigen Teint und in diesem Augenblick einem Gesichtsausdruck, der leicht verwirrte Hilfsbereitschaft ausdrückte.

»Kann ich Ihnen helfen?« Er hatte eine tiefe volltönende Stimme, die ihm offensichtlich selbst gefiel. »Ist irgend etwas nicht in Ordnung?«

»Was sollte denn nicht in Ordnung sein?«

»Ich dachte, ich hätte ein Geräusch in der Kirche gehört.«

»In der Kirche?« Jetzt war es an mir, verwirrt auszusehen.

»Ja, in der Kirche. Dort drüben.« Er deutete darauf, für den Fall, daß ich eine Kirche nicht erkannte, wenn ich eine vor mir hatte. »Ich bin der Pastor. Goodbody. Dr. Thaddeus Goodbody. Ich dachte, vielleicht triebe sich ein Eindringling dort herum . . .«

»Ich war es jedenfalls nicht, Reverend. Ich bin seit Jahren nicht mehr in einer Kirche gewesen.«

Er nickte, als überrasche ihn das nicht im geringsten. »Wir leben in einer gottlosen Zeit. Eine merkwürdige Zeit, um noch unterwegs zu sein, junger Mann.«

»Nicht für einen Taxifahrer auf Nachtschicht.«

Er sah mich zweifelnd an und spähte hinten in das Taxi hinein. »Gütiger Himmel. Da liegt ein Toter auf dem Boden.«

»Da liegt kein Toter auf dem Boden. Da liegt ein betrunkener Matrose auf dem Boden, und ich bringe ihn zu seinem Schiff zurück. Er fiel vor ein paar Sekunden hinunter, also hielt ich an, um ihn wieder auf den Sitz zu befördern. Ich dachte«, setzte ich tugendhaft hinzu, »es wäre christlich, wenn ich es täte. Mit einer Leiche würde ich mir die Mühe nicht machen.«

Doch mein Appell an die Christlichkeit fruchtete nichts. Goodbody sagte in einem Ton, den er vermutlich speziell für Gardinenpredigten an seine absackenden Schäfchen reservierte: »Ich bestehe darauf, mich selbst zu überzeugen.«

Er drückte stark nach vorn und ich drückte stark dagegen. Ich sagte: »Bitte lassen Sie mich nicht meine Lizenz verlieren. Bitte!«

»Ich wußte es! Ich wußte es! Etwas ist ganz entschieden nicht in Ordnung. Ich kann Sie also dazu bringen, Ihre Lizenz zu verlieren?«

»Ja. Wenn ich Sie in die Gracht werfe, verliere ich meine Lizenz. Allerdings nur«, fügte ich nachdenklich hinzu, »falls es Ihnen gelingen sollte, wieder herauszuklettern.«

»Was? In die Gracht? Mich? Einen Diener Gottes? Drohen Sie mir mit Gewalt, Sir?«

»Ja.«

Dr. Goodbody machte einige hastige Schritte rückwärts.

»Ich habe Ihre Autonummer, Sir. Ich werde Sie melden . . .«

Die Nacht verging, und ich wollte gern noch etwas schlafen, also stieg ich in den Wagen und fuhr davon. Er schüttelte die Faust in einer Weise, die nicht gerade für seine Auffassung von brüderlicher Nächstenliebe sprach, und schien einige wüste Verwünschungen hinter mir herzuschikken, aber ich hörte sie nicht mehr. Ich fragte mich, ob er eine Beschwerde bei der Polizei einreichen würde und kam zu dem Schluß, daß die Chancen dagegenstanden. Langsam wurde ich es müde, George immerzu Treppen hinaufzuschleppen. Zugegeben, er wog fast nichts, aber ohne Schlaf und Abendessen war ich nicht gerade in Hochform, und außerdem hatte ich die Nase voll von Süchtigen. Die Tür zu Astrids Wohnung war unverschlossen, was mich nicht überrascht hätte, wenn George sie als letzter benützt hätte. Ich öffnete sie, machte Licht, ging an dem schlafenden Mädchen vorbei und ließ George nicht gerade sanft auf sein Bett fallen. Ich glaube, es war das Geräusch, das die Matratze von sich gab und nicht die grelle Deckenbeleuchtung, was das Mädchen aufweckte. Jedenfalls setzte sie sich in ihrem Bett auf und rieb sich immer noch den Schlaf aus den Augen, als ich in ihr Zimmer zurückkehrte. Ich sah sie mit — wie ich hoffte — nachdenklichem Gesicht an und sagte nichts.

»Er schlief, dann ging ich auch schlafen«, sagte sie verteidigend. »Er muß aufgestanden und noch einmal weggegangen sein.« Als ich dieses Meisterstück von Irreführung mit dem Schweigen quittierte, das es verdiente, fuhr sie fast verzweifelt fort: »Ich habe nicht gemerkt, daß er wegging. Wirklich nicht. Wo haben Sie ihn gefunden?«

»Darauf kommen Sie nie! In einer Garage, neben einer Drehorgel. Er versuchte, die Schutzdecke herunterzuziehen, aber es gelang ihm nicht.«

Zum zweitenmal an diesem Abend vergrub sie ihr Gesicht in den Händen. Diesmal weinte sie nicht, obwohl ich vermutete, daß es nur eine Frage der Zeit sein würde, bis sie wieder anfing.

»Was ist denn so schlimm daran?« fragte ich. »Er interessiert sich sehr für Drehorgeln, Astrid, nicht wahr? Ich möchte wissen, warum. Es ist seltsam. Ist er vielleicht besonders musikalisch?«

»Nein. Ja. Schon als kleiner Junge . . .«

»Oh, seien Sie still. Wenn er musikalisch wäre, würde er lieber einem Preßluftbohrer zuhören. Es gibt einen ganz einfachen Grund, warum er so für Drehorgeln schwärmt — und Sie und ich kennen ihn.«

Sie starrte mich an, nicht überrascht, sondern in panischer Angst. Müde sank ich auf die Bettkante und nahm ihre beiden Hände in meine.

»Astrid?«

»Ja?«

»Sie sind fast so gut im Lügen wie ich. Sie haben nicht nach George gesucht, weil Sie verdammt genau wußten, wo er war, und Sie wissen verdammt genau, wo ich ihn gefunden habe. An einem Ort, wo er sicher ist, an einem Ort, wo die Polizei ihn niemals finden würde, weil sie niemals auf die Idee käme, dort zu suchen.« Ich seufzte. »Eine Zigarette ist keine Spritze, aber ich vermute, sie ist immer noch besser als gar nichts.«

Sie sah mich verstört an, dann vergrub sie ihr Gesicht wieder in den Händen. Ihre Schultern bebten, wie ich es vorausgesehen hatte. Wie dunkel meine Motive auch sein mochten, ich konnte einfach nicht weiter so dasitzen, ohne eine tröstende Hand auszustrecken, und als ich es tat, sah sie mich durch einen Tränenschleier an, hob die Hände und lehnte sich bitterlich schluchzend an meine Schulter. Ich gewöhnte mich allmählich an diese Behandlung in Amsterdam, aber ich war immer noch weit davon entfernt, mich damit zu befreunden, also versuchte ich, ihre Arme von meinem Hals zu lösen, was aber lediglich zur Folge hatte, daß sie sich noch fester an mich klammerte. Das hatte, wie ich genau wußte, nicht das geringste mit meiner Person zu tun: Für den Augenblick brauchte sie etwas, woran sie sich klammern konnte, und ich war zufällig da. Allmählich ebbte das Schluchzen ab, und sie lag da, das tränenverschmierte Gesicht wehrlos und voller Verzweiflung. Ich sagte: »Es ist noch nicht zu spät, Astrid.«

»Das ist nicht wahr. Sie wissen genausogut wie ich, daß es von Anfang an zu spät war.«

»Für George, ja. Aber sehen Sie denn nicht, daß ich Ihnen helfen will?«

»Wie könnten Sie mir helfen?«

»Indem ich die Menschen vernichte, die Ihren Bruder vernichtet haben.

Indem ich die Menschen vernichte, die Sie vernichten. Aber ich brauche Hilfe. Letzten Endes brauchen wir alle Hilfe — Sie, ich, jeder. Helfen Sie mir — und ich werde Ihnen helfen. Das verspreche ich Ihnen, Astrid.«
Ich würde nicht sagen, daß die Verzweiflung auf ihrem Gesicht völlig verschwand, aber wenigstens wurde sie schwächer. Sie nickte ein- oder zweimal, lächelte mühsam und sagte: »Sie scheinen sich auf das Vernichten von Menschen sehr gut zu verstehen.«
»Das werden Sie auch lernen müssen«, sagte ich und gab ihr eine kleine Waffe, eine Lilliput, deren Wirkung das winzige Einundzwanziger-Kaliber Lügen straft.
Zehn Minuten später ging ich. Als ich auf die Straße hinaustrat, sah ich gegenüber zwei schäbig gekleidete Männer auf den Stufen vor einem Hauseingang sitzen. Sie stritten sich heftig aber nicht laut, also schob ich meine Waffe in die Tasche und ging zu ihnen hinüber. Drei Meter vor ihnen scherte ich aus, denn der beißende Gestank von Rum war so überwältigend, daß der Gedanke sich aufdrängte, daß sie nicht etwa soviel getrunken hatten, sondern gerade aus einem Faß besten Demeraras gestiegen waren. Ich begann in jedem Schatten Gespenster zu sehen. Ich brauchte unbedingt Schlaf, also stieg ich in mein Taxi, fuhr zum Hotel zurück und ging schlafen.

ACHTES KAPITEL

Als mein Reisewecker am folgenden, besser gesagt am gleichen Morgen klingelte, schien erstaunlicherweise die Sonne. Ich duschte, rasierte mich, zog mich an, ging hinunter und frühstückte so ausgiebig, daß ich anschließend in der Lage war, nacheinander den Empfangschef, den Türsteher und den Leierkastenmann mit einem Lächeln zu begrüßen. Eine oder zwei Minuten blieb ich vor dem Hotel stehen und sah mich mit der Miene eines Mannes, der darauf wartet, daß sein Schatten auftaucht, aufmerksam um. Aber anscheinend hatte Entmutigung eingesetzt, und ich erreichte ohne Begleitung den Parkplatz, auf dem ich nachts das Polizeitaxi abgestellt hatte. Obwohl ich im hellen Tageslicht keine Gespenster fürchtete, öffnete ich die Motorhaube, aber niemand hatte im Lauf

der Nacht eine tödliche Sprengladung angebracht. Also fuhr ich los und kam genau um zehn Uhr, zur verabredeten Zeit, im Polizeipräsidium in der Marnixstraat an.
Colonel de Graaf wartete schon auf der Straße auf mich. Den Durchsuchungsbefehl hatte er bereits bei sich. Mit ihm erwartete mich Inspektor van Gelder. Beide Männer begrüßten mich mit der höflichen Zurückhaltung von Leuten, die der Ansicht sind, ihre Zeit würde verschwendet, die aber zu höflich sind, um das auch zu sagen, und führten mich zu einem Polizeiwagen mit Chauffeur, der bedeutend luxuriöser war als der, den sie mir zur Verfügung gestellt hatten.
»Sie sind immer noch der Ansicht, daß ein Besuch bei Morgenstern und Muggenthaler wünschenswert ist?« fragte de Graaf. »Und nötig?«
»Mehr denn je.«
»Ist irgend etwas geschehen? Das Sie in Ihrer Meinung bestärkt hat, meine ich?«
»Nein«, log ich. Ich tippte mir an den Kopf. »Manchmal bin ich etwas seltsam.«
De Graaf und van Gelder tauschten einen kurzen Blick.
»Seltsam?«
»Vorahnungen.«
Wieder tauschten sie einen kurzen Blick aus, um ihre übereinstimmende Meinung über Polizeibeamte auszudrücken, die auf dieser wissenschaftlichen Basis arbeiteten. Dann sagte de Graaf, indem er umsichtigerweise das Thema wechselte: »Wir haben acht Beamte in Zivilkleidung in einem unauffälligen Lieferwagen dort postiert. Aber Sie sagen, Sie wollen das Lagerhaus gar nicht wirklich durchsuchen?«
»Doch, das will ich schon – besser gesagt, ich will den *Eindruck* einer Durchsuchung erwecken. Aber was ich wirklich will, sind die Warenrechnungen, durch die wir eine Liste von allen Souvenirlieferanten dieses Lagerhauses in die Hand bekommen.«
»Ich hoffe, Sie wissen, was Sie tun«, sagte van Gelder. Er klang sehr ernst.
»Sie hoffen«, sagte ich. »Was glauben Sie, wie *mir* zumute ist?«
Keiner von beiden sagte es mir, und da es schien, als würde die Konversation eine unerquickliche Wendung nehmen, schwiegen wir alle, bis wir am Ziel angelangt waren. Wir hielten vor dem Lagerhaus hinter einem

unauffälligen grauen Lieferwagen und stiegen aus. Im gleichen Augenblick kletterte ein Mann in einem dunkelgrauen Anzug aus dem Lieferwagen und kam auf uns zu. Sein Zivilanzug half als Verkleidung nicht viel: Ich hätte ihn auf eine Entfernung von fünfzig Metern als Bullen erkannt.

Er sagte zu de Graaf: »Wir sind bereit, Sir.«

»Bringen Sie Ihre Männer her.«

»Jawohl, Sir.« Der Polizist deutete nach oben. »Was halten Sie davon, Sir?« Wir folgten mit den Blicken seinem ausgestreckten Arm. Es blies ein frischer Wind an diesem Morgen, nicht stark, aber ausreichend, um den bunten Gegenstand, der an dem Laderaum oben am Lagerhaus baumelte, in eine langsame aber deutlich sichtbare, schwingende Bewegung zu versetzen. Er schwang in einem Bogen von etwa einem Meter hin und her und war, dem Arrangement nach, das Grauenhafteste, was ich je gesehen hatte.

Unzweifelhaft war es eine Puppe, eine sehr große Puppe, gut über neunzig Zentimeter groß und in die unvermeidliche, makellose, wunderschön geschneiderte traditionelle holländische Tracht gekleidet. Der lange gestreifte Rock blähte sich kokett im Wind. Normalerweise laufen Drahtseile oder dicke Stricke über die Rolle am Flaschenzug der Ladebäume, aber diesmal hatte jemand statt dessen eine Kette benützt. Die Puppe war, das konnte man sogar aus dieser Entfernung erkennen, mit einem Haken an der Kette befestigt, einem Haken, der zu klein war für den Hals, den er umspannte, so klein, daß man ihn offensichtlich mit Gewalt hatte anbringen müssen, denn auf einer Seite war der Hals eingedrückt, so daß der Kopf sich in einem grotesken Winkel nach einer Seite neigte, wobei er fast die rechte Schulter berührte. Es handelte sich nur um eine zerstörte Puppe, aber sie bot einen fast obszönen Anblick. Und offensichtlich war ich nicht der einzige, der diesen Eindruck hatte.

»Was für ein makaberer Anblick«, de Graafs Stimme klang schockiert, und so sah er auch aus. »Wozu um alles in der Welt soll das gut sein? Was ... was ist der Sinn, welche Absicht steckt dahinter? Was für ein kranker Verstand kann sich eine ... eine solche Obszönität ausdenken?«

Van Gelder schüttelte den Kopf. »Geisteskranke gibt es überall, auch in Amsterdam. Ein verlassenes Mädchen, eine gehaßte Schwiegermutter ...«

»Ja, ja, davon gibt es eine Unzahl. Aber das hier — das ist eine Abnormität, die an Wahnsinn grenzt. Wenn jemand seine Gefühle auf diese entsetzliche Weise ausdrückt ...« Er sah mich mit einem seltsamen Blick an, als ob er seine Meinung, daß dieser Besuch unnötig sei, doch noch revidieren wolle. »Major Sherman, berührt es Sie nicht sehr seltsam ...«
»Es berührt mich auf die gleiche Weise wie es Sie berührt. Derjenige, der für das hier verantwortlich ist, hat einen felsenfesten Anspruch auf den nächsten freien Platz in einer Nervenheilanstalt. Aber deswegen bin ich nicht hergekommen.«
»Natürlich nicht, natürlich nicht.« De Graaf warf einen letzten langen Blick auf die baumelnde Puppe, als könne er sich kaum davon losreißen, dann schüttelte er heftig den Kopf und stieg vor uns die Treppen zum Eingang des Lagerhauses hinauf. Eine Art Portier führte uns in den zweiten Stock hinauf und dann zu dem Büro in der Ecke, dessen mit Zeitschloß versehene Tür im Gegensatz zum letzten Mal, als ich sie gesehen hatte, einladend offenstand.
Das Büro war — in krassem Gegensatz zu dem Lagerhaus selbst — geräumig und ordentlich, modern und komfortabel, mit einem schönen Teppich und Vorhängen in den verschiedensten Gelbtönen, eingerichtet mit den modernsten, sehr teueren skandinavischen Möbeln, die in einer Hotelhalle eher am Platz gewesen wären als in einem Büro auf dem Dockgelände. Zwei Männer, die hinter zwei großen lederbezogenen Schreibtischen in tiefen Clubsesseln gesessen hatten, erhoben sich höflich und nötigten de Graaf, van Gelder und mich in ebenso bequeme Sessel, während sie selbst stehen blieben. Ich war froh, daß sie es taten, denn so konnte ich sie besser ansehen. Sie waren einander auf ihre Art sehr ähnlich und einer näheren Betrachtung wirklich wert. Aber ich hatte keine Lust, mich länger als ein paar Sekunden in der Wärme ihrer strahlenden Begrüßung zu räkeln.
Ich sagte zu de Graaf: »Ich habe etwas sehr Wichtiges vergessen. Ich muß unbedingt sofort einen Freund anrufen.« Und das stimmte sogar. Ich habe nicht oft ein so ungutes, drückendes Gefühl im Magen, aber wenn ich es habe, dann bin ich ängstlich darauf bedacht, sofort etwas dagegen zu unternehmen.
De Graaf sah überrascht aus. »Etwas so Wichtiges ist Ihnen entfallen?«

»Ich habe andere Dinge im Kopf. Es ist mir gerade erst wieder eingefallen.« Was durchaus der Wahrheit entsprach.
»Ein Anruf würde vielleicht . . .«
»Nein, nein, ich muß hin.«
»Sie könnten mir nicht vielleicht sagen, worum es . . .«
»Colonel de Graaf!« Er nickte plötzlich verstehend; er billigte die Tatsache, daß es mir nicht ähnlich sah, Staatsgeheimnisse in Anwesenheit zweier Lagerhausbesitzer preiszugeben, gegen die ich offensichtlich starke Vorbehalte hegte. »Wenn ich mir Ihren Wagen und den Chauffeur leihen könnte . . .«
»Sicherlich«, sagte er wenig begeistert.
»Und wenn Sie bis zu meiner Rückkehr warten könnten, bevor Sie . . .«
»Sie verlangen eine ganze Menge, Mr. Sherman.«
»Ich weiß. Aber es wird nur ein paar Minuten dauern.«
Es dauerte wirklich nur ein paar Minuten. Ich ließ den Fahrer an dem ersten Café halten, an dem wir vorbeikamen, ging hinein und benützte den öffentlichen Fernsprecher. Ich hörte das Freizeichen, und meine Schultern sanken vor Erleichterung herunter, als der Hörer am anderen Ende — nach einiger Verzögerung durch die Verbindung von der Zentrale zum Zimmer — sofort abgenommen wurde. Ich sagte: »Maggie?«
»Guten Morgen, Major Sherman.« Immer höflich und korrekt, das war meine Maggie, und ich hatte mich noch nie mehr gefreut, sie so zu hören.
»Ich bin froh, daß ich dich erwischt habe. Ich hatte gefürchtet, ihr könntet schon weg sein — Belinda ist doch auch noch da, oder?« Ich fürchtete noch eine ganze Menge anderer Dinge, aber jetzt war nicht der richtige Zeitpunkt, ihr das zu sagen.
»Sie ist noch hier«, sagte Maggie gelassen.
»Ich möchte, daß ihr beide das Hotel augenblicklich verlaßt. Wenn ich augenblicklich sage, dann meine ich innerhalb von zehn Minuten. Fünf, wenn möglich.«
»Verlassen? Du meinst . . .«
»Ich meine Packen, die Rechnung bezahlen und niemals mehr in die Nähe des Hotels kommen. Geht in ein anderes Hotel. In irgendeins — nein, du Vollidiot, nicht in meines. Ein angemessenes Hotel. Nehmt so viele Taxis wie ihr wollt, paßt auf, daß euch niemand folgt. Gebt die

Nummer des neuen Hotels an das Büro von Colonel de Graaf in der Marnixstraat durch. Verkehrt herum!«

»Verkehrt herum?« Maggies Stimme klang schockiert. »Willst du damit sagen, daß du nicht einmal der Polizei traust?«

»Ich weiß nicht, was du mit ›nicht einmal‹ meinst, aber ich traue niemandem, basta. Wenn ihr ein neues Hotel gefunden habt, sucht Astrid Lemay. Sie wird zu Hause sein — ihr habt die Adresse — oder im *Balinova*. Sagt ihr, sie muß bei euch im Hotel bleiben, bis ich ihr sage, daß sie sich ohne Gefahr wieder herauswagen kann.«

»Aber ihr Bruder . . .«

»George kann bleiben, wo er ist. Er ist nicht in Gefahr.« Ich konnte mich später nicht mehr erinnern, ob diese Feststellung der sechste oder siebte größere Fehler gewesen war, den ich in Amsterdam gemacht hatte. »Sie ist in Gefahr. Wenn sie sich widersetzt, dann sag' ihr, daß du auf meine Veranlassung zur Polizei gehst und George anzeigst.«

»Aber aus welchem Grund sollten wir zur Polizei gehen . . .«

»Wir haben keinen. Aber das darf sie nicht wissen. Sie ist so verängstigt, daß sie schon bei der bloßen Erwähnung des Wortes ›Polizei‹ . . .«

»Das ist hundsgemein«, unterbrach mich Maggie streng.

»Schnickschnack!« schrie ich und schmiß den Hörer auf die Gabel.

Eine Minute später war ich wieder im Lagerhaus, und diesmal hatte ich die Ruhe und Muße, mir die beiden Besitzer genauer anzusehen. Beide waren beinah Karikaturen dessen, was sich ein Fremder unter einem Amsterdamer vorstellt. Sie waren beide sehr groß, sehr dick, mit rosigen Hängebacken. Als ich ihnen vorgestellt wurde, hatten sich ihre Gesichter vor lauter freundlichem Entgegenkommen in tiefe Falten gelegt, aber dieser Ausdruck war jetzt auffälligerweise verschwunden. Offensichtlich hatte de Graaf meiner Bitte, auf mich zu warten, nicht entsprochen. Ich machte ihm keinen Vorwurf, und als Gegenleistung hatte er genügend Taktgefühl, mich nicht zu fragen, wie meine Sache gelaufen war. Sowohl Muggenthaler als auch Morgenstern standen noch beinahe genauso da wie bei meinem Weggang, nur sahen sie einander jetzt konsterniert und verzweifelt an, und ihre Mienen drückten völlige Verständnislosigkeit aus. Muggenthaler ließ das Blatt Papier, das er in der Hand hielt, fassungslos sinken. »Ein Durchsuchungsbefehl!« Das mitschwingende

Pathos, das Verletztsein und der tragische Unterton hätten einer Statue die Tränen in die Augen getrieben. Wenn er halb so groß gewesen wäre, hätte er einen idealen Hamlet abgegeben. »Ein Durchsuchungsbefehl für Morgenstern und Muggenthaler! Hundertfünfzig Jahre lang sind unsere beiden Familien in Amsterdam respektierte, nein, verehrte Kaufleute gewesen. Und nun das!« Er tastete hinter sich und sank wie betäubt in einen Sessel. Das Papier fiel ihm aus der Hand. »Ein Durchsuchungsbefehl!«

»Ein Durchsuchungsbefehl!« echote Morgenstern. Auch er hatte es für nötig gehalten, sich melodramatisch in einen Sessel sinken zu lassen. »Ein Durchsuchungsbefehl, Ernst! Ein schwarzer Tag für Morgenstern und Muggenthaler! Mein Gott! Die Schande! Die Schmach! Ein Durchsuchungsbefehl!«

Muggenthaler machte eine kraftlose Geste. »Durchsuchen Sie, was Sie wollen.«

»Interessiert es Sie nicht, wonach wir suchen?« fragte de Graaf höflich.

»Warum sollte es?« Muggenthaler versuchte sich zu Empörung aufzuraffen, aber er war zu schwer getroffen. »Einhundertfünfzig Jahre lang ...«

»Nun, nun, meine Herren«, sagte de Graaf besänftigend, »nehmen Sie es nicht so schwer. Ich verstehe, daß es ein großer Schock für Sie sein muß, und meiner Ansicht nach ist es auch völlig sinnlos, aber der Auftrag wurde uns von höherer Stelle gegeben. Wir haben eine Information erhalten, daß Sie geschmuggelte Diamanten hier haben ...«

»Diamanten!« Muggenthaler starrte seinen Partner fassungslos an. »Hast du das gehört, Jan? Diamanten!« Er schüttelte den Kopf und sagte zu de Graaf: »Wenn Sie welche finden, geben Sie mir ein paar ab, ja?«

De Graaf ließ sich von dem mürrischen Sarkasmus nicht beeindrucken. »Und was viel wichtiger ist: Diamant-Schneidemaschinen.«

»Vom Keller bis zum Dach ist das Lagerhaus mit diesen Maschinen vollgestopft«, sagte Morgenstern ernst. »Sehen Sie selbst nach.«

»Und die Rechnungsbücher?«

»Ganz zu Ihrer Verfügung«, sagte Muggenthaler müde.

»Vielen Dank für Ihre Hilfsbereitschaft.« De Graaf nickte van Gelder zu, der aufstand und den Raum verließ. De Graaf fuhr vertraulich fort:

»Ich möchte mich schon im voraus für diese meiner Ansicht nach völlig unnötige Aktion entschuldigen. Offen gestanden interessiere ich mich bedeutend mehr für dieses entsetzliche Ding, das an einer Kette an Ihrem Ladebaum hängt. Eine Puppe.«
»Eine *was*?« fragte Muggenthaler.
»Eine Puppe. Eine große.«
»Eine Puppe an einer Kette.« Muggenthaler sah gleichzeitig fassungslos und entsetzt aus, was gar nicht so einfach ist. »Vor unserem Lagerhaus? Jan!«
Es wäre nicht ganz korrekt zu sagen, daß wir die Stufen hinaufrasten, denn Morgenstern und Muggenthaler waren dazu nicht in der Lage, aber immerhin waren wir ganz hübsch schnell oben. Im dritten Stock fanden wir van Gelder und seine Leute an der Arbeit, und auf ein Wort von de Graaf gesellte van Gelder sich zu uns. Ich hoffte, van Gelders Männer würden sich nicht die Augen ausschauen, denn ich wußte, daß sie nichts finden würden. Sie würden nicht einmal einen Nasenflügel von dem Cannabisgeruch vollbekommen, der in der vorhergehenden Nacht so schwer in diesem Stockwerk gehangen hatte. Allerdings betrachtete ich den widerlich-süßlichen Geruch des starken, nach Blumen riechenden Luftverbesserers, der ihn abgelöst hatte, kaum als gelungene Alternative. Aber jetzt war wohl kaum der richtige Augenblick, das irgend jemandem gegenüber zu erwähnen.
Mit dem Rücken zu uns, den dunklen Kopf auf der rechten Schulter, schwang die Puppe immer noch sanft im Wind hin und her. Muggenthaler, der von Morgenstern gestützt wurde und sich offensichtlich nicht allzu wohl in seiner Haut fühlte, streckte den Arm aus, erwischte die Kette genau über dem Haken und zog sie nahe genug zu sich heran, um die Puppe, nicht ohne Schwierigkeiten, von der Kette abzuhaken. Er hielt sie in den Armen und starrte lange auf sie hinunter. Dann schüttelte er den Kopf und blickte zu Morgenstern auf.
»Jan, wer so etwas Scheußliches getan hat, wer sich diesen abartigen Witz geleistet hat . . . wird noch heute entlassen.«
»Augenblicklich«, korrigierte Morgenstern. Sein Gesicht verzog sich angewidert, nicht wegen der Puppe, sondern wegen dem, was man mit ihr gemacht hatte. »Und dabei ist es so eine schöne Puppe.«
Das war keineswegs übertrieben. Es war wirklich eine schöne Puppe,

und nicht nur wegen des wunderschönen Mieders und Kleides. Obwohl der Hals gebrochen und durch den Haken grausam verletzt war, war das Gesicht faszinierend schön, ein Werk großer künstlerischer Geschicklichkeit, in dem die Farben des dunklen Haares, der braunen Augen und des Teints wundervoll zusammenpaßten. Die zarten Gesichtszüge waren so fein modelliert, daß es schwerfiel zu glauben, es sei das Gesicht einer Puppe und nicht das eines menschlichen Wesens mit einer eigenen Persönlichkeit.

Und wieder war ich nicht der einzige, der so empfand. Colonel de Graaf nahm Muggenthaler die Puppe aus der Hand und starrte sie an. »Schön«, murmelte er. »Wie schön. Und wie echt, wie lebendig. Sie lebt.« Er sah Muggenthaler an. »Wissen Sie vielleicht, wer diese Puppe gemacht haben könnte?«

»Ich habe so eine Puppe noch nie gesehen. Es ist keine von unseren, dessen bin ich sicher. Wir müssen mal den Werkmeister fragen. Aber ich weiß, daß es keine von unseren ist.«

»Und diese herrlichen Farben«, sagte de Graaf mehr zu sich selbst. »Sie sind genau richtig für das Gesicht, sie könnten gar nicht anders sein. Niemand könnte das aus dem Kopf gemacht haben. Er muß ein lebendes Modell gehabt haben, ein Mädchen, das er kannte. Würden Sie das nicht auch sagen, Inspektor?«

»Anders wäre es nicht möglich gewesen«, sagte van Gelder ausdruckslos.

»Ich habe fast den Eindruck, als hätte ich dieses Gesicht schon einmal gesehen«, fuhr de Graaf fort. »Hat einer von Ihnen jemals ein Mädchen mit diesem Gesicht gesehen, meine Herren?«

Alle schüttelten wir langsam die Köpfe. Ich am langsamsten. Das alte ungute, drückende Gefühl in meiner Magengrube war zurückgekehrt, aber diesmal war der Klumpen noch von einer dicken Eisschicht umgeben. Die Puppe ähnelte Astrid Lemay nicht in erschreckendem Maße, sie war so lebensecht, sie *war* Astrid Lemay.

Fünfzehn Minuten später, nachdem die gründliche Durchsuchung des Lagerhauses das vorauszusehende negative Ergebnis gezeigt hatte, verabschiedete sich de Graaf auf den Stufen vor dem Haus von Morgenstern und Muggenthaler, während van Gelder und ich danebenstanden.

Muggenthaler strahlte jetzt wieder, während Morgenstern voller Zufriedenheit lächelte. De Graaf schüttelte beiden herzlich die Hand.
»Ich bitte noch einmal vielmals um Entschuldigung.« De Graaf war fast überschwenglich.
»Unsere Information war in diesem Fall so korrekt wie üblich. Alle Berichte über diesen Besuch werden aus den Büchern gestrichen.« Er lächelte strahlend. »Die Rechnungsbücher bekommen Sie zurück, sobald gewisse Leute sich davon überzeugt haben, daß in ihnen keine Lieferanten von geschmuggelten Diamanten geführt werden. Guten Morgen, meine Herren.«
Auch van Gelder und ich verabschiedeten uns nacheinander, und ich schüttelte Morgensterns Hand besonders herzlich und überlegte, wie gut es war, daß er offensichtlich keine Gedanken lesen konnte und ohne meine angeborene Fähigkeit auf die Welt gekommen war, nahende Gefahr und Tod zu spüren: Denn es war Morgenstern gewesen, der am Abend vorher im *Balinova* gewesen war und als erster nach Maggie und Belinda das Lokal verlassen hatte.
Die Fahrt zurück zur Marnixstraat verlief in teilweisem Schweigen, womit ich sagen will, daß de Graaf und van Gelder sich lebhaft unterhielten, ich jedoch schwieg. Sie schienen bedeutend mehr an der zerstörten Puppe interessiert zu sein als an dem vorgeschobenen Grund für unseren Besuch in dem Lagerhaus, was ziemlich deutlich zeigte, was sie von dem vorgeschobenen Grund hielten, und da ich nicht die Absicht hatte, sie zu unterbrechen und ihnen zu sagen, daß sie der Puppe zu Recht den Vorrang gaben, schwieg ich lieber.
Wieder im Büro, fragte de Graaf: »Kaffee? Wir haben ein Mädchen hier, das den besten Kaffee von ganz Amsterdam macht.«
»Dieses Vergnügen muß warten. Ich habe es zu eilig, fürchte ich.«
»Haben Sie Pläne? Einen Aktionsplan vielleicht?«
»Weder noch. Ich will mich auf mein Bett legen und nachdenken.«
»Warum sind Sie dann . . .«
»Warum ich dann überhaupt mit heraufgekommen bin? Ich habe zwei kleine Anliegen. Erstens stellen Sie bitte fest, ob irgendeine telefonische Nachricht für mich vorliegt.«
»Nachricht?«
»Von dem Freund, den ich vorhin aufgesucht habe.« Langsam war ich

an einem Punkt angelangt, an dem ich selbst nicht mehr wußte, ob ich die Wahrheit sagte oder log.
De Graaf nickte, nahm den Hörer ab, sprach kurz hinein, schrieb eine Menge Buchstaben und Zahlen auf und gab mir das Papier. Die Buchstaben waren bedeutungslos, die Zahlen würden in umgekehrter Reihenfolge die neue Telefonnummer der Mädchen ergeben. Ich steckte das Blatt Papier ein.
»Vielen Dank. Das hier muß ich erst entschlüsseln.«
»Und das zweite kleine Anliegen?«
»Könnten Sie mir ein Fernglas borgen?«
»Ein Fernglas?«
»Ich möchte ein paar Vögel beobachten«, erklärte ich.
»Natürlich«, sagte van Gelder ernst. »Sie vergessen doch hoffentlich nicht, daß wir eng zusammenarbeiten sollen, Major Sherman?«
»Was soll das?«
»Sie sind nicht gerade sehr mitteilsam, wenn ich das mal so ausdrücken darf.«
»Ich werde mitteilsam, sobald es etwas mitzuteilen gibt. Vergessen Sie nicht, daß Sie an diesem Problem seit über einem Jahr arbeiten. Ich bin noch nicht einmal zwei ganze Tage hier. Wie ich bereits sagte, muß ich mich hinlegen und nachdenken.«
Ich legte mich nicht hin, und ich dachte auch nicht nach. Ich fuhr zu einer Telefonzelle, die mir weit genug vom Polizeipräsidium entfernt schien und wählte die Nummer, die de Graaf mir gegeben hatte.
Die Stimme am anderen Ende der Leitung sagte: »Touring Hotel.«
Ich kannte es, hatte es aber noch nie betreten. Es war nicht die Kategorie von Hotel, die meinem Spesenkonto gemäß war, aber es war die Art Hotel, die ich für die Mädchen ausgesucht haben würde.
Ich sagte: »Mein Name ist Sherman. Paul Sherman. Ich glaube, bei Ihnen sind heute zwei junge Damen eingezogen. Könnte ich sie bitte sprechen?«
»Es tut mir leid, sie sind im Augenblick nicht im Hotel.« Es bestand kein Grund zur Besorgnis. Wenn sie nicht auf der Suche nach Astrid waren, dann würden sie die Aufträge ausführen, die ich ihnen in den frühen Morgenstunden erteilt hatte. Die Stimme am anderen Ende nahm meine nächste Frage vorweg. »Sie haben eine Nachricht für Sie

hinterlassen, Mr. Sherman. Ich soll Ihnen sagen, daß sie ihren gemeinsamen Freund nicht gefunden haben und nun auf der Suche nach ein paar anderen Freunden sind. Ich fürchte, das ist ein bißchen vage, Sir.« Ich dankte dem Mann und legte auf. »Helfen Sie mir«, hatte ich zu Astrid gesagt. »Dann helfe ich Ihnen auch.« Es sah allmählich so aus, als helfe ich ihr auf dem schnellsten Weg in die nächste Gracht oder in den nächsten Sarg. Ich stieg in das Polizeitaxi und machte mir auf der kurzen Fahrt zu dem unschönen Gebiet, das an den Rembrandtplein grenzt, eine Menge Feinde.

Die Tür zu Astrids Wohnung war verschlossen, aber ich hatte immer noch meinen Gürtel mit den Einbruchswerkzeugen um die Taille. Drinnen sah die Wohnung aus, wie ich sie in Erinnerung hatte: ordentlich und schäbig. Es waren keine Anzeichen von Gewaltanwendung zu sehen, nichts deutete auf einen überstürzten Aufbruch hin. Ich schaute in die wenigen Schubladen und Schränke, und es schien mir, als seien sie ziemlich leer. Aber schließlich waren sie wirklich, wie Astrid gesagt hatte, sehr arm, also war das wahrscheinlich bedeutungslos. Ich sah überall in der winzigen Wohnung nach, wo möglicherweise eine Nachricht zurückgelassen worden sein konnte, aber wenn eine da war, so konnte ich sie nicht finden. Aber ich glaubte auch nicht, daß eine da war. Ich schloß die Eingangstür wieder ab und fuhr zum *Balinova.*

Für einen Nachtklub waren das noch die unwirklichen Morgenstunden und, wie vorauszusehen, waren die Türen geschlossen. Es waren sehr dicke Türen, und es hatte nicht die geringste Wirkung auf sie, daß ich dagegenhämmerte und -trat. Glücklicherweise aber hatte mich offensichtlich drinnen jemand gehört, denn ein Schlüssel drehte sich im Schloß, und die Tür wurde einen Spalt breit geöffnet. Ich schob meinen Fuß hinein und verbreiterte den Spalt ein wenig, genug, um den Kopf und die Schultern einer verwelkten Blondine zu sehen, die verschämt einen Schal bis zu ihrem Hals heraufgerafft hatte. In Anbetracht dessen, daß ich sie das letzte Mal mit nichts als einer Schicht Seifenblasen am Körper gesehen hatte, fand ich das etwas übertrieben.

»Ich möchte bitte den Geschäftsführer sprechen.«

»Wir öffnen erst um sechs Uhr abends.«

»Ich will mir keinen Tisch reservieren lassen. Ich will auch keine Arbeit. Ich möchte den Geschäftsführer sprechen. Sofort!«

»Er ist nicht hier.«
»Aha. Ich hoffe, daß Ihr nächster Job genausogut ist wie Ihr jetziger.«
»Ich verstehe nicht.« Kein Wunder, daß sie am Abend vorher so eine Schummerbeleuchtung im *Balinova* gehabt hatten, bei Tageslicht hätte das zerknitterte Gesicht das Lokal so schnell geleert wie die Nachricht, daß einer der Gäste die Beulenpest hatte. »Was meinen Sie damit?« Ich senkte meine Stimme, wie man das tun muß, wenn man mit düsterem Ernst spricht. »Ich meine damit nur, daß Sie keinen Job mehr haben werden, wenn der Geschäftsführer herausfindet, daß ich wegen einer Sache von größter Wichtigkeit hierherkam und Sie sich weigerten, mich zu ihm zu führen.«
Sie sah mich unsicher an und sagte: »Warten Sie hier.« Sie versuchte, die Tür zuzumachen, aber ich war viel stärker als sie, und nach einiger Zeit gab sie es auf und ging. Innerhalb von dreißig Sekunden kam sie zurück. In ihrer Begleitung befand sich ein Mann, der immer noch einen Abendanzug trug.
Er war mir ganz und gar nicht sympathisch. Wie die meisten Menschen habe ich eine tiefverwurzelte Abneigung gegen Schlangen, und genau an eines dieser Tiere erinnerte er mich. Er war sehr groß und sehr dünn und bewegte sich mit geschmeidiger Grazie. Er war von weibischer Eleganz und geckenhaft, und sein Gesicht hatte die ungesunde Blässe einer Kreatur der Nacht. Sein Teint war wie Alabaster, seine Züge waren weich, seine Lippen nur andeutungsweise vorhanden. Das dunkle, in der Mitte gescheitelte Haar klebte an seinem Kopf. Sein Anzug war elegant geschnitten, aber er hatte offensichtlich keinen so guten Schneider wie ich: Die Ausbuchtung unter seiner linken Schulter war deutlich zu sehen. In einer schmalen, weißen, sorgfältig manikürten Hand hielt er eine Zigarettenspitze aus Jade. Auf seinem Gesicht lag der — wahrscheinlich stereotype — Ausdruck verächtlicher Belustigung. Allein die Art, wie er einen anschaute, war schon Grund genug, ihn zusammenzuschlagen. Er blies einen dünnen Rauchfaden in die Luft.
»Was soll das alles, mein lieber Freund?« Er sah aus wie ein Franzose oder Italiener, aber er war beides nicht: Er war Engländer. »Wir haben noch nicht geöffnet, wissen Sie.«
»Jetzt haben Sie geöffnet«, sagte ich. »Sind Sie der Geschäftsführer?«
»Ich bin der stellvertretende Geschäftsführer. Wenn Sie vielleicht später

anrufen würden ...« er blies noch mehr stinkenden Rauch in die Luft, »viel später, dann werden wir sehen ...«

»Ich bin Anwalt. Ich komme in einer dringenden Sache aus England.« Ich gab ihm eine Visitenkarte, die bestätigte, daß ich ein Anwalt aus England war. »Es ist unbedingt erforderlich, daß ich den Geschäftsführer sofort spreche. Es geht um eine Menge Geld.«

Wenn man bei so einem Gesichtsausdruck wie seinem hätte sagen können, daß er weicher wurde, dann war das jetzt der Fall, obwohl man schon sehr genau hinsehen mußte, um den Unterschied zu erkennen. »Ich verspreche nichts, Mr. Harrison« Das war der Name, der auf meiner Visitenkarte stand. »Vielleicht kann ich Mr. Durrell überreden, mit Ihnen zu sprechen.«

Er entfernte sich wie ein Ballettänzer an seinem freien Tag und war Sekunden später wieder zurück. Er nickte mir zu, trat zur Seite und ließ mich vor sich her durch einen langen und kaum beleuchteten Flur gehen. Das sagte mir zwar ganz und gar nicht zu, aber ich mußte mich damit abfinden. Am Ende des Ganges öffnete sich eine Tür zu einem hellerleuchteten Raum, und da es schien, als solle ich ohne anzuklopfen eintreten, tat ich das auch. Im Vorbeigehen registrierte ich, daß die Tür von der Art war, die der Verantwortliche für die Schatzkammer der Bank von England als übertrieben abgelehnt hätte.

Das Innere des Raumes sah einer Schatzkammer sehr ähnlich: Zwei große Safes – groß genug, um einen Mann darin aufrecht stehen zu lassen – waren in die Wand eingelassen. Eine andere Wand wurde von einer Reihe verschließbarer Metallschränke eingenommen, die aussahen wie die Schließfächer, die man auf Bahnhöfen mieten kann. Die beiden anderen Wände mochten fensterlos sein, aber das konnte man nicht mit Sicherheit sagen: Sie waren völlig von karmesinroten und violetten Vorhängen bedeckt.

Der Mann, der hinter dem großen Mahagonischreibtisch saß, sah nicht im entferntesten wie der Geschäftsführer einer Bank aus, auf jeden Fall nicht wie ein englischer Bankier, der typischerweise eine gesunde Gesichtsfarbe vom vielen Aufenthalt in der frischen Luft hat, die er seiner Vorliebe für Golf und der Tatsache verdankt, daß er so wenig Zeit wie möglich an seinem Schreibtisch verbringt. Dieser Mann hatte eine fahle Gesichtsfarbe, etwa achtzig Pfund Übergewicht, fettige schwarze Haare,

einen schmierigen Teint und blutunterlaufene Augen. Er trug einen gutgeschnittenen blauen Alpaka-Anzug, Massen von Ringen an beiden Händen und ein freundliches Begrüßungslächeln zur Schau, das überhaupt nicht zu ihm paßte.
»Mr. Harrison?« Er versuchte gar nicht erst, sich zu erheben: Wahrscheinlich hatte die Erfahrung ihn gelehrt, daß es sich nicht lohnte. »Erfreut, Sie kennenzulernen. Mein Name ist Durrell.«
Vielleicht war das sein Name, aber bestimmt nicht der Name, mit dem er geboren worden war. Ich hielt ihn für einen Armenier, aber ich war nicht sicher. Ich begrüßte ihn so freundlich, als ob er wirklich Durrell hieße.
»Sie haben einige geschäftliche Dinge mit mir zu besprechen?« strahlte er. Mr. Durrell war ein gewitzter Bursche und wußte, daß Anwälte nicht den weiten Weg von England hierher ohne gewichtigen Grund machten, der unveränderlich gleichbedeutend mit Geldgesprächen war.
»Nun, nicht direkt mit Ihnen. Mit einer Ihrer Angestellten.«
Das freundliche Lächeln verschwand in der Tiefkühltruhe. »Mit einer meiner Angestellten?«
»Ja.«
»Und warum belästigen Sie dann mich?«
»Weil ich sie in ihrer Wohnung nicht antraf. Ich habe erfahren, daß sie hier arbeitet.«
»Sie?«
»Astrid Lemay.«
Plötzlich sah es aus, als wolle er mir helfen. »Astrid Lemay? Sie soll hier arbeiten?« Er runzelte nachdenklich die Stirn. »Wir haben natürlich viele Mädchen hier – aber dieser Name?« Er schüttelte den Kopf.
»Aber Freunde von ihr haben es mir gesagt«, protestierte ich.
»Das muß ein Irrtum sein. Marcel?«
Der an eine Schlange erinnernde Mann lächelte sein verächtliches Lächeln. »Wir haben keine mit diesem Namen.«
»Sie hat auch früher nicht hier gearbeitet?«
Marcel zuckte die Achseln, ging zu einem Aktenschrank hinüber, holte einen Ordner heraus und legte ihn auf den Scheibtisch. Er wandte sich an mich: »Da drin sind alle Mädchen vermerkt, die hier arbeiten oder im Laufe des letzten Jahres hier gearbeitet haben. Sehen Sie selbst nach.«

Ich machte mir nicht die Mühe, nachzusehen. Ich sagte: »Ich habe eine falsche Information erhalten. Entschuldigen Sie bitte die Störung.«
»Vielleicht versuchen Sie es mal in einem der anderen Nachtklubs«, Durrell war – nach Art der Industriekapitäne im Kino – bereits wieder damit beschäftigt, sich Notizen zu machen, um anzudeuten, daß er das Interview für beendet hielt. »Guten Tag, Mr. Harrison.«
Marcel stand bereits an der Tür. Ich folgte ihm, und als ich das Zimmer verließ, drehte ich mich noch einmal um und lächelte entschuldigend. »Es tut mir wirklich leid . . .«
»Guten Tag.« Er hielt es nicht einmal für nötig, den Kopf zu heben. Ich lächelte noch einen Moment entschuldigend weiter, dann zog ich höflich die Tür hinter mir zu. Sie sah ziemlich schalldicht aus.
Marcel, der bereits im Gang stand, lächelte mir voller Wärme zu und bedeutete mir – ohne auch nur den Versuch zu machen, es mir zu sagen – verächtlich, vor ihm herzugehen. Ich nickte, und als ich an ihm vorbeitrat, schlug ich ihm mit großer Befriedigung und ebenso großer Wucht in den Magen, und obwohl ich dachte, das würde bereits ausreichen, schlug ich ihn noch einmal, diesmal gegen die Halsseite. Ich zog meine Waffe hervor, schraubte den Schalldämpfer auf, packte den zusammengesackten Marcel am Kragen und zerrte ihn den Gang entlang zu der Bürotür, die ich mit der Hand öffnete, in der ich die Waffe hielt. Durell blickte von seinen Notizen auf. Seine Augen weiteten sich, soweit das bei seinen Fettwülsten möglich war. Dann wurde sein Gesicht starr, wie das so üblich ist, wenn Menschen ihre Gedanken und Absichten verbergen wollen.
»Tun Sie's nicht«, sagte ich. »Tun Sie nichts von dem, was üblicherweise als clever gilt. Greifen Sie nicht nach einem Knopf, treten Sie auf keine Fußkontakte und bitte, seien Sie nicht so naiv, zu der Waffe zu greifen, die wahrscheinlich in der rechten obersten Schublade Ihres Schreibtisches liegt, da Sie Rechtshänder sind.«
Er tat keines der üblichen, als clever geltenden Dinge.
»Schieben Sie Ihren Stuhl einen halben Meter zurück.«
Er schob seinen Stuhl einen halben Meter zurück. Ich ließ Marcel auf den Boden fallen, griff hinter mich, schloß die Tür, drehte den sehr hübschen Schlüssel im Schloß herum und steckte ihn ein. Dann sagte ich: »Stehen Sie auf.«

Durrell stand auf. Er war kaum mehr als einen Meter fünfzig groß. Der Statur nach erinnerte er sehr an einen Ochsenfrosch. Ich nickte zu dem näheren der beiden Safes hin.

»Öffnen Sie ihn.«

»Das ist es also.« Sein Gesicht beherrschte er ganz gut, aber seine Stimme nicht. Es gelang ihm nicht, auch die letzte Spur von Erleichterung aus seinem Tonfall zu tilgen. »Das ist Raub, Mr. Harrison.«

»Kommen Sie her«, sagte ich. Er kam. »Wissen Sie, wer ich bin?«

»Wer Sie sind?« Ein verwirrter Blick. »Sie haben mir doch gerade gesagt . . .«

»Daß mein Name Harrison ist. Wer bin ich?«

»Ich verstehe nicht.«

Er kreischte vor Schmerz und fummelte an der bereits blutenden Schramme herum, die mein Schalldämpfer hinterlassen hatte.

»Wer bin ich?«

»Sherman.« Haß war in seinen Augen und in der dumpfen Stimme. »Interpol.«

»Öffnen Sie diese Tür.«

»Unmöglich. Ich habe nur die halbe Kombination. Marcel hat . . .« Das zweite Kreischen war lauter, die Schramme auf der anderen Wange beträchtlich größer.

»Öffnen Sie die Tür.«

Er fingerte am Kombinationsschloß herum und zog die Tür auf. Der Safe maß etwa sechzig Zentimeter im Quadrat und war so groß, daß man in ihm eine beachtliche Menge Gulden aufbewahren konnte – aber, wenn die Erzählungen über das *Balinova* stimmten, Erzählungen die vage von Glücksspiel, aufregenden Shows im Keller und dem flotten Verkauf von Dingen flüsterten, die man normalerweise nicht in Einzelhandelsgeschäften bekommt – war das Safe kaum ausreichend.

Ich nickte zu Marcel hin. »Schaffen Sie den Kleinen hinein.«

»Da hinein?« fragte er entsetzt.

»Ich möchte nicht, daß er zu sich kommt und unser Gespräch unterbricht.«

»Gespräch?«

»Machen Sie auf.«

»Er wird ersticken. Zehn Minuten und . . .«

»Wenn ich Sie das nächste Mal bitten muß, haben Sie eine Kugel in der Kniescheibe, so daß Sie nie wieder im Leben ohne Stock gehen können. Glauben Sie mir das?«
Er glaubte mir. Wenn man nicht ein kompletter Idiot ist – und das war Durrell nicht – weiß man immer, wann ein Mensch etwas wirklich ernst meint. Er zog Marcel hinein, was wahrscheinlich die schwerste Arbeit war, die er seit Jahren getan hatte, denn er mußte sich viel bücken und schubsen, bis Marcel so auf dem winzigen Boden des Tresors zusammengefaltet war, daß man die Tür schließen konnte. Die Tür war zu. Ich durchsuchte Durrell. Er trug keine Waffe bei sich. Die rechte oberste Schublade seines Schreibtisches enthielt tatsächlich eine große automatische Pistole, deren Typ ich nicht kannte, was nicht weiter verwunderlich ist, da ich mich mit Waffen nicht besonders gut auskenne, es sei denn, ich ziele und schieße mit ihnen.
»Astrid Lemay«, sagte ich. »Sie arbeitet hier.«
»Sie arbeitet hier.«
»Wo ist sie?«
»Ich weiß es nicht! Ich schwöre Ihnen, ich weiß es nicht.« Die letzten Worte schrie er beinahe, da ich bereits wieder meine Waffe gehoben hatte.
»Könnten Sie es herausfinden?«
»Wie sollte ich?«
»Ihre Unwissenheit und Ihre Verschwiegenheit sind lobenswert«, sagte ich. »Aber sie resultieren aus Furcht. Furcht vor irgend jemandem, Furcht vor irgend etwas. Aber Sie werden allwissend und gesprächig werden, wenn Sie lernen, sich vor etwas anderem noch mehr zu fürchten. Öffnen Sie den Safe.«
Er öffnete den Safe. Marcel war immer noch bewußtlos.
»Steigen Sie hinein.«
»Nein!« Das Wort kam heraus wie ein heiserer Schrei. »Ich sage Ihnen, er ist luftdicht, hermetisch abgeschlossen. Wenn wir beide da drin ... innerhalb von Minuten werden wir tot sein, wenn ich da hineingehe.«
»Wenn Sie es nicht tun, sind Sie schon in ein paar Sekunden tot.«
Er stieg hinein. Er zitterte jetzt am ganzen Körper. Wer immer er auch war, er war keinesfalls einer der Hauptdrahtzieher: Wer immer den Rauschgiftring leitete, war absolut hart und rücksichtslos, und dieser

Mann war keins von beiden.
Die nächsten fünf Minuten verbrachte ich damit, ohne Erfolg die mir zugänglichen Schubladen und Akten durchzusehen. Alles, was ich in die Hände bekam, schien auf die eine oder andere Weise mit korrekten Geschäften verbunden zu sein, was auch ganz einleuchtend war, denn es sah Durrell nicht ähnlich, eindeutig gegen ihn sprechende Dokumente in einem Raum aufzubewahren, in dem die Putzfrau sie jederzeit in die Finger bekommen konnte. Nach fünf Minuten öffnete ich die Tür des Safes.
Durrell hatte sich in seiner Schätzung der Menge an Atemluft vertan: Er hatte sie überschätzt. Er lag zusammengesunken mit den Knien auf Marcels Rücken. Marcel hatte Glück, daß er noch bewußtlos war. Jedenfalls glaubte ich, er sei noch bewußtlos. Ich machte mir nicht die Mühe, es nachzuprüfen. Ich packte Durrell an der Schulter und zog. Es war, als ziehe man einen Elch aus einem Sumpf, aber allmählich gab er nach und rollte auf den Boden. Eine Weile lag er da, dann rappelte er sich mühsam auf die Knie hoch. Ich wartete geduldig, bis das krampfhafte, röchelnde Japsen in ein nur noch leicht atemloses Pfeifen überging und seine Gesichtsfarbe sich von blauviolett in eine Farbe verwandelte, die ich als gesundes Rosa bezeichnet hätte, hätte ich nicht gewußt, daß sein Gesicht normalerweise die Farbe alter Zeitungen hatte. Ich stieß ihn in die Seite und bedeutete ihm, daß er aufstehen sollte, was er nach einigen vergeblichen Versuchen schließlich auch schaffte.
»Astrid Lemay?« fragte ich.
»Sie war heute früh hier.« Seine Stimme war nur ein heiseres Flüstern, aber immerhin verständlich. »Sie sagte, sie habe sehr wichtige Familienangelegenheiten zu erledigen. Sie müsse das Land verlassen.«
»Allein?«
»Nein, mit Ihrem Bruder.«
»War er hier?«
»Nein.«
»Wo wollte sie hin, hat sie das gesagt?«
»Athen. Sie sagte, das sei ihre Heimat.«
»Sie kam nur hierher, um Ihnen das zu sagen?«
»Sie hatte noch für zwei Monate Gehalt zu bekommen. Sie brauchte es für die Reise.«

Ich sagte ihm, er solle wieder in den Safe kriechen. Er machte Schwierigkeiten, aber schließlich entschied er, daß der Aufenthalt im Safe ihm eine größere Überlebenschance bot als eine Kugel, also gehorchte er schließlich. Ich wollte ihn nicht noch mehr verängstigen, ich wollte lediglich vermeiden, daß er hörte, was ich sagen würde.
Ich erreichte den Flughafen direkt und wurde endlich auch mit der Person verbunden, die ich sprechen wollte.
»Hier ist Inspektor van Gelder, Polizeipräsidium«, sagte ich. »Es handelt sich um den Flug nach Athen heute morgen. Wahrscheinlich KLM. Ich möchte wissen, ob zwei Leute, Namen Astrid und George Lemay, an Bord waren. Ihre Beschreibungen . . . wie bitte, was haben Sie gesagt?«
Die Stimme am anderen Ende sagte mir, daß die beiden an Bord gewesen waren. Offensichtlich hatte es einiges Hin und Her gegeben, ob George mitfliegen durfte, denn er war in einer so schlechten Verfassung, daß sowohl Ärzte als auch Polizeibeamte es für unklug gehalten hatten, aber Astrids Bitten hatten schließlich doch gesiegt. Ich dankte meinem Informanten und legte auf.
Ich öffnete die Tür des Safes. Diesmal war sie nur ein paar Minuten geschlossen gewesen, und ich hatte nicht erwartet, die beiden Männer in schlechter Verfassung vorzufinden, was sie auch nicht waren. Durrells Gesicht war nur purpurrot, und Marcel hatte nicht nur das Bewußtsein wiedererlangt, sondern sich sogar soweit erholt, daß er seine Waffe aus dem Schulterhalfter gezogen hatte, die ich unvorsichtigerweise vergessen hatte, ihm abzunehmen. Als ich ihm die Waffe wegnahm, bevor er sich damit etwas antun konnte, überlegte ich, daß Marcel eine bemerkenswerte Fähigkeit besaß, schnell wieder zu Kräften zu kommen. Etwa einen Tag später mußte ich mich daran voller Bitterkeit bei einer Gelegenheit erinnern, bei der ich in einer weit unglücklicheren Position war als heute. Ich ließ die beiden auf dem Boden sitzen, und da es nichts zu sagen gab, schwiegen wir alle drei. Ich sperrte die Tür auf, öffnete sie, schloß und versperrte sie hinter mir, lächelte der zerknitterten Blondine freundlich zu und ließ den Schlüssel vor der Tür des *Balinova* in einen Gully fallen. Auch wenn es keinen Ersatzschlüssel geben sollte, gab es Telefone und Alarmglocken, die man von dem Zimmer aus bedienen konnte, und mit einem Schneidbrenner würde es nicht länger als ein paar Stunden dauern, die Tür zu öffnen. Und die Atemluft im

Büro sollte für diesen Zeitraum wirklich ausreichen. Aber das interessierte mich nicht mehr.
Ich fuhr zurück zu Astrids Wohnung und tat das, was ich schon beim ersten Mal hätte tun sollen — ich fragte einige ihrer Nachbarn, ob sie sie an diesem Morgen gesehen hatten. Zwei hatten sie gesehen, und ihre Berichte deckten sich: Astrid und George hatten zwei Stunden zuvor mit ein paar Koffern das Haus verlassen und waren in ein Taxi gestiegen. Astrid hatte sich gedrückt, und ich war ein bißchen traurig, nicht weil sie gesagt hatte, daß sie mir helfen würde und es nicht getan hatte, sondern weil sie selbst den letzten Notausgang verschlossen hatte, der ihr noch geblieben war.
Ihre Meister hatten sie aus zwei Gründen nicht umgebracht. Sie wußten, daß ich sie mit ihrem Tod in Verbindung gebracht hätte, und das wäre zu gefährlich gewesen. Und außerdem konnten sie sie ruhig am Leben lassen, denn sie war fort und bedeutete keine Gefahr mehr für sie: Furcht kann, wenn sie groß genug ist, Lippen ebenso wirkungsvoll versiegeln wie der Tod.
Ich hatte sie gern gehabt, und ich hätte sie gern wieder glücklich gesehen. Ich konnte es ihr nicht übelnehmen. Für sie waren alle Türen verschlossen worden.

NEUNTES KAPITEL

Die Aussicht von dem hochaufragenden Hafengebäude, dem Wolkenkratzer im Hafen, ist fraglos die beste in Amsterdam. Aber ich interessierte mich an diesem Morgen nicht für die Aussicht, nur für die Möglichkeiten, die dieser Standort zu bieten hatte. Die Sonne schien, aber in dieser Höhe war es windig und kühl, und sogar unten war der Wind stark genug, um das blaugraue Wasser mit unregelmäßigen Schaumkämmen vor sich herzutreiben.
Auf der Aussichtsplattform wimmelte es von Touristen, meist mit windzerzausten Haaren, Ferngläsern und Kameras, und obwohl ich keinen Fotoapparat dabei hatte, glaubte ich nicht, mich von den übrigen Besuchern zu unterscheiden. Nur der Grund, aus dem ich hier heraufgekommen war, unterschied mich von den anderen.

Ich stützte die Ellenbogen auf das Geländer und starrte aufs Meer hinaus. De Graaf hatte mir ein hervorragendes Fernglas zur Verfügung gestellt, und bei der ausgezeichneten Sicht, die man an diesem Tag hatte, war die Genauigkeit, mit der es arbeitete, geradezu märchenhaft.
Mein Glas war auf einen Küstenschlepper von etwa tausend Tonnen gerichtet, der gerade in den Hafen einfuhr. Auf den ersten Blick hatte ich bereits die großen rostigen Flecken auf dem Rumpf und die belgische Flagge gesehen. Und die Zeit — es war kurz vor zwölf — stimmte genau. Ich folgte dem Schiff mit dem Glas, und es schien mir, als fahre es einen weiteren Bogen als ein oder zwei Schiffe, die vor ihm hereingekommen waren, und zöge sehr nah an den Bojen vorbei, die die Fahrrinne markierten. Aber vielleicht war das Wasser dort am tiefsten.
Ich verfolgte den Kahn, bis er anlegte, und dann konnte ich den ziemlich verkratzten Namen auf dem rostigen Bug erkennen: *Marianne*. Der Kapitän war sicherlich Pedant in Sachen Pünktlichkeit, aber ob er ebenso ein Pedant in Sachen Gesetz war, das war eine andere Frage. Ich ging hinunter ins Hafenrestaurant und aß zu Mittag. Ich war nicht hungrig, aber — das hatte ich seit meiner Ankunft in Erfahrung gebracht — die Essenszeiten neigten in Amsterdam dazu, ziemlich unregelmäßig und selten zu sein. Das Essen im Hafenrestaurant wird allgemein geschätzt, und ich zweifle nicht daran, daß es seinen Ruf verdient. Aber ich kann mich trotzdem nicht erinnern, was ich an diesem Tag zu Mittag aß.

Ich kam um halb zwei im Hotel *Touring* an. Ich erwartete eigentlich nicht, daß Maggie und Belinda schon zurück seien, und sie waren es auch nicht. Ich sagte dem Mann an der Rezeption, daß ich in der Halle warten würde, aber ich mag Hotelhallen nicht besonders, vor allem nicht, wenn ich mich mit solchen Akten befassen muß wie denjenigen, die wir von Morgenstern und Muggenthaler bekommen hatten, also wartete ich, bis der Mann am Empfang für einen Moment verschwand, fuhr mit dem Lift in den vierten Stock und begab mich mittels Dietrich in das Zimmer der Mädchen. Es war ein kleiner Fortschritt gegenüber dem, das sie vorher bewohnt hatten, und die Couch, die ich sofort ausprobierte, war um einen Bruchteil weicher, aber der Raum war nicht dazu geeignet, die Mädchen vor Freude Purzelbäume schlagen zu lassen, ganz abgesehen

von der Tatsache, daß sie beim ersten Purzelbaum unsanft gegen eine Wand gestoßen wären.
Ich lag über eine Stunde lang auf der Couch und ging alle Rechnungen der Lieferanten des Lagerhauses durch. Es stellte sich heraus, daß es eine langweilige und völlig harmlose Liste war. Aber einer der Namen tauchte immer wieder mit überraschender Regelmäßigkeit auf, und da die Produkte dieses Lieferanten zu meinem sich allmählich entwickelnden Verdacht paßten, schrieb ich mir Namen und Standort auf.
Ein Schlüssel drehte sich im Schlüsselloch, und Maggie und Belinda traten ein. Die erste Reaktion auf ihren Gesichtern schien Erleichterung zu sein. Sie wurde aber flugs von unmißverständlichem Ärger abgelöst.
Ich sagte milde: »Ist irgend etwas los?«
»Wir haben uns Sorgen gemacht«, sagte Maggie kalt. »Der Mann am Empfang sagte uns, Sie würden in der Halle auf uns warten, aber da waren Sie nicht.«
»Wir haben eine halbe Stunde lang gewartet.« Belinda klang sogar leicht verbittert. »Wir dachten, Sie wären gegangen.«
»Ich war müde. Ich mußte mich hinlegen. Nun, da ich mich entschuldigt habe, darf ich fragen, wie der Vormittag verlaufen ist?«
»Nun ...« Maggie schien nicht sehr besänftigt, »... wir hatten kein Glück mit Astrid ...«
»Ich weiß. Der Mann am Empfang hat mir eure Nachricht gegeben. Wir können aufhören, uns um Astrid Sorgen zu machen. Sie ist weg.«
»Weg?« fragten sie.
»Sie hat das Land verlassen.«
»Das Land verlassen?«
»Nach Athen.«
»Nach Athen?«
»Hört mal«, sagte ich, »wir wollen uns den griechischen Chor für später aufheben. Sie und George sind heute morgen von Schiphol abgeflogen.«
»Warum?« fragte Belinda.
»Aus Angst. Die schlimmen Buben drückten auf der einen Seite, und der gute Bube – ich – auf der anderen. Und so hat sie sich dünne gemacht.«
»Woher wissen Sie, daß sie fort ist?« wollte Maggie wissen.
»Ein Mann im *Balinova* hat es mir gesagt.« Ich verbreitete mich nicht

weiter darüber. Wenn sie sich die Illusion, einen netten Chef zu haben, bis jetzt bewahrt hatten, sollten sie sie auch behalten. »Und ich habe mich auf dem Flughafen erkundigt.«

»Mm.« Maggie war nicht beeindruckt von meiner Vormittagsarbeit. Sie schien der Ansicht zu sein, es sei ganz allein meine Schuld, daß Astrid fort war, und wie gewöhnlich hatte sie recht. »Nun, wer soll zuerst erzählen, Belinda oder ich?«

»Zuerst kommt das hier.« Ich gab ihr den Zettel mit den Zahlen 910020. »Was bedeutet das?«

Maggie sah die Zahlen an, drehte den Zettel um und sah sich die Rückseite an. »Nichts.« sagte sie.

»Lassen Sie mich mal sehen«, bat Belinda strahlend. »Ich bin ein As in Anagrammen und Kreuzworträtseln.« Und das war sie weiß Gott. Fast sofort sagte sie: »Dreht es um. 020019. Zwei Uhr morgens am 19., also morgen früh.«

»Gar nicht übel«, sagte ich gnädig. Ich hatte eine halbe Stunde gebraucht, um darauf zu kommen.

»Was passiert denn zu diesem Zeitpunkt?« fragte Maggie mißtrauisch.

»Wer immer diese Zahlen aufgeschrieben hat, vergaß, das zu erklären«, sagte ich ausweichend, denn ich war es allmählich müde, immer nur faustdicke Lügen zu erzählen. »So, Maggie, jetzt bist du dran.«

»Also.« Sie setzte sich und strich ihr apfelgrünes Baumwollkleid glatt, das aussah, als sei es durch wiederholtes Waschen beträchtlich eingelaufen. »Ich habe für meinen Spaziergang im Park dieses neue Kleid angezogen, weil Trudi es noch nicht kannte und da es windig war, hatte ich ein Kopftuch auf und ...«

»Und eine dunkle Brille.«

»Richtig«, Maggie war nicht leicht aus der Ruhe zu bringen. »Ich ging etwa eine halbe Stunde lang ziellos herum, wobei ich die meiste Zeit damit beschäftigt war, Rentnern und Kinderwagen auszuweichen. Dann sah ich sie endlich – besser gesagt, ich sah diese unförmige alte – alte ...«

»Vettel?«

»Vettel. Sie war genauso angezogen wie Sie gesagt hatten. Dann sah ich Trudi. Sie trug ein langärmeliges, weißes Baumwollkleid. Sie konnte keinen Augenblick auf einem Fleck stehen. Immer wieder brach sie aus wie ein kleines Schaf.« Maggie machte eine Pause und sagte schließlich nachdenklich: »Sie ist ein schönes Mädchen.«

»Du hast ein großherziges Naturell, Maggie.«

Maggie verstand die Andeutung. »Nach einiger Zeit setzten sie sich auf eine Bank. Ich setzte mich etwa dreißig Meter entfernt ebenfalls auf eine Bank und beobachtete sie über den Rand einer Zeitschrift hinweg. Einer holländischen Zeitschrift.«

»Sehr hübsche Idee«, lobte ich.

»Dann begann Trudi, das Haar der Puppe zu Zöpfen zu flechten . . .«

»Welcher Puppe?«

»Der Puppe, die sie bei sich hatte«, sagte Maggie geduldig. »Wenn Sie mich andauernd unterbrechen, fällt es mir schwer, mich an alle Einzelheiten zu erinnern. Während Trudi damit beschäftigt war, kam ein Mann und setzte sich neben die beiden Frauen. Ein großer Mann in einem dunklen Anzug und einem Priesterkragen, mit einem weißen Schnauzbart und herrlichen weißen Haaren. Er schien sehr nett zu sein.«

»Davon bin ich überzeugt«, sagte ich mechanisch. Ich konnte mir Reverend Thaddeus Goodbody sehr gut als einen Mann von hinreißendem Charme vorstellen, ausgenommen vielleicht um drei Uhr morgens.

»Trudi schien ihn sehr zu mögen. Nach ein oder zwei Minuten legte sie einen Arm um seinen Hals und flüsterte ihm etwas ins Ohr. Er tat, als sei er schockiert, aber man konnte sehr gut erkennen, daß das nicht der Fall war, denn er holte etwas aus der Tasche und drückte es ihr in die Hand. Wahrscheinlich Geld.« Ich war nahe daran sie zu fragen, ob sie sicher war, daß es sich nicht um eine Spritzampulle handelte, aber dann tat ich es doch nicht: Maggie war viel zu nett, als daß ich ihr das hätte antun können. »Dann stand sie auf, die Puppe immer noch fest an sich gepreßt, und rannte zu einem Eiscremestand. Sie kaufte eine Tüte Eis – und dann kam sie geradewegs auf mich zu.«

»Bist du gegangen?«

»Ich hielt die Zeitschrift etwas höher«, sagte Maggie mit Würde. »Aber ich hätte mir keine Sorgen zu machen brauchen. Sie ging an mir vorbei auf einen offenen Verkaufswagen zu, der etwa sechs Meter entfernt stand.

»Um die Puppen zu bewundern?«

»Woher wissen Sie das?«

Maggies Stimme klang enttäuscht.

»Anscheinend werden an jedem zweiten Stand in Amsterdam Puppen verkauft.«
»Ja, sie schaute sie an. Sie betastete sie und streichelte sie. Der Verkäufer, ein alter Mann, versuchte, böse auszusehen, aber wer könnte auf ein solches Mädchen schon böse sein? Sie ging um den Stand herum, dann kehrte sie zu der Bank zurück. Sie versuchte immer wieder, die Puppe mit dem Eis zu füttern.«
»Und war nicht ärgerlich, als die Puppe keines wollte. Was taten denn das alte Mädchen und der Pastor während dieser Zeit?«
»Sie unterhielten sich. Sie schienen eine Menge Gesprächsstoff zu haben. Dann kam Trudi zurück, und sie unterhielten sich zu dritt weiter, dann tätschelte der Pastor Trudis Rücken, sie standen alle auf, er zog grüßend den Hut vor dem alten Mädchen, wie du sie nennst, und sie gingen alle fort.«
»Welches Idyll. Gingen sie gemeinsam weg?«
»Nein. Der Pastor ging allein.«
»Hast du versucht, irgendeinem zu folgen?«
»Nein.«
»Braves Mädchen. Wurdest du verfolgt?«
»Ich glaube nicht.«
»Du *glaubst* nicht?«
»Eine Menge Leute gingen gleichzeitig mit mir weg. Fünfzig, sechzig, ich weiß es nicht genau. Es wäre dumm von mir, mit Sicherheit zu behaupten, daß mir niemand folgte. Aber *hierher* ist mir niemand nachgegangen.«
»Belinda?«
»Fast genau gegenüber vom Jugendheim *Paris* ist ein Café. Eine Menge Mädchen kamen und gingen, aber ich trank bereits meine vierte Tasse Kaffee, als ich endlich eine erkannte, die gestern abend in der Kirche gewesen war. Ein großes Mädchen mit kastanienbraunen Haaren, aufsehenerregend würden Sie sie wahrscheinlich nennen . . .«
»Woher willst du wissen, wie ich sie nennen würde? Gestern abend war sie wie eine Nonne gekleidet?«
»Ja.«
»Dann kannst du nicht gesehen haben, daß sie kastanienbraune Haare hatte.«

»Sie hatte hoch oben auf ihrem linken Wangenknochen ein Muttermal.«
»Und schwarze Augenbrauen?« warf Maggie ein.
»Das ist sie«, stimmte Belinda zu. Ich gab auf. Ich glaubte ihnen. Wenn ein gutaussehendes Mädchen ein anderes gutaussehendes Mädchen mustert, dann werden seine Augen zu einem Teleskop, das selbst auf große Entfernungen hervorragend genau arbeitet.
»Ich folgte ihr in die Kalverstraat«, fuhr Belinda fort. »Sie ging in ein großes Geschäft. Sie schien ziellos durchs Erdgeschoß zu schlendern, aber so ganz ziellos war es wohl doch nicht, denn sie erreichte ziemlich schnell einen Ladentisch, an dem stand: »Souvenirs: Nur Export«. Das Mädchen betrachtete die Souvenirs flüchtig, aber ich merkte genau, daß sie sich brennend für die Puppen interessierte.«
»Na, na, na«, sagte ich. »Schon wieder Puppen. Woher wußtest du so genau, daß sie sich für sie interessierte?«
»Ich *wußte* es eben«, sagte Belinda in einem Ton, als versuche sie einem Menschen, der von Geburt an blind war, die verschiedenen Farben zu beschreiben. »Nach einiger Zeit begann sie eine spezielle Gruppe von Puppen besonders eingehend zu begutachten. Nachdem sie eine Weile überlegt hatte, traf sie ihre Wahl, aber ich wußte, daß sie nicht hin und her überlegt hatte.« Ich hielt klugerweise meinen Mund. »Sie sprach mit dem Verkäufer, der etwas auf einen Zettel notierte.«
»Das dauerte solange, wie man . . .«
»Solange wie man im Durchschnitt braucht, um eine Adresse aufzuschreiben.« Sie fuhr ungerührt fort, als hätte sie mich nicht gehört: »Dann bezahlte das Mädchen und ging.«
»Bist du ihr gefolgt?«
»Nein. Bin ich auch ein braves Mädchen?«
»Ja.«
»Und mir ist niemand nachgegangen.«
»Hat dich vielleicht jemand beobachtet. In dem Laden, meine ich. Vielleicht ein großer dicker Mann mittleren Alters?«
Belinda kicherte. »Eine Menge großer . . .«
»Okay, okay, eine Menge großer dicker Männer mittleren Alters verbringen die meiste Zeit damit, dich zu beobachten. Und es sollte mich nicht wundern, wenn das auch auf junge dünne zuträfe.« Ich schwieg nachdenklich. »Dideldum, dideldei, ich liebe euch beide.«

Sie wechselten einen Blick. »Das ist wirklich nett«, sagte Belinda. »Ich meine das beruflich, meine lieben Kleinen, nur beruflich. Ihr habt mir beide einen ausgezeichneten Bericht geliefert, das muß ich euch lassen. Belinda, hast du gesehen, welche Puppe das Mädchen aussuchte?«
»Ich werde dafür bezahlt, Dinge zu sehen«, sagte Belinda affektiert. Ich sah sie nachdenklich an, ließ es dann aber gutsein.
»Na schön. Sie trug die Tracht von Huyler. Wie die, die wir im Lagerhaus gesehen haben.«
»Woher in aller Welt haben Sie das gewußt?«
»Ich könnte sagen, ich habe den sechsten Sinn. Ich könnte auch behaupten, ich sei genial. Tatsache ist jedoch, daß ich gewisse Informationsquellen habe, über die ihr beide nicht verfügt.«
»Dann lassen Sie uns doch daran teilhaben.« Das war natürlich Belinda.
»Nein.«
»Und warum nicht?«
»Weil es in Amsterdam Leute gibt, die euch entführen und in ein dunkles Zimmer sperren und zum Reden bringen könnten.«
Es folgte ein langes Schweigen, dann fragte Belinda: »Und *Sie* würden nicht reden?«
»Da bin ich nicht sicher«, gab ich zu. »Aber es würde ihnen erst einmal viel mehr Mühe machen, mich überhaupt in das dunkle Zimmer hineinzubekommen.« Ich hob einen Stoß Rechnungen auf. »Hat einer von euch schon mal den Namen Kasteel Linden gehört? Nein? Ich bis vor kurzem auch nicht. Es hat jedoch den Anschein, als ob unsere Freunde Morgenstern und Muggenthaler massenweise Pendeluhren von dort beziehen.«
»Warum ausgerechnet Pendeluhren?« fragte Maggie.
»Das weiß ich auch nicht«, log ich unverfroren. »Vielleicht gibt es da einen Zusammenhang. Ich hatte Astrid gebeten, die Herkunft einer gewissen Sorte von Uhren festzustellen — sie hatte, müßt ihr wissen, eine ganze Menge Verbindungen zur Unterwelt, die sie nicht haben wollte. Aber jetzt ist sie fort. Ich werde mich morgen darum kümmern.«
»Wir werden uns heute darum kümmern«, sagte Belinda. »Wir könnten diese Firma aufsuchen und . . .«
»Wenn ihr das tut, schicke ich euch mit der nächsten Maschine zurück nach England. Ich habe nämlich nicht die geringste Lust, meine Zeit da-

mit zu verschwenden, euch vom Grund des Burggrabens heraufzuholen, der das Schloß umgibt.«

»Jawohl, Sir«, sagten sie demütig im Chor. Es wurde deprimierenderweise immer deutlicher, daß sie meinen Biß nicht im entferntesten für so schlimm hielten wie mein Gebell.

Ich packte die Papiere zusammen und stand auf. »Den Rest des Tages könnt ihr machen, was ihr wollt. Wir treffen uns morgen früh wieder.« Seltsamerweise schienen sie von der Idee, einen freien Tag zu haben, nicht sonderlich begeistert.

Maggie fragte neugierig: »Und was machen Sie in der Zwischenzeit?«

»Eine Fahrt aufs Land. Um einen klaren Kopf zu bekommen. Dann gehe ich schlafen, und heute nacht fahre ich vielleicht ein bißchen mit einem Schiff spazieren.«

»Eine dieser romantischen Rundfahrten auf den Grachten?« Belinda versuchte, in einem leichten Plauderton zu sprechen, aber es gelang ihr nicht. Sie und Maggie schienen etwas vorzuhaben, das mir entgangen war. »Sie werden jemanden brauchen, der Ihnen den Rücken deckt. Ich komme mit.«

»Ein andermal. Aber wagt es ja nicht, euch auf den Grachten herumzutreiben! Geht nicht einmal in die Nähe der Grachten. Bleibt weg von Nachtklubs. Und vor allem bleibt weg von den Docks und dem Lagerhaus!«

»Und Sie bleiben heute abend im Hotel!« Ich starrte Maggie an. Nie in den fünf Jahren unserer Bekanntschaft hatte sie derartig heftig, ja sogar wild gesprochen. Und sie hatte es erst recht noch nie gewagt, mir Vorschriften zu machen. Sie packte meinen Arm, was ich ebenfalls noch nie erlebt hatte. »*Bitte*!«

»Maggie!«

»Müssen Sie heute abend unbedingt diese Bootsfahrt machen?«

»Maggie, ich . . .«

»Um zwei Uhr morgens?«

»Was ist los, Maggie? Das sieht dir gar nicht ähnlich . . .«

»Ich weiß auch nicht. Doch, ich weiß es: Irgend jemand scheint mit Nagelstiefeln über mein Grab zu laufen.«

»Sag' ihm, er soll sich in acht nehmen.«

Belinda machte einen Schritt auf mich zu. »Maggie hat recht. Sie dürfen

heute abend ihr Hotel nicht verlassen.« Ihr Gesicht war ganz verkrampft vor Besorgnis.
»Du auch, Belinda?«
»*Bitte*!«
Es lag eine seltsame Spannung in der Luft, die ich nicht einmal annähernd deuten konnte. Ihre Gesichter waren flehend, in ihren Augen stand etwas, das Verzweiflung sehr ähnlich war, geradeso, als hätte ich ihnen angekündigt, daß ich mich von einer Klippe ins Meer stürzen würde.
»Was Maggie sagen will, ist: Verlassen Sie uns nicht.«
Maggie nickte: »Gehen Sie heute abend nicht fort. Bleiben Sie bei uns.«
»Ach, zum Teufel«, sagte ich. »Wenn ich das nächste Mal bei einem Auslandsauftrag Hilfe brauche, werde ich zwei *erwachsene* Mädchen mitnehmen.« Ich machte Anstalten, an ihnen vorbei zur Tür zu gehen, aber Maggie stellte sich mir in den Weg, schlang die Arme um meinen Hals und küßte mich. Sekunden später tat Belinda das gleiche.
»Das ist der Disziplin sehr abträglich«, sagte ich. Sherman außer Fassung. »Wirklich, sehr abträglich.«
Ich öffnete die Tür und drehte mich um, um zu sehen, ob sie meiner Meinung waren. Aber sie sagten nichts, sie standen nur da und sahen seltsam verloren aus. Ich schüttelte verwirrt den Kopf und ging.

Auf dem Rückweg ins *Rembrandt* kaufte ich Packpapier und Schnur. Ich benützte beides, um ein Paket aus den Sachen zu machen, die sich von der »Wäsche« in der letzten Nacht mehr oder weniger erholt hatten, schrieb einen erfundenen Namen und eine erfundene Adresse darauf und brachte es zur Rezeption hinunter. Der Empfangschef war auf seinem Posten.
»Wo ist das nächste Postamt?« fragte ich.
»Mein lieber Mr. Sherman ...« die freundlichen Begrüßungsworte kamen automatisch, aber diesmal hatte er vergessen zu lächeln, »das können doch *wir* für Sie erledigen.«
»Vielen Dank, aber ich möchte es lieber persönlich aufgeben.«
»Oh, ich verstehe.« Er verstand nicht das geringste. Er gab mir die Adresse, die ich gar nicht haben wollte.
Ich legte das Paket in den Kofferraum des Polizeiwagens und fuhr durch

die Innenstadt und die Vororte, bis ich ins offene Land kam. Ich war auf dem Weg nach Norden. Allmählich wurde mir klar, daß ich an der Zuider Zee entlangfuhr, aber wegen des hohen Damms, der rechts von der Straße verlief, konnte ich das Wasser nicht sehen. Links gab es auch nicht viel zu sehen: Das holländische Flachland ist nicht dazu angetan, den Touristen in Entzücken zu versetzen.

Schließlich kam ich zu einem Schild, auf dem »Huyler 5 Kilometer« zu lesen war, und ein paar hundert Meter weiter bog ich links von der Hauptstraße ab und hielt bald darauf auf dem winzigen Platz eines winzigen Postkartendörfchens an. An diesem Platz gab es ein Postamt, und vor dem Postamt stand eine öffentliche Fernsprechzelle. Ich sperrte den Kofferraum und die Türen des Wagens ab und ließ ihn stehen, wo er war.

Ich ging zur Hauptstraße zurück, überquerte sie und kletterte den steilen, grasbewachsenen Deich hinauf, bis ich die Zuider Zee sehen konnte. Die vom Wind gekräuselte Wasseroberfläche glitzerte blau und weiß, aber sonst konnte man über diesen Wasserstreifen nichts sagen. Das dahinterliegende Land war so flach, daß es wie ein schwarzer Streifen am Horizont aussah. Die einzige hervorstechende Unterbrechung dieser Eintönigkeit war eine Insel im Nordosten, etwa eine Meile vom Ufer entfernt.

Das war die Insel Huyler, und es war nicht einmal eine Insel. Ursprünglich ja, aber einige Baumeister hatten einen Damm vom Festland aus gebaut, um die Inselbewohner in den vollen Genuß der Zivilisation und des Touristenhandels kommen zu lassen. Die Oberfläche des Dammes bildete eine Betondecke.

Und das Prädikat »hervorstechend« verdiente die Insel auch nicht. Sie war so flach, daß es schien, als könnte jede noch so kleine Welle sie völlig überspülen, aber das flache Land wurde durch einige Bauernhäuser, ein paar Scheunen und auf der Westseite durch ein dem Festland zugewandtes Dorf unterbrochen, das sich um den winzigen Hafen kuschelte. Und natürlich hatte auch die Insel ihre Grachten.

Das war alles, was es zu sehen gab, also setzte ich mich wieder in Bewegung, erreichte die Straße, ging sie entlang, bis ich zu einer Bushaltestelle kam und nahm den ersten Bus zurück nach Amsterdam.

Ich entschied mich für ein frühes Abendessen, da ich nicht erwartete, später an diesem Abend noch Gelegenheit zum Essen zu haben, und ich hatte den Verdacht, daß ich — was immer das Schicksal für mich vorgesehen hatte — den Ereignissen nicht mit vollem Magen begegnen sollte. Und dann ging ich zu Bett, denn auch dazu glaubte ich später an diesem Abend keine Gelegenheit mehr zu haben.

Mein Reisewecker riß mich um halb ein Uhr nachts aus dem Schlaf. Ich fühlte mich nicht besonders ausgeruht. Ich zog mich sorgfältig an: dunkler Anzug, dunkelblauer Rollkragenpullover, dunkle Segeltuchschuhe mit Gummisohlen und eine dunkle Segeltuchjacke. Die Waffe wickelte ich in einen wasserdichten Beutel mit Reißverschluß und stopfte diesen in mein Schulterhalfter. Zwei Ersatzmagazine verschwanden in einem ähnlichen Behälter, und ich verstaute ihn in eine mit Reißverschluß versehene Tasche meiner Segeltuchjacke. Ich warf einen sehnsüchtigen Blick auf die Whiskyflasche, die auf der Kommode stand, entschied mich jedoch dagegen. Ich verließ das Hotel.

Wie es mir mittlerweile schon zur Gewohnheit geworden war, verließ ich es über die Feuerleiter. Die Straße unter mir lag wie immer menschenleer da, und ich wußte, daß mir niemand folgte, als ich das Hotel verließ. Es war auch nicht nötig, daß mir irgend jemand folgte, denn die Leute, die mir übel gesonnen waren, wußten, wo ich hinwollte und wo sie mich erwartungsgemäß finden konnten. Ich wußte, daß sie es wußten. Was ich hoffte war, daß sie nicht wußten, daß ich das wußte.

Ich beschloß zu Fuß zu gehen, weil ich den Wagen nicht mehr hatte und weil ich eine Allergie gegen die Amsterdamer Taxis entwickelt hatte. Die Straßen waren leer, jedenfalls diejenigen, die ich auswählte. Es schien eine sehr stille und friedliche Stadt zu sein.

Ich erreichte die Docks, orientierte mich und ging weiter, bis ich den Schatten eines Vorratsschuppens erreichte. Der Wind war stärker und die Luft bedeutend kälter geworden, aber es regnete nicht, obwohl Regen in der Luft lag. Ich konnte ihn durch den starken, Sehnsüchte hervorrufenden Duft des Meeres, den Teer und die Seile und all die anderen Dinge riechen, die allen Docks auf der ganzen Welt den gleichen Geruch verleihen. Wolkenfetzen trieben über den dunklen Himmel, und dazwischen sah man gelegentlich den blassen Halbmond. Aber auch wenn der Mond verdeckt war, herrschte keine undurchdringliche Dunkelheit, denn man sah ständig wechselnde Ausschnitte sternklaren Himmels.

In den helleren Perioden sah ich auf den Hafen hinaus, der sich zunächst in Verschwommenheit und dann ins Nichts erstreckte. In diesem Hafen, einem der größten Frachthäfen der Welt, lagen buchstäblich Hunderte von Schleppkähnen – von kleinen sechs Meter langen bis zu großen Rheinschleppern – in einem scheinbar unentwirrbaren Chaos durcheinander. Aber ich wußte, daß das Durcheinander nur ein scheinbares war. Die Schlepper lagen zwar zweifellos dicht gedrängt, aber jeder von ihnen hatte – wenn das auch ein minutiöses Manövrieren erforderte – Zugang zu einem schmalen Kanal, der vielleicht in zwei oder drei immer größer werdende Kanäle mündete, bevor er das offene Meer erreichte. Die Schlepper wurden mit dem Festland durch eine Reihe von langen und breiten schwimmenden Gangways verbunden, von denen wiederum andere, schmalere Gangways im rechten Winkel abzweigten.

Der Mond verschwand hinter einer Wolke. Ich trat aus dem Schatten und ging auf eine der Hauptgangways zu. Meine Gummisohlen machten auf dem nassen Holz nicht das geringste Geräusch, und selbst wenn ich mit Nagelschuhen dahergetrampelt wäre, bezweifle ich, ob – abgesehen von denen, die mir an den Kragen wollten – jemand darauf geachtet hätte, denn obwohl alle Schlepper mit ziemlicher Sicherheit von ihren Mannschaften, in vielen Fällen auch von ihren Mannschaften und deren Familien bewohnt wurden, schimmerte nur hinter zwei oder drei Kabinenfenstern unter all den Hunderten von Kähnen Licht. Und außer dem schwachen Klagen des Windes und dem sanften Knarzen und Reiben, mit dem die Schlepper im Wind gegen ihre Vertäuung schabten, herrschte Stille. Der Frachthafen war eine Stadt für sich, und diese Stadt schlief.

Ich hatte etwa ein Drittel der Hauptgangway hinter mich gebracht, als der Mond hervorbrach. Ich blieb stehen und sah mich um. Aus etwa fünfzig Meter Entfernung kamen zwei Männer mit entschlossenen Schritten lautlos auf mich zu. Sie waren nur Schemen, aber ich konnte sehen, daß die Silhouetten ihrer rechten Arme länger waren als die der linken. Sie trugen etwas in ihren rechten Händen. Es überraschte mich nicht, ebensowenig wie es mich überrascht hatte, die Männer selbst zu sehen.

Ich warf einen kurzen Blick nach rechts. Vom Land her kamen zwei

weitere Männer über die anschließende, parallel verlaufende Gangway heran. Sie waren auf gleicher Höhe wie die beiden, die mir auf meiner Gangway entgegen kamen.
Ich schaute nach links. Noch zwei auf mich zu gleitende Silhouetten. Ich bewunderte ihre Koordination.
Ich drehte mich um und ging weiter in den Hafen hinaus. Währenddessen zog ich die Waffe aus dem Schulterhalfter, entfernte die wasserdichte Hülle, machte den Beutel wieder zu und schob ihn in eine mit Reißverschluß versehene Tasche. Der Mond verschwand hinter einer Wolke. Ich begann zu rennen, und im Rennen schaute ich über meine Schulter zurück: Die sechs Männer rannten jetzt ebenfalls. Ich lief fünf Meter weiter und sah mich wieder um: Die beiden Männer auf meiner Gangway waren stehengeblieben und zielten mit ihren Waffen auf mich, jedenfalls schien es so, es war im Sternenlicht nicht gut zu erkennen. Aber einen Augenblick später wurde ich überzeugt, denn schmale rote Flammen leckten in die Dunkelheit, obwohl es kein Geräusch gab, was völlig verständlich war, denn niemand, der seine Sinne beieinander hat, würde es riskieren, Hunderte von starken holländischen, deutschen und belgischen Schlepperkapitänen kopfscheu zu machen, wenn er es vermeiden kann. Jedoch schienen sie nicht das geringste dagegen zu haben, mich kopfscheu zu machen. Der Mond kam wieder heraus, und ich begann ein zweites Mal zu rennen.
Die Kugel, die mich traf, schadete mehr meiner Kleidung als mir, obwohl der brennende Schmerz an meinem rechten Oberarm mich automatisch nach oben greifen ließ, um ihn mit der Hand zu umklammern. Jetzt reichte es. Ich sprang seitlich von der Hauptgangway, sprang auf den Bug eines Schleppers, der an einer kleinen Gangway vertäut war, die im rechten Winkel verlief, und rannte lautlos über das Deck, bis ich mich achtern in dem Schutz des Ruderhauses befand. Glücklich in Deckung, spähte ich vorsichtig um eine Ecke.
Die beiden Männer auf der Hauptgangway waren stehengeblieben und gestikulierten zu ihren Freunden zur Rechten hin, um ihnen deutlich zu machen, daß ich umgangen werden und — das war ziemlich wahrscheinlich — von hinten erschossen werden sollte. Meiner Ansicht nach hatten sie wenig Ahnung von Fairplay und Sportgeist, aber ihre Tüchtigkeit stand außer Frage. Es war ziemlich offensichtlich, daß sie mich,

wenn sie mich überhaupt kriegen würden — und ich hielt ihre Chancen nicht für schlecht — durch Einkreisen und Umgehen erwischen würden, und es wäre zweifellos sehr gut für mich, wenn ich sie so schnell wie möglich von dieser Idee abbringen konnte. Also ignorierte ich vorübergehend die beiden Männer auf der Hauptgangway und setzte — wie ich hoffte richtig — voraus, daß sie blieben, wo sie waren und darauf warteten, daß die anderen mich umgingen und mich ungesehen faßten. Ich wandte mich der linken Gangway zu.

Fünf Sekunden später sah ich sie: Sie rannten nicht, aber sie gingen entschlossenen Schrittes und spähten in die Schatten, die die Ruderhäuser und Kabinen der Schlepper warfen, was ziemlich blödsinnig war, da ich mich im tiefsten Schatten verbarg, der zu finden war, während sie im Licht des Halbmondes ausgezeichnet sichtbar waren. Ich sah sie lange, bevor sie mich entdeckten. Ich bezweifle, ob sie mich überhaupt entdeckten. Einer von ihnen sah mich nicht, das stand fest, denn er sah überhaupt nichts mehr: Er muß tot gewesen sein, bevor er die Gangway berührte. Seltsam lautlos glitt er über die Planken und rutschte in das Wasser des Hafenbeckens. Ich brachte meine Pistole für den zweiten Schuß in Anschlag, aber der andere Mann hatte blitzschnell reagiert und sich nach hinten aus meinem Blickfeld entfernt, bevor ich wieder abdrücken konnte. Mir kam in den Sinn, daß ich noch weniger von Sportgeist hielt als die beiden, aber ich war in dieser Nacht gerade in der richtigen Stimmung, auf leichte Ziele zu schießen.

Ich drehte mich um, machte ein paar Schritte vorwärts und spähte wieder um die Ecke des Ruderhauses. Die beiden Männer auf der Hauptgangway hatten sich nicht gerührt. Vielleicht hatten sie nicht mitbekommen, was passiert war. Für einen zielsicheren Schuß bei Nacht waren sie sehr weit entfernt, doch ich zielte sorgfältig und versuchte es trotzdem.

Aber meine Gegner waren zu weit weg. Ich hörte einen Ausruf und sah, wie einer der Männer sein Bein umklammerte, aber nach der Geschwindigkeit zu urteilen, mit der er seinem Begleiter folgte und von der Gangway hinunter in den Schutz eines Schleppers sprang, konnte er nicht ernstlich verletzt sein. Wieder verschwand der Mond hinter einer Wolke. Es war eine sehr kleine Wolke, aber die letzte Wolke, die in der nächsten Minute verfügbar war, und sie hatten mich ausgemacht. Ich lief gebückt den Schlepper entlang, erreichte die Hauptgangway und begann, weiter in den Hafen hinauszurennen.

Ich war noch nicht zehn Meter weit gekommen, als der verdammte Mond wieder herauskam. Ich warf mich flach auf den Boden und landete so, daß ich mit dem Kopf landeinwärts lag. Links von mir war die Gangway leer, was kaum überraschte, da die Selbstsicherheit des Überlebenden der beiden einen ziemlichen Schlag erlitten haben mußte.

Ich schaute nach rechts: Die beiden Männer dort waren viel näher als die, die klugerweise die Hauptgangway verlassen hatten, und aus der Tatsache, daß sie immer noch entschlossen und selbstsicher geradeaus gingen, ließ sich ersehen, daß sie noch nicht wußten, daß einer ihrer Kumpane auf dem Grund des Hafens lag. Aber sie erlernten die Tugend der Klugheit ebenso schnell wie die anderen drei, denn sie verschwanden augenblicklich von der Gangway, als ich zwei schnelle und wohlüberlegte Schüsse auf sie abgab, von denen beide offensichtlich danebengingen. Die beiden Männer, die sich auf der Hauptgangway befunden hatten, machten einen vorsichtigen Versuch, sie wieder zu erreichen, aber sie waren zu weit weg, als daß sie sich oder mich hätten in Gefahr bringen können.

Fünf Minuten lang ging das tödliche Versteckspiel weiter: rennen, Dekkung suchen, schießen, wieder rennen. Und im Lauf der Zeit kamen sie unerbittlich näher. Sie waren jetzt sehr umsichtig, riskierten so wenig wie möglich und nützten ihre Überzahl weidlich aus, indem einer oder zwei mich ablenkten, während die anderen von einem Schlepper zum nächsten huschten. Mir war durchaus klar, daß dieses Spiel, wenn ich nicht bald etwas unternahm, nur ein Ende haben konnte. Von allen dafür völlig ungeeigneten Momenten wählte ich ein paar aus, die ich im Schutz von Kabinen und Ruderhäusern verbrachte, um über Maggie und Belinda nachzudenken. War dies der Grund, weshalb sie sich bei unserem letzten Zusammentreffen so merkwürdig benommen hatten? Hatten sie vermutet – oder aufgrund einer geheimnisvollen weiblichen Intuition sogar gewußt – daß mir das hier passieren und wie es ausgehen würde, und Angst gehabt, es mir zu sagen? Es war bloß gut, daß sie mich jetzt nicht sehen konnten, nicht nur, weil sie dann gewußt hätten, daß sie recht gehabt hatten, sondern weil dadurch ihr Vertrauen in die Unfehlbarkeit ihres Chefs erheblich ins Wanken geraten wäre. Ich war verzweifelt, und ich nehme an, ich sah auch so aus; ich hatte damit gerechnet, daß mir irgendwo ein Mann mit einer schnellen Waffe oder einem noch schnelleren Messer auflauerte, und ich glaube, damit wäre ich fertig geworden, mit etwas Glück sogar mit zwei Burschen, aber das hier hatte ich nicht erwartet. Was hatte ich vor dem Lagerhaus zu Belinda gesagt? – »Wer kämpft und wegrennt, lebt, um weiterzukämpfen.« Aber jetzt konnte ich nirgendwo hinrennen, denn das Ende der Gangway lag nur noch zwanzig Meter vor mir. Es war ein makabres Gefühl, zu Tode gehetzt zu werden wie ein wildes Tier oder ein tollwütiger Hund, während Hunderte von Menschen nicht mehr als hundert Meter von mir entfernt fest schliefen, und alles, was ich tun mußte, um meine Haut zu retten, war, den Schalldämpfer von meiner Waffe zu schrauben und zwei Schüsse in die Luft abzugeben; innerhalb von Sekunden hätte sich der ganze Frachthafen in einen lebensrettenden Hexenkessel verwandelt. Aber ich konnte mich nicht dazu überwinden, denn was ich tun mußte, mußte ich heute nacht tun; ich wußte, es war die letzte Chance, die ich jemals haben würde. Nach dieser Nacht würde mein Leben in Amsterdam keinen Pfifferling mehr wert sein. Ich konnte mich nicht dazu überwinden, solange ich auch nur noch die winzigste Chance für mich sah. Ich glaubte nicht, daß es eine gab, jedenfalls keine, die ein normaler Mensch als solche bezeichnet hätte. Nun, ich war damals wohl nicht ganz normal. Ich schaute auf die Uhr: sechs Minuten vor zwei. Und auch aus einem anderen Grund war es beinahe zu spät: Ich sah zum Himmel hinauf: Eine kleine Wolke segelte auf den Mond zu; wenn sie ihn erreicht hatte, würden die Kerle ihren nächsten – und mit ziemlicher Sicherheit letzten – Angriff starten. Im gleichen Augenblick mußte ich meinen nächsten – und mit ziemlicher Sicherheit letzten – Fluchtversuch machen. Ich sah mich auf dem Deck des Schleppers um. Er hatte Schrott geladen. Ich hob ein langes Metallstück auf. Noch einmal schätzte ich die Richtung ab, die die kleine dunkle Wolke nehmen würde, die inzwischen noch kleiner geworden zu sein schien. Es sah nicht so aus, als würde sie den Mond voll überqueren, aber sie mußte es tun! Ich hatte noch fünf Schüsse in meinem zweiten Magazin, und ich feuerte sie kurz nacheinander in die Richtung ab, in der meine Verfolger meiner Ansicht nach Deckung gesucht hatten. Ich hoffte, daß sie das ein paar Sekunden lang zurückhalten würde, aber ich glaubte selbst nicht daran. Schnell schob ich die Waffe zurück in den wasserdichten Behälter, verschloß ihn und verstaute ihn sicherheitshalber nicht im Schulterhalfter, sondern in einer ebenfalls mit Reißverschluß versehenen Tasche meiner Segeltuchjacke. Dann rannte ich ein paar Schritte auf dem Schlepper entlang, trat auf das Schandeck und warf mich auf die Hauptgangway. Ich rappelte mich mühsam auf, und in diesem Augenblick erkannte ich, daß die verdammte Wolke den Mond überhaupt nicht berührt hatte.

Plötzlich war ich ganz ruhig, denn jetzt hatte ich keine Wahl mehr. Ich rannte, denn etwas anderes konnte ich nicht tun, und schwankte wie ein Betrunkener von einer Seite zur anderen, um meinen potentiellen Mördern kein Ziel zu bieten. Sechsmal in nicht einmal drei Sekunden hörte ich ein gedämpftes Ploppen — sie waren jetzt schon nahe genug heran — und zweimal fühlte ich Hände, die ich nicht sehen konnte, wild an meiner Jacke reißen. Plötzlich warf ich den Kopf zurück, die Arme in die Luft und schleuderte das Metallstück mit aller Kraft ins Wasser hinaus. Ich lag flach auf den Planken, bevor ich das Aufklatschen auf dem Wasser hörte. Schwankend kam ich für einen Augenblick auf die Beine, faßte mich an die Kehle und stürzte rückwärts in den Kanal. Ich holte so tief Luft wie möglich und hielt sie an.

Das Wasser war kalt, aber nicht eisig, undurchsichtig und nicht sehr tief. Meine Füße berührten Schlamm, und ich achtete darauf, daß sie den Kontakt mit dem Schlamm nicht verloren. Ich begann sehr langsam und sehr vorsichtig auszuatmen, wobei ich sehr sparsam mit meinen Luftreserven umging, die nicht besonders reichhaltig waren, da ich derartige Übungen nicht gerade oft machte. Wenn ich den Eifer meiner Verfolger, mich zu erledigen, nicht falsch einschätzte — und das tat ich nicht — dann mußten die beiden Männer auf der Hauptgangway hoffnungsvoll die Stelle beobachten, an der ich vor fünf Sekunden verschwunden war. Ich hoffte inständig, daß sie aus den aufsteigenden Luftbläschen die falschen Schlüsse ziehen würden, und noch inständiger hoffte ich, daß sie diese Schlüsse möglichst bald ziehen würden, denn ich konnte dieses Unterwasserschauspiel nicht mehr lange durchhalten.

Nach einer Zeit, die mir wie fünf Minuten erschien, wahrscheinlich aber nicht mehr war als dreißig Sekunden, hörte ich auf, auszuatmen und Bläschen an die Wasseroberfläche zu schicken, und zwar aus dem einfachen Grund, weil ich keine Luft zum Ausatmen mehr in den Lungen hatte. Meine Lungen begannen jetzt ein wenig zu schmerzen, ich konnte fast mein Herz hören – fühlen konnte ich es sowieso – das in meinem leeren Brustkorb dröhnte, und meine Ohren taten weh. Ich stieß mich aus dem Schlamm ab und schwamm nach rechts, wobei ich zu Gott betete, daß das die richtige Richtung war. Meine Hände berührten den Kiel eines Schleppers. Ich nützte den Vorteil, der mir dadurch gewährt wurde, stieß mich ab, schwamm schnell unter dem Schiff durch und stieg zur Oberfläche hoch.

Ich glaube, ich hätte nicht einmal mehr ein paar Sekunden unten bleiben können, ohne Wasser zu schlucken. Wie die Dinge lagen, kostete es mich beträchtliche Zurückhaltung und Willensanstrengung, nicht mit einem lauten Japsen Luft zu holen, das man im halben Hafen gehört hätte. Aber unter gewissen Umständen, wenn zum Beispiel das Leben davon abhängt, kann man wirklich eine beachtliche Willenskraft aufbringen, und so gab ich mich mit einigen tiefen aber lautlosen Atemzügen zufrieden.

Zuerst konnte ich überhaupt nichts sehen, aber daran war nur der Ölfilm auf dem Wasser schuld, der meine Lider verklebt hatte. Ich wischte das Zeug weg, aber auch danach gab es nicht viel zu sehen, nur den dunklen Schiffsrumpf, hinter dem ich mich versteckte, die Hauptgangway vor mir und einen weiteren Schlepper, der etwa drei Meter von mir entfernt parallel zu diesem lag. Ich hörte Stimmen, das heißt eigentlich nur ein leises Gemurmel. Lautlos schwamm ich zum Heck des Schleppers, hielt mich am Steuerruder fest und spähte vorsichtig um die Ecke: Zwei Männer, einer davon mit einer Taschenlampe, standen auf der Gangway und blickten auf die Stelle hinunter, an der ich vor so kurzer Zeit verschwunden war: Das Wasser war befriedigenderweise dunkel und unbewegt.

Die beiden Männer richteten sich auf. Einer von ihnen zuckte die Achseln und hob die Hände. Der zweite Mann nickte zustimmend und rieb sich vorsichtig das Bein. Der erste Mann hob die Arme und kreuzte sie zweimal über dem Kopf, wobei er sich zuerst nach rechts und dann nach links wandte. Im gleichen Augenblick ertönte das Stakkato und spukkende Husten eines Dieselmotors, der ganz in der Nähe angelassen wurde. Es war offensichtlich, daß keiner der beiden Männer sonderlich an dieser neuen Entwicklung interessiert war, denn der Mann, der das Si-

gnal gegeben hatte, ergriff sofort den Arm des anderen und führte ihn weg. Der Verletzte hinkte stark, aber er bewegte sich so schnell wie möglich vorwärts.
Ich zog mich an Bord des Schleppers. Das hört sich eigentlich ganz einfach an, aber wenn der glatte Schiffskörper einen Meter zwanzig hoch aus dem Wasser ragt, dann kann sich dieses einfache Unterfangen fast zu einer Unmöglichkeit auswachsen, und so war es in diesem Fall. Aber ich schaffte es nach und nach mit Hilfe des Taues am Heck, ließ mich über die Reling fallen und blieb dort eine halbe Minute lang liegen, wobei ich wie ein gestrandeter Wal nach Luft schnappte. Aber dann brachte mich die Kombination aus beginnender Besserung und einem steigenden Gefühl von Dringlichkeit wieder auf die Beine, und ich machte mich auf den Weg zum Bug des Schiffes und zur Hauptgangway.
Die beiden Männer, die vor so kurzer Zeit vorgehabt hatten, mich zu vernichten und die nun zweifellos von der gerechtfertigten Befriedigung erfüllt waren, die man fühlt, wenn man einen wichtigen Auftrag gut ausgeführt hat, waren jetzt nur noch zwei Schemen, die im tiefen Schatten der Lagerschuppen am Ufer verschwanden. Ich zog mich auf die Gangway hinauf und blieb einen Augenblick lang in der Hocke, bis ich festgestellt hatte, aus welcher Richtung das Geräusch des Dieselmotors kam, dann bückte ich mich und rannte die Gangway entlang, bis ich zu der Stelle kam, an der der Schlepper an der Gangway vertäut lag. Dann ließ ich mich auf Hände und Knie nieder und robbte Zentimeter um Zentimeter vorwärts, bevor ich über den Rand der Gangway nach unten spähte.
Das Schiff war mindestens einundzwanzig Meter lang, entsprechend breit und so häßlich wie ein Schlepper nur sein kann. Die vorderen drei Viertel des Schleppers wurden ausschließlich von Ladeluken eingenommen, dahinter lag das Ruderhaus und direkt dahinter lag, verbunden mit dem Ruderhaus, die Unterkunft für die Mannschaft. Durch die Vorhänge schimmerte gelbes Licht. Ein Mann mit einer großen spitzen Kappe lehnte sich aus einem Fenster des Ruderhauses und sprach mit einem Angehörigen der Mannschaft, der dabei war, auf die Gangway zu klettern, um die Leinen loszuwerfen.
Das Heck des Schleppers lag direkt an der Gangway, auf der ich lag. Ich wartete, bis der Mann nach vorn ging, um die vordere Leine loszuma-

chen, dann glitt ich lautlos auf das Heck des Schleppers hinunter und kauerte mich hinter der Kabine zusammen, bis ich hörte, daß die Taue auf das Deck geworfen wurden und gleich darauf der Mann von der Gangway heruntersprang. Ich bewegte mich lautlos vorwärts, bis ich zu einer Eisenleiter kam, die an der Vorderseite der Kabine befestigt war, kletterte hinauf und rutschte soweit nach vorn, bis ich flach auf dem Dach des Ruderhauses lag. Die Navigationslichter flammten auf, aber das war nicht gefährlich: Sie waren so auf beiden Seiten des Ruderhauses angebracht, daß sie lediglich die angenehme Wirkung hatten, das Dach des Ruderhauses in noch tiefere Dunkelheit zu tauchen.
Das Motorengeräusch senkte sich zu einem satten Brummen und die Gangway blieb langsam zurück. Ich fragte mich flüchtig, ob ich vom Regen in die Traufe gekommen war.

ZEHNTES KAPITEL

Ich war ziemlich sicher gewesen, daß ich mich in dieser Nacht auf See begeben würde, und jeder, der das unter den Umständen tat, die ich erwartet hatte, hätte sich auch mit der Möglichkeit befassen müssen, bis auf die Haut naß zu werden. Wenn ich in dieser Richtung auch nur ein Fünkchen von Voraussicht investiert hätte, hätte ich dementsprechend mit einem Anzug in dieses Abenteuer gehen müssen, der mit einem Unterwasser-Atemgerät versehen war. Aber der Gedanke an eine komplette Taucherausrüstung war mir nicht einen Moment lang in den Sinn gekommen, und so hatte ich jetzt keine andere Wahl, als da zu liegen, wo ich lag, und den Preis für meine Nachlässigkeit zu bezahlen.
Ich hatte das Gefühl, daß ich innerhalb kürzester Zeit erfrieren würde. Der Nachtwind auf der Zuider Zee war scharf genug, um sogar einen warmangezogenen Mann frieren zu lassen, wenn er gezwungen war, regungslos dazuliegen, und ich war alles andere als warm angezogen. Meine Kleider waren von Meerwasser durchweicht, und der eisige Wind vermittelte mir den Eindruck, mich in einen Eisblock verwandelt zu haben – mit dem Unterschied, daß ein Eisblock eine träge Masse ist, ich hingegen bebte am ganzen Körper, als sei ich vom Schwarzwasserfieber

befallen. Der einzige Trost war, daß es für mich keine Rolle mehr spielte, falls es anfing zu regnen: Noch nässer als ich war, konnte ich nicht mehr werden.
Mit gefühllosen und erfrorenen Fingern, die unkontrollierbar zitterten, öffnete ich den Reißverschluß meiner Jackentaschen, nahm die Waffe und das noch verbliebene Magazin aus den wasserdichten Umhüllungen, lud die Waffe und schob sie in meine Segeltuchjacke. Ich fragte mich, was passieren würde, wenn ich im entscheidenden Augenblick feststellen müßte, daß mein Abzugsfinger steifgefroren war, und dann schob ich infolge dieser Überlegung meine rechte Hand in meine durchweichte Jacke. Aber die einzige Wirkung war, daß meine Hand sich noch kälter anfühlte als vorher, also nahm ich sie wieder heraus.
Die Lichter von Amsterdam waren nun mittlerweile weit zurückgeblieben, und wir befanden uns schon auf offener See. Ich bemerkte, daß der Schlepper den gleichen großen Bogen zu fahren schien wie die *Marianne*, als sie am Mittag des vorhergehenden Tages in den Hafen eingelaufen war. Das Schiff glitt sehr nahe an zwei Bojen vorbei, und als ich über den Bug hinausspähte, schien es mir, als liefe es genau auf eine dritte zu, die etwa vierhundert Meter vor uns lag. Aber ich zweifelte keinen Augenblick daran, daß der Steuermann genau wußte, was er tat.
Das Motorengeräusch wurde tiefer, als die Umdrehungszahl sank, und zwei Männer traten aus dem Ruderhaus — die ersten, die sich seit Verlassen des Hafens sehen ließen. Ich versuchte, mich noch flacher an das Dach zu pressen, aber sie kamen nicht in meine Richtung. Sie gingen nach achtern. Ich drehte mich um, um sie besser beobachten zu können. Einer der Männer hatte eine Metallstange in der Hand, an deren Enden je ein Seil befestigt war. Die beiden Männer — jeder auf einer Seite des Hecks — ließen die Seile soweit hinunter, bis die Metallstange ganz nah an der Wasseroberfläche sein mußte. Ich drehte mich um und schaute nach vorn: Der Schlepper, der jetzt nur noch sehr wenig Fahrt machte, war nicht mehr als zwanzig Meter von der Leuchtboje entfernt, und er fuhr auf einem Kurs, auf dem er etwa bis auf sechs Meter an sie herankommen würde. Ich hörte einen scharfen Befehl aus dem Ruderhaus, schaute wieder nach hinten und sah, daß die beiden Männer die Seile durch ihre Hände laufen ließen, wobei einer der beiden zählte. Der Grund für dieses Zählen war leicht zu erraten. Obwohl ich das in der

Dunkelheit nicht erkennen konnte, mußten die Seile in gewissen Abständen geknotet sein, damit es den Männern möglich war, die Metallstange im rechten Winkel zur Fahrtrichtung des Schiffes zu halten.

Der Schlepper befand sich jetzt genau gegenüber der Boje, als einer der Männer leise rief, und augenblicklich begannen sie, zwar langsam aber gleichmäßig, die Seile wieder einzuholen. Ich wußte jetzt, was geschehen würde, aber trotzdem sah ich mir die Sache sehr genau an. Während die beiden Männer die Seile weiter einholten, tauchte plötzlich eine zylindrische Boje von sechzig Zentimetern Länge aus dem Wasser auf. Hinter ihr folgte ein Quirlanker mit vier Ankerhänden, von denen sich eine um die Metallstange gehakt hatte. An dem Quirlanker war ein Seil befestigt. Die Boje, der Anker und die Metallstange wurden an Bord gezogen, dann begannen die beiden Männer an dem am Anker befestigten Seil zu ziehen, bis schließlich ein Gegenstand aus dem Wasser auftauchte und ebenfalls an Bord gehievt wurde. Der Gegenstand war eine graue Metallkiste, von Metallreifen umspannt, etwa sechsunddreißig Quadratzentimeter groß und vierundzwanzig tief. Sie wurde sofort in die Kabine gebracht, aber schon vorher hatten die Maschinen bereits wieder voll aufgedreht, und die Leuchtboje fiel sehr schnell zurück. Die ganze Operation war mit einer Lässigkeit und Sicherheit durchgeführt worden, die dafür sprachen, daß sie nicht zum erstenmal stattgefunden hatte.

Die Zeit verging, und ich fühlte mich kalt und elend und zitterte unaufhörlich. Ich hätte es nicht für möglich gehalten, daß ich noch kälter und nässer werden könnte, aber gegen vier Uhr früh verdunkelte sich der Himmel, und es begann zu regnen. Ich hatte nie gewußt, daß Regen so eisig sein konnte. Zu diesem Zeitpunkt hatte der verbliebene spärliche Rest von Körperwärme die inneren Schichten meiner Kleidung annähernd getrocknet, aber von der Taille abwärts – die Segeltuchjacke bot einigermaßen Schutz – erwies sich das als reine Zeitverschwendung. Ich hoffte nur, daß ich, wenn ich wieder ins Wasser mußte, nicht in einen Zustand völliger Gefühllosigkeit verfallen sein würde, in dem ich nichts tun konnte als sinken.

Der erste Schimmer des trügerischen Morgengrauens lag jetzt über dem Himmel, und ich konnte undeutlich die verschwommenen Konturen von Land im Osten und Süden erkennen. Dann wurde es wieder dunkler,

und eine Zeitlang konnte ich gar nichts sehen, und dann brach die wirkliche Morgendämmerung an. Sie erstreckte sich mit blassem Licht von Osten her, und wieder konnte ich Land sehen und kam allmählich zu dem Schluß, daß wir schon ziemlich nahe vor der Nordküste von Huyler sein mußten und in einem Bogen in Richtung Südwesten abdrehen und dann im Süden den kleinen Hafen der Insel anlaufen würden.
Ich hatte es nie besonders geschätzt, daß diese verdammten Schlepper nur so langsam vom Fleck kamen. Was die Küstenlinie von Huyler betraf, so schien der Schlepper auf dem Wasser still zu stehen. Was ich mir am wenigsten wünschte war, daß wir Huyler bei vollem Tageslicht erreichten und bei den unvermeidlichen Leuten, die die ankommenden Schiffe beobachteten, die Frage laut würde, warum ein Mitglied der Mannschaft so exzentrisch sein konnte, das kalte Dach dem warmen Inneren des Ruderhauses vorzuziehen. Ich dachte an die Wärme im Ruderhaus und lenkte meine Gedanken schleunigst in weniger quälende Bahnen.
Die Sonne erschien am hinteren Ufer der Zuider Zee, aber sie gefiel mir nicht. Es war nicht die Art von Sonne, die sich dazu eignet, Kleider zu trocknen, und ich freute mich, als ich nach einer Weile feststellte, daß sie gleich wieder von einem dunklen Wolkenball verdeckt wurde. Kurz darauf goß es wieder in Strömen, wodurch mein sowieso schon stark reduzierter Kreislauf beinahe völlig zum Erliegen kam. Ich freute mich trotzdem, denn die Wolke bewirkte, daß es wieder dunkler wurde, und durch den Regen würden die Schaulustigen vielleicht dazu bewogen, zu Hause zu bleiben. Die Reise war bald zu Ende. Der Regen prasselte jetzt mit solcher Heftigkeit herunter, daß ich die einzelnen Tropfen wie Nadelstiche auf meinem Gesicht und den Händen fühlte. Weiß zischte er ins Meer. Die Sicht war auf ein paar hundert Meter beschränkt, und obwohl ich das Ende der Reihe der Navigationslichter erkennen konnte, auf die der Schlepper jetzt zusteuerte, konnte ich den Hafen dahinter nicht sehen.
Ich wickelte die Waffe wieder in den wasserdichten Beutel und stopfte ihn ins Schulterhalfter. Es wäre sicherer gewesen, ihn – wie ich es vorher getan hatte – in der mit einem Reißverschluß gesicherten Tasche meiner Jacke zu verstauen, aber ich hatte nicht die Absicht, meine Jacke mitzunehmen. Wenigstens nicht weit: Ich war so steifgefroren und ge-

schwächt von diesem nächtlichen Erlebnis, daß die hinderliche Jacke den Ausschlag geben konnte, ob ich das Festland erreichte oder nicht. Eine andere Sache, die ich unvorsichtigerweise vergessen hatte mitzunehmen, war eine aufblasbare Schwimmweste.

Ich wand mich aus meiner Jacke heraus, rollte sie zu einem Ball zusammen und klemmte sie mir unter den Arm. Der Wind erschien mir plötzlich noch um einige Grade eisiger, aber jetzt war keine Zeit mehr, sich darüber den Kopf zu zerbrechen.

Ganz vorsichtig schob ich mich nun über das Dach des Ruderhauses, glitt lautlos die Leiter hinunter, schlich gebückt unter den Kabinenfenstern, die jetzt nicht mehr verhängt waren, vorbei, warf einen schnellen Blick nach vorn – eine völlig unnötige Vorsichtsmaßnahme, denn kein Mensch, der einigermaßen bei Trost war, würde bei einem solchen Wetter auf Deck sein, wenn es nicht unbedingt erforderlich war – warf die Jacke über Bord, schwang mich über das Achterdeck, ließ mich nach unten, bis meine Arme völlig gestreckt waren, überzeugte mich, daß die Schraube nicht in gefährlicher Nähe war, und ließ mich fallen.

Im Wasser war es wärmer als auf dem Dach des Ruderhauses, was ein Glück für mich war, denn ich fühlte mich beängstigend schwach. Ich hatte die Absicht gehabt, Wasser zu treten, bis der Schlepper in den Hafen eingelaufen oder mindestens hinter dem Regenvorhang verschwunden war, aber wenn es einen Zeitpunkt gab, um Vorsätze fallen zu lassen, dann war er jetzt gekommen. Meine vorherrschende Sorge, im Moment sogar meine einzige Sorge war, zu überleben. Ich schwamm so schnell ich konnte hinter dem sich rasch entfernenden Heck des Schleppers her. Es war eine Strecke, die nicht länger als zehn Minuten in Anspruch nahm und die ein sechsjähriges durchtrainiertes Kind mit Leichtigkeit hinter sich gebracht hätte, aber ich war an diesem Morgen bei weitem nicht so fit wie besagtes Kind, und obwohl ich nicht behaupte, daß ich es um Haaresbreite schaffte, hätte ich es unmöglich ein zweites Mal fertiggebracht. Als ich die Kaimauer deutlich sehen konnte, scherte ich aus und ließ die Navigationsmarkierungen rechts liegen. Endlich erreichte ich das Ufer.

Ich wankte den Strand hinauf, und wie auf ein Zeichen hörte der Regen plötzlich auf. Vorsichtig bewegte ich mich schlurfend auf die kleine Er-

hebung vor mir zu, die auf gleicher Höhe mit dem Kai lag, streckte mich flach auf dem aufgeweichten Boden aus und hob vorsichtig den Kopf.
Rechts von mir lagen die beiden kleinen rechtwinkligen Hafenbecken von Huyler. Das äußere wurde durch einen kleinen Kanal mit dem inneren verbunden. Hinter dem inneren Hafenbecken lag das hübsche Postkartendorf Huyler, das – abgesehen von einer langen und zwei kurzen Straßen, die am inneren Hafen entlang führten – ein bezaubernder Irrgarten mit winkligen Sträßchen und einem Durcheinander meist grünweiß angestrichener Häuser war, die wegen der Überflutungsgefahr auf Pfählen ruhten.
Diese Pfähle waren durch Holzwände verbunden und bildeten so den Keller. Betreten konnte man die Häuser über eine Holztreppe, die außen an der Mauer entlanglief und zum ersten Stock führte.
Ich wandte meine Aufmerksamkeit wieder dem äußeren Hafenbecken zu. Der Schlepper hatte an der Innenmauer festgemacht, und das Löschen der Ladung war bereits in vollem Gange. Zwei kleine Kräne hoben nacheinander eine Menge Säcke und Kisten aus den nun geöffneten Ladeluken, aber ich hatte kein Interesse an diesen Kisten und Säcken, die ganz bestimmt legitime Ladung waren. Viel mehr interessierte mich die kleine Metallkiste, die aus dem Meer herausgezogen worden war und die – davon war ich ebenso überzeugt – die gesetzwidrigste Ladung war, die man sich vorstellen konnte. Also kümmerte ich mich nicht weiter um die reguläre Ladung und konzentrierte mich auf das Ruderhaus des Schleppers. Ich hoffte inständig, daß ich nicht zu spät kam, obwohl ich das kaum für möglich hielt.
Ich war gerade noch rechtzeitig gekommen: Weniger als dreißig Sekunden nachdem ich meine Beobachtung der Kabine aufgenommen hatte, kamen zwei Männer heraus, von denen einer einen Sack über der Schulter trug. Obwohl der Sack dick ausgepolstert war, konnte man doch noch Ecken erkennen, so daß ich kaum Zweifel hatte, daß das die Kiste war, die mich interessierte.
Die beiden Männer gingen an Land. Ich beobachtete sie ein paar Sekunden, um mir über die Richtung klarzuwerden, die sie einschlugen, glitt den aufgeweichten Hang hinunter – ein weiterer Posten auf meiner Spesenabrechnung: Mein Anzug war nach dem nächtlichen Aben-

teuer reichlich mitgenommen – und machte mich an die Verfolgung der beiden Männer.
Es war nicht schwer, ihnen zu folgen. Nicht nur, daß sie offensichtlich nicht auf die Idee kamen, sie könnten verfolgt werden – die kleinen verwinkelten Gassen von Huyler waren geradezu ein Paradies für einen Beschatter. Allmählich näherten die beiden sich einem langgestreckten, niedrigen Gebäude am nördlichen Rand des Dorfes. Das Erdgeschoß – das in diesem Dorf dem Keller entsprach – bestand aus Beton. Das Obergeschoß, das man über eine Außentreppe erreichte, hatte hohe, schmale, vergitterte Fenster, deren Gitterstäbe so nahe beieinanderstanden, daß eine Katze sich nur mit Mühe hätte hindurchzwängen können; über die schwere Tür liefen zwei Metallstangen, die mit Vorhängeschlössern gesichert waren. Beide Männer stiegen die Treppe hinauf, der unbeladene Mann sperrte die beiden Vorhängeschlösser auf und öffnete die Tür. Dann verschwanden beide in dem Gebäude. Nach zwanzig Sekunden erschienen sie wieder, versperrten die Tür hinter sich und gingen. Den Sack hatten sie nicht mehr bei sich.
Ich bedauerte es einen Augenblick lang, daß das Gewicht des Gürtels, in dem meine Einbruchswerkzeuge steckten, mich dazu bewogen hatte, ihn im Hotel zu lassen, aber schließlich geht man nicht mit einem so beachtlichen Gewicht um die Taille zum Schwimmen. Doch das Bedauern hielt nicht lange an. Abgesehen von der Tatsache, daß fünfzig Fenster auf die Seite herausgingen, auf der sich der Eingang zu diesem vergitterten Bau befand und auch abgesehen davon, daß ein Fremder von den Einheimischen augenblicklich als solcher erkannt würde, war es außerdem noch zu früh, meine Karten aufzudecken. Elritzen schmecken ja ganz gut, aber ich war hinter den Walen her, und ich brauchte meinen Köder, um sie zu fangen.
Ich brauchte keinen Stadtplan, um aus dem Ort hinauszufinden. Der Hafen lag im Westen, also mußte das Ende der Dammstraße im Osten liegen. Ich ging einige schmale gewundene Gäßchen entlang, da ich nicht in der Stimmung war, mich von dem malerischen altmodischen Charme bezaubern zu lassen, der jeden Sommer Zehntausende von Touristen auf diese Insel führt, und kam zu einer kleinen Brücke, die einen schmalen Kanal überspannte. Die drei ersten Menschen, die ich an diesem Tag in Huyler sah – drei Bäuerinnen in der traditionellen Tracht –

gingen an mir vorüber, als ich die Brücke überquerte. Sie warfen mir einen gleichgültigen Blick zu und sahen dann ebenso gleichgültig wieder weg, als ob es das Natürlichste von der Welt wäre, in den Straßen von Huyler am frühen Morgen einem Mann zu begegnen, der offensichtlich vor kurzem von der See an Land gespült worden war.
Ein paar Meter hinter dem Kanal lag ein überraschend großer Parkplatz. Im Augenblick befanden sich dort nur ein paar Wagen und ein halbes Dutzend Fahrräder, von denen nicht eines mit einem Vorhängeschloß, einer Kette oder einer sonstigen Sicherheitsmaßnahme versehen war. Diebstahl war offensichtlich kein Problem auf Huyler, eine Tatsache, die mich kaum überraschte: Wenn die ehrbaren Bürger der Insel ein Verbrechen begehen wollten, dann gaben sie sich nicht mit solchem Kleinkram wie Fahrraddiebstahl ab. Der Parkplatz war menschenleer. Ich hatte auch nicht erwartet, zu dieser frühen Stunde einen Parkwächter vorzufinden. Ich fühlte mich schuldiger als wegen irgendeiner anderen Tat, die ich seit meiner Ankunft auf dem Flughafen Schiphol begangen hatte, als ich das beste Fahrrad auswählte, es zu dem verschlossenen Tor schob, hinüberhob, hinterherkletterte und mich per Rad auf den Weg machte. Keine Schreie wie »haltet den Dieb!« oder ähnliches folgten mir. Es war Jahre her, daß ich auf einem Rad gesessen hatte, und obwohl ich nicht gerade in der besten Verfassung war, um meine Kenntnisse dieser Fortbewegungsart aufzufrischen, kam ich doch schnell damit zurecht. Die Fahrt genoß ich zwar nicht gerade, aber es war immerhin besser als zu Fuß zu gehen, und außerdem bewirkte die Trampelei, daß einige meiner roten Blutkörperchen sich wieder in Bewegung setzten.
Ich stellte das Rad auf dem winzigen Dorfplatz ab, auf dem ich das Polizeitaxi stehengelassen hatte – es stand immer noch da – und schaute nachdenklich zuerst die Telefonzelle und dann das Zifferblatt meiner Uhr an: Ich entschied, daß es noch zu früh war, also stieg ich in den Wagen und fuhr los.
Nachdem ich eine halbe Meile auf der Straße nach Amsterdam gefahren war, kam ich zu einer Scheune, die in einiger Entfernung von dem dazugehörigen Bauernhaus stand. Ich schloß den Kofferraum auf, nahm das in braunes Packpapier gewickelte Paket heraus, ging zu dem Schuppen, fand ihn unversperrt, ging hinein und zog mich um. Ich wurde da-

durch zwar nicht zu einem anderen Mann – ich konnte immer noch nicht aufhören zu zittern – aber wenigstens war ich nicht mehr in einem so verzweifelt eiskalten Zustand wie während der vergangenen Stunden.

Ich setzte meinen Weg fort. Schon nach einer weiteren halben Meile kam ich zu einem Gebäude, das direkt an der Straße lag. Es hatte etwa die Größe eines kleinen Bungalows, und die Aufschrift behauptete kühn, daß es sich um ein Motel handle. Motel oder nicht Motel, jedenfalls war es geöffnet, und das war alles, was ich wollte.

Die füllige Besitzerin kam eilfertig auf mich zu und fragte, ob ich frühstücken wolle, aber ich deutete an, daß ich andere und dringendere Bedürfnisse hätte. In Holland hat man die angenehme Angewohnheit, das Glas bis ganz obenhin mit Jonge Genever zu füllen, und die Besitzerin beobachtete erstaunt und voller Aufmerksamkeit meine zitternden Hände, mit denen ich versuchte, das Glas, ohne etwas zu verschütten, zum Mund zu bringen. Ich verschüttete nicht mehr als die Hälfte, aber ich sah ihr an, daß sie überlegte, ob sie die Polizei oder ärztliche Hilfe anfordern sollte, damit sich jemand eines Mannes annahm, der in ihren Augen entweder ein Alkoholiker im Delirium tremens oder ein Süchtiger war, der seine Injektionsspritze verloren hatte. Aber sie war eine tapfere Frau und schenkte mir auf meine Bitte hin einen weiteren Genever ein. Diesmal verschüttete ich nicht mehr als ein Viertel, und beim dritten Glas ging nicht nur kaum ein Tropfen verloren, sondern ich konnte auch deutlich fühlen, wie meine faul herumliegenden roten Blutkörperchen ihre Beine in die Hand nahmen und sich eilig auf den Weg machten. Nach dem vierten Genever war meine Hand völlig ruhig.

Ich borgte mir einen elektrischen Rasierapparat, schwelgte anschließend in einem üppigen Frühstück mit Eiern und Fleisch und Speck und verschiedenen Käsesorten, vier verschiedenen Brotsorten und einer großen Kanne Kaffee. Das Essen war hervorragend. Das Motel mochte noch in den Kinderschuhen stecken, aber es würde es noch weit bringen. Ich bat, das Telefon benützen zu dürfen.

Innerhalb von Sekunden kam ich zum Hotel *Touring* durch, bedeutend mehr Zeit kostete es die Zentrale, mich mit dem Zimmer der Mädchen zu verbinden. Endlich klang Maggies verschlafene Stimme durch den

Draht: »Hallo? Wer ist da?« Ich konnte sie direkt sehen, wie sie da stand und sich gähnend streckte.
»Habt euch wohl 'rumgetrieben gestern abend, was?« fragte ich streng.
»Was?« Sie war immer noch nicht ganz da.
»Im Tiefschlaf, und das mitten am hellichten Tag.« Es war kurz vor acht. »Nichts als ein paar miniberockte Rumtreiberinnen.«
»Sind . . . sind Sie das?«
»Wer sonst als der Herr und Meister?« Die Jonge Genevers machten sich bemerkbar.
»Belinda! Er ist wieder da!« Pause. »Der Herr und Meister, hat er gesagt.«
»Ich bin so froh!« Belindas Stimme. »Ich bin so froh. Wir . . .«
»Du bist nicht halb so froh wie ich. Du kannst wieder ins Bett gehen. Morgen früh kannst du versuchen, dem Milchmann Konkurrenz zu machen.«
»Wir haben unser Zimmer nicht verlassen.« Sie klang sehr demütig. »Wir unterhielten uns und sorgten uns, und wir haben kaum ein Auge zugetan, und wir dachten . . .«
»Das tut mir leid. Maggie? Zieh dich an. Schaumbad und Frühstück kannst du vergessen. Nimm . . .«
»Kein Frühstück? Ich wette, du *hast* gefrühstückt!« Belinda übte einen schlechten Einfluß auf das Mädchen aus.
»Stimmt.«
»Und die Nacht in einem Luxushotel verbracht?«
»Eine hohe Position bringt gewisse Vorrechte mit sich. Nimm ein Taxi, verlaß' es am Stadtrand, ruf' eines der örtlichen Taxis an und komm' nach Huyler hinaus.«
»Wo sie die Puppen herstellen?«
»Genau. Du wirst mich treffen: Ich fahre in einem rotgelben Taxi Richtung Süden.« Ich gab ihr die Autonummer durch. »Laß deinen Fahrer anhalten. Mach' so schnell du kannst.«
Ich legte auf, zahlte und setzte meinen Weg fort. Ich war froh, noch am Leben zu sein. Es war eine Nacht gewesen, die nicht so verlaufen war, daß ich hatte hoffen können, den anschließenden Morgen noch zu erleben, aber ich lebte, und ich war sehr froh darüber. Die Mädchen waren auch sehr froh darüber. Ich fühlte mich warm und trocken und satt, der

Jonge Genever jagte die roten Blutkörperchen übermütig im Kreis, all die bunten Fäden woben sich zu einem schönen Muster, und wenn der Tag zu Ende war, würde alles vorüber sein. Ich hatte mich nie so gut gefühlt.
Ich würde mich nie mehr so gut fühlen.

Als ich mich den Vororten näherte, wurde ich von einem gelben Taxi angehalten. Ich stieg aus und überquerte die Straße, als Maggie ausstieg. Sie trug einen dunkelblauen Rock, eine passende Jacke und eine weiße Bluse, und wenn sie eine schlaflose Nacht verbracht hatte, so sah man ihr das jedenfalls nicht an. Sie war schön, doch das war sie schließlich immer. Aber heute morgen war irgend etwas Besonderes an ihr.
»Na, na, na«, sagte sie. »Was für ein gutaussehender Geist. Darf ich dich küssen?«
»Unter gar keinen Umständen«, sagte ich würdevoll. »Beziehungen zwischen Arbeitgeber und Arbeitnehmer sind ...«
»Bitte halt' den Mund, Paul.« Sie küßte mich ohne Erlaubnis. »Was soll ich tun?«
»Fahr nach Huyler. Am Hafen gibt es jede Menge Lokale, wo du frühstücken kannst. Es gibt da ein Gebäude, das du sorgfältig aber nicht ununterbrochen beobachten sollst.« Ich beschrieb ihr den Bau mit den vergitterten Fenstern und seinen Standort. »Versuche festzustellen, wer hineingeht und herauskommt, und was dort los ist. Und vergiß nicht: Du bist eine Touristin. Achte darauf, daß du möglichst immer in Gesellschaft bist. Ist Belinda noch in euerem Zimmer?«
»Ja.« Maggie lächelte. »Belinda nahm ein Telefongespräch entgegen, während ich mich anzog. Gute Neuigkeiten, glaube ich.«
»Wen kennt Belinda in Amsterdam?« fragte ich scharf. »Wer hat angerufen?«
»Astrid Lemay.«
»Wovon um Himmels willen sprichst du? Astrid hat das Land verlassen. Ich habe Beweise.«
»Sicherlich hat sie das Land verlassen.« Maggie amüsierte sich königlich. »Sie verließ das Land, weil du ihr einen sehr wichtigen Auftrag erteilt hattest, und sie konnte ihn nicht ausführen, weil sie auf Schritt und Tritt verfolgt wurde. Also verließ sie das Land, stieg in Paris aus,

bekam ihr Geld für das Billett nach Athen zurück und kam auf dem schnellsten Weg wieder her. Sie und George sind bei Freunden in der Nähe von Amsterdam. Sie hat Belinda aufgetragen, dir auszurichten, daß sie der Spur gefolgt ist, die du ihr gegeben hast. Sie sagt, sie ist im Kasteel Linden gewesen und daß . . .«

»Oh mein Gott!« stöhnte ich. »Oh mein Gott!« Ich sah Maggie an, und das Lächeln erstarb langsam auf ihren Lippen, und einen Augenblick lang hatte ich das Gefühl, auf sie losgehen zu müssen wegen ihrer Unwissenheit, wegen ihrer Dummheit, wegen des Lächelns auf ihrem Gesicht, wegen ihres leeren Geschwätzes von guten Neuigkeiten, und dann schämte ich mich mehr als je zuvor in meinem Leben, denn es war mein Fehler und nicht Maggies, und ich hätte mir eher die Hand abgehackt als ihr wehzutun, also legte ich den Arm um ihre Schultern und sagte: »Maggie, ich muß dich jetzt verlassen.«

Sie lächelte unsicher. »Entschuldige. Ich verstehe nicht.«

»Maggie?«

»Ja, Paul?«

»Wie, glaubst du, hat Astrid Lemay euere neue Telefonnummer herausgefunden?«

»Oh, mein Gott!« sagte sie, denn jetzt verstand sie. Ich rannte über die Straße zu meinem Wagen, ohne mich umzuschauen, ließ den Motor an und trieb den Wagen von einem Gang in den nächsten wie ein Besessener. Ich bediente den Hebel, der das Polizeilicht auf dem Dach hochschießen ließ, und stellte die Sirene an, dann stülpte ich mir die Kopfhörer über und begann verzweifelt an den Knöpfen des Funkgeräts herumzufummeln. Niemand hatte mir je beigebracht, wie man so etwas bediente, und jetzt schien kaum der richtige Zeitpunkt, es zu lernen. Der Wagen war voller Lärm: Das schrille Heulen des überbeanspruchten Motors, das Jaulen der Sirene, die statischen Geräusche und das Krachen in den Kopfhörern und – was mir am allerlautesten erschien – mein rauhes und verbittertes und vergebliches Fluchen, während ich versuchte, das verdammte Funkgerät in Gang zu setzen, vereinigten sich zu einem fast unerträglichen Getöse. Dann ließ das Krachen plötzlich nach, und ich hörte eine ruhige, sichere Stimme.

»Polizeipräsidium«, schrie ich. »Colonel de Graaf. Mein Name tut nichts zur Sache. Beeilen Sie sich, Mann, machen Sie schnell.« Es folgte ein langes und aufreibendes Schweigen, während ich mich durch den morgendlichen Stoßverkehr schlängelte, und dann kam plötzlich wieder eine Stimme durch die Kopfhörer: »Colonel de Graaf ist noch nicht in seinem Büro.«

»Dann versuchen Sie's bei ihm zu Hause!« schrie ich. Endlich erreichten sie ihn. »Colonel de Graaf? Ja, ja, ja. Die Puppe die wir gestern gesehen haben. Ich habe das Modell gesehen. Astrid Lemay.« De Graaf fing an, Fragen zu stellen, aber ich schnitt ihm das Wort ab. »Kümmern Sie sich um Himmels willen nicht darum. Das Lagerhaus – ich fürchte, sie ist in Lebensgefahr. Wir haben es hier mit einem kriminellen Irren zu tun. Beeilen Sie sich, um Gottes willen.«

Ich riß mir die Kopfhörer herunter und konzentrierte mich darauf, zu fahren und mich selbst zu verfluchen. Wenn man jemanden brauchte, den man leicht an der Nase herumführen konnte, dachte ich, dann war Sherman genau der Richtige. Aber gleichzeitig war ich mir bewußt, daß ich mindestens ein bißchen unfair mir gegenüber war. Ich trat allein gegen eine hervorragende Verbrecherorganisation an, das war sicher, aber es war eine Organisation, in der es ein unberechenbares psychopathisches Element gab, das normale Voraussagen beinahe unmöglich machte. Sicherlich, Astrid hatte Jimmy Duclos verraten und verkauft, aber sie hatte die Wahl gehabt zwischen Jimmy und George, und George war immerhin ihr Bruder. Sie hatten sie geschickt, um mich zu bearbeiten, denn sie hätte von sich aus niemals wissen können, daß ich im *Rembrandt* wohnte, aber anstatt meine Hilfe und mein Mitleid zu erwerben, hatte sie sich im letzten Moment gedrückt, und ich hatte sie verfolgt, und das war der Augenblick, in dem der ganze Ärger begonnen hatte, das war der Augenblick, in dem sie begonnen hatte, eine Belastung zu sein anstatt eine Stütze. Sie hatte begonnen, mich ohne Wissen ihrer Befehlshaber zu treffen – ebenso wie ich sie. Man konnte mich gesehen haben, als ich George von dem Leierkasten auf dem Rembrandtplein weggeholt hatte oder in der Kirche, und es war auch nicht gesagt, daß die beiden Betrunkenen, die vor ihrer Haustür gesessen hatten, wirklich betrunken gewesen waren.

Man hatte entschieden, daß es besser wäre, sie aus dem Weg zu räumen, aber nicht auf eine Art, die mich zu der Vermutung brächte, daß man ihr etwas angetan hatte. Denn die Leute von der anderen Seite waren der durchaus zutreffenden Ansicht, daß ich – falls ich annahm, sie sei gefangengenommen oder sonstwie in Gefahr – alle Hoffnung aufgegeben hätte, mein eigentliches Ziel zu erreichen, und das getan hätte, wovon sie nun wußten, daß ich alles eher tun wollte als das – nämlich zur Polizei zu gehen und denen alles auf den Tisch zu legen, was ich wußte, und was nach Meinung der Organisation sicherlich beträchtlich war. Aber das war auch das letzte, was sie wünschten, denn – obwohl ich durch einen Bericht bei der Polizei auf meinen endgültigen Erfolg verzichtet hätte – konnte ich doch ihre Organisation so empfindlich verwunden, daß es Monate, wahrscheinlich sogar Jahre dauern würde, bis sie wieder intakt wäre. Und deshalb hatten Durrell und Marcel gestern im *Balinova* ihre Rolle gespielt, während ich mit meiner weit übers Ziel hinausgeschossen war, und hatte mich überzeugt, daß Astrid und George nach Athen abgereist seien. Sicher hatten sie das getan. Sie waren abgeflogen und in Paris hatte man sie gezwungen, von Bord zu gehen und nach Amsterdam zurückzukehren. Als sie mit Belinda gesprochen hatte, hatte Astrid das mit einer Pistolenmündung an der Schläfe getan. Und jetzt war Astrid ihnen natürlich nicht länger von Nutzen. Astrid war zum Feind übergelaufen, und für solche Leute gab es nur eine Behandlungsmethode. Und jetzt brauchten sie natürlich keine Reaktion mehr von mir zu fürchten, denn ich war an diesem Morgen um zwei Uhr unten im Schlepperhafen ertrunken. Ich hatte jetzt den Schlüssel zu allem, weil ich jetzt wußte, warum sie gewartet hatten. Aber ich wußte, daß dieser Schlüssel zu spät kam, um Astrid zu retten.

Ich rammte nichts, und ich überfuhr auch niemanden auf meiner Fahrt durch Amsterdam, aber das hatte ich nur der Tatsache zu verdanken, daß die Bürger der Stadt über ein hervorragendes Reaktionsvermögen verfügen. Ich war jetzt in der Altstadt und näherte mich mit hoher Geschwindigkeit dem Lagerhaus, als ich die Straßensperre sah: Ein Polizeiauto stand quer auf der Straße, flankiert von je einem bewaffneten Beamten. Ich brachte meinen Wagen mit kreischenden Bremsen zum Stehen. Ich sprang heraus, und einer der Beamten kam auf mich zu.

»Polizei«, sagte er, für den Fall, daß ich ihn vielleicht für einen Versicherungsagenten hielt. »Bitte bleiben Sie zurück.«

»Erkennen Sie denn nicht einmal einen Dienstwagen?« schnauzte ich. »Gehen Sie mir aus dem Weg, verdammt nochmal.«

»Niemand darf in diese Straße.«
»Es ist in Ordnung.« De Graaf war um eine Ecke erschienen, und wenn ich es nicht schon durch den Polizeiwagen gewußt hätte, hätte sein Gesichtsausdruck es mir gesagt.
»Kein sehr angenehmer Anblick, Major Sherman.« De Graaf forderte mich auf, ihm zu folgen.
Ich ging schweigend hinter ihm her, bog um die Ecke und schaute nach oben. Aus dieser Entfernung sah die puppenähnliche Gestalt, die an dem Ladebaum des Lagerhauses von Morgenstern und Muggenthaler sachte hin und her schwang, nicht viel größer aus als die Puppe, die ich am Morgen vorher gesehen hatte, aber da hatte ich sie direkt von unten gesehen, also mußte diese hier größer sein, viel größer. Sie war in die gleiche Tracht gekleidet wie die Puppe, die an ihrer Stelle gestern dort gehangen hatte. Ich mußte nicht näher herangehen, um zu wissen, daß das Gesicht der Puppe von gestern eine perfekte Kopie des Gesichtes dort oben gewesen war. Ich drehte mich um und ging um die Ecke. De Graaf begleitete mich.
»Warum nehmen Sie sie nicht herunter?« fragte ich. Meine Stimme schien von weither zu kommen, sie war eisig, ruhig und völlig tonlos.
»Das ist Sache des Arztes. Er ist jetzt oben.«
»Natürlich.« Ich schwieg einen Moment, dann sagte ich: »Sie kann nicht lange da oben gehangen haben. Vor weniger als einer Stunde war sie noch am Leben. Sicher war das Lagerhaus schon viel eher geöffnet, bevor . . .«
»Heute ist Samstag. Sie arbeiten samstags nicht.«
»Natürlich«, wiederholte ich mechanisch. Mir war plötzlich ein anderer Gedanke gekommen, ein Gedanke, der mir noch tiefere Furcht und noch größeres Grauen einjagte. Astrid hatte, mit einer Waffe an der Schläfe, im Hotel *Touring* angerufen. Aber sie hatte mir eine Botschaft übermittelt, und diese Botschaft war bedeutungslos gewesen und hätte keine Folgen haben können oder sollen, denn ich lag auf dem Grund des Hafenbeckens. Es hätte nur einen Zweck gehabt, wenn sich die Botschaft wirklich auf mich bezogen hätte. Sie wäre nur durchgegeben worden, wenn sie gewußt hätten, daß ich noch am Leben war. Wie hatten sie wissen können, daß ich noch am Leben war? Wer hätte die Information weitergeben können, daß ich noch am Leben war? Niemand hatte mich ge-

sehen — außer den drei alten Frauen auf Huyler. Und warum sollten sie sich damit befassen . . .
Aber da war noch mehr. Warum sollten sie sie zwingen, mich anzurufen und ihre eigenen Pläne anschließend zunichte machen, indem sie Astrid umbrachten, nachdem sie sich solche Mühe gemacht hatten, mich davon zu überzeugen, daß sie lebte und daß es ihr gut ging? Plötzlich kannte ich die Antwort. Sie hatten etwas vergessen, ich hatte etwas vergessen. Sie hatten vergessen, was Maggie vergessen hatte, nämlich, daß Astrid nicht die Nummer ihres neuen Hotels kannte. Und ich hatte vergessen, daß weder Maggie noch Belinda Astrid jemals getroffen oder sprechen gehört hatten. Ich ging noch einmal um die Ecke. Unter dem Giebel des Lagerhauses schwangen die Kette und der Haken noch immer sanft hin und her: Die Last war abgenommen worden.
Ich sagte zu de Graaf: »Holen Sie den Arzt her.« Er kam nach zwei Minuten, ein junger Mann, der aussah, als hätte er sein Medizinstudium gestern beendet, und dessen Gesicht, wie ich vermutete, etwas blasser war als gewöhnlich.
Ich sagte schroff: »Sie ist schon seit Stunden tot, nicht wahr?«
Er nickte. »Vier, vielleicht auch fünf, ich bin mir nicht ganz sicher.«
»Danke.« Ich bog wieder um die Ecke, wieder ging de Graaf neben mir her. Auf seinem Gesicht standen ein Dutzend ungestellter Fragen, aber mir war nicht danach zumute, auch nur eine davon zu beantworten.
»Ich habe sie umgebracht«, sagte ich. »Und vielleicht habe ich auch noch jemand anderen umgebracht.«
»Ich verstehe nicht«, sagte de Graaf.
»Ich glaube, ich habe Maggie in den Tod geschickt.«
»Maggie?«
»Entschuldigen Sie. Ich habe es Ihnen nicht erzählt. Ich hatte zwei Mädchen bei mir, beide von Interpol. Maggie war eine von ihnen. Die andere ist im Hotel *Touring*.« Ich gab ihm Belindas Namen und Telefonnummer. »Setzen Sie sich für mich mit ihr in Verbindung, ja? Sagen Sie ihr, sie soll die Zimmertür abschließen und dort bleiben, bis ich mich melde, und daß sie kein Telefonat und keine geschriebene Nachricht akzeptieren soll, in denen nicht das Wort ›Birmingham‹ vorkommt. Wollen Sie das bitte persönlich für mich erledigen?«
»Natürlich.«

Ich machte eine Kopfbewegung zu de Graafs Wagen hin. »Können Sie mit dem Funktelefon nach Huyler durchkommen?«

Er schüttelte den Kopf.

»Dann zum Polizeipräsidium, bitte.« Während de Graaf mit dem Fahrer sprach, bog ein grimmig aussehender van Gelder um die Ecke. Er hatte eine Handtasche dabei.

»Astrid Lemays?« fragte ich. Er nickte. »Bitte geben Sie sie mir.«

Er schüttelte entschieden den Kopf. »Das kann ich nicht tun. In einem Mordfall ...«

»Geben Sie ihm die Tasche«, sagte de Graaf.

»Danke«, und zu de Graaf gewandt sagte ich: »Ein Meter achtundfünfzig groß, langes schwarzes Haar, blaue Augen, sehr gutaussehend, dunkelblauer Rock, ebensolche Jacke, weiße Bluse und weiße Handtasche. Sie wird sich in der Gegend von ...«

»Einen Moment.« De Graaf lehnte sich vor, um mit seinem Fahrer zu sprechen, dann sagte er: »Die Leitungen nach Huyler scheinen tot zu sein. Der Tod scheint ihnen auf Schritt und Tritt zu folgen, Major Sherman.«

»Ich rufe Sie im Laufe des Vormittags an«, sagte ich und ging auf meinen Wagen zu.

»Ich komme mit Ihnen«, sagte van Gelder.

»Sie haben hier doch alle Hände voll zu tun. Wo ich hingehe, kann ich keine Polizeibeamten brauchen.«

Van Gelder nickte. »Was bedeutet, daß Sie sich außerhalb des Gesetzes bewegen wollen.«

»Ich bewege mich bereits außerhalb des Gesetzes. Astrid Lemay ist tot. Jimmy Duclos ist tot. Maggie ist vielleicht auch schon tot. Ich möchte mit Leuten sprechen, die andere Leute tot machen.«

»Ich glaube, Sie sollten uns Ihre Waffe hierlassen«, sagte van Gelder trocken.

»Und was soll ich Ihrer Meinung nach in der Hand haben, wenn ich mit den Leuten rede? Die Bibel? Um für ihre verlorenen Seelen zu beten? Wenn Sie meine Waffe haben wollen, müssen Sie mich vorher schon umbringen, van Gelder.«

De Graaf sagte: »Haben Sie Informationen, die Sie vor uns zurückhalten?«

»Ja.«
»Das ist weder nett noch klug noch legal.«
Ich stieg in meinen Wagen. »Was die Klugheit betrifft, so können Sie darüber später urteilen. Nettigkeit und Legalität interessieren mich nicht mehr.«
Ich ließ den Motor an, und als ich das tat, machte van Gelder einen Schritt auf mich zu, und ich hörte de Graaf sagen: »Lassen Sie ihn, Inspektor, lassen Sie ihn.«

ELFTES KAPITEL

Auf dem Weg nach Huyler gewann ich keine Freunde, aber mir war auch nicht danach zumute, Freundschaften zu schließen. Unter normalen Umständen hätte ich bei meiner völlig irrsinnigen und verantwortungslosen Fahrweise in mindestens ein halbes Dutzend ernster Unfälle verwickelt werden müssen, aber ich fand heraus, daß das blitzende Polizeilicht und die heulende Sirene auf beinahe zauberhafte Weise die Straße vor mir leerfegten.
Für kurze Zeit wurde ich von einem Polizeiwagen verfolgt, dessen Besatzung wahrhaftig hätte wissen müssen, wen sie vor sich hatte, aber der Fahrer hatte nicht die Faust im Nacken wie ich und war offensichtlich vernünftigerweise der Ansicht, daß es keinen Sinn hatte, sich für das bißchen Wochenlohn umzubringen. Natürlich würde er sofort eine Durchsage über Funk machen, aber ich hatte keine Angst vor Straßensperren oder ähnlichen Belästigungen: Wenn meine Zulassungsnummer erst einmal an das Polizeipräsidium durchgegeben war, würde man mich in Ruhe lassen.
Ich hätte es vorgezogen, die Reise mit einem anderen Wagen oder per Bus zu beenden, denn woran es einem gelbroten Taxi ganz entschieden fehlt, ist Unauffälligkeit, aber es war zu wichtig, daß ich an meinen Bestimmungsort kam. Ich schloß einen Kompromiß, indem ich das letzte Stück der Dammstraße in einem vergleichsweise gemäßigten Tempo zurücklegte. Der Anblick eines gelbroten Taxis, das sich mit etwa hundert Meilen in der Stunde dem Ort näherte, hätte sogar unter den be-

kanntermaßen nicht neugierigen Holländern Anlaß zu Überlegungen gegeben.
Ich stellte den Wagen auf dem sich jetzt schnell füllenden Parkplatz ab, zog mein Jackett aus, nahm das Schulterhalfter und die Krawatte ab, schlug meinen Hemdkragen hoch, rollte die Ärmel auf und stieg aus dem Wagen, das Jackett lose über dem Arm: Unter dem Jackett trug ich meine Waffe. Den Schalldämpfer hatte ich bereits aufgeschraubt.
Das veränderliche holländische Wetter hatte sich grimmig entschlossen, sich zu bessern. Schon als ich Amsterdam verlassen hatte, hatte sich der Himmel allmählich aufgeklärt, und jetzt trieben nur noch einige Wattewolken an dem blauen Himmel dahin, und die schon heiße Sonne zog den Dampf aus den Häusern und den angrenzenden Feldern. Ich ging gemächlich, aber nicht zu gemächlich, auf das Gebäude zu, das Maggie beobachten sollte. Die Tür stand jetzt weit offen, und ich sah eine Anzahl Leute – die Frauen alle in der traditionellen Tracht, – sich im Inneren hin- und herbewegen. Ab und zu kam eine heraus und ging ins Dorf, ab und zu kam ein Mann mit einem Karton heraus, den er auf einen Schubkarren lud und ins Dorf hinunter schob. Hier wurde offensichtlich irgend etwas in Heimarbeit fabriziert, aber welcher Art das Produkt war, konnte man von außen unmöglich feststellen. Daß es sich jedoch um ein völlig harmloses Produkt handeln mußte, ging daraus hervor, daß die Touristen, die dann und wann vorbeikamen, mit einem Lächeln aufgefordert wurden, hereinzukommen und sich umzusehen. Alle, die ich hineingehen sah, kamen wieder heraus, also war das offensichtlich der am wenigsten unheimliche Platz. Nördlich von dem Gebäude erstreckten sich fast ununterbrochene Heufelder, und in einiger Entfernung sah ich, wie eine Gruppe von Bäuerinnen, alle in der traditionellen Tracht, Heu in die Luft warfen, um es in der Morgensonne zu trocknen. Die Menschen auf Huyler schienen es geschafft zu haben: Keiner von ihnen schien irgend etwas zu arbeiten.
Von Maggie war keine Spur zu sehen. Ich ging ins Dorf zurück, kaufte mir eine getönte Brille – schwere schwarze Brillen neigen eher dazu, Aufmerksamkeit zu erregen als eine Hilfe dabei zu sein, einen unkenntlich zu machen, was wahrscheinlich der Grund ist, warum so viele Leute sie tragen – und einen Schlapphut aus Stroh, den ich außerhalb von Huyler nicht einmal als Leiche getragen hätte. Es war kaum das,

was man als eine perfekte Verkleidung bezeichnen würde, denn die weißen Narben in meinem Gesicht konnte man nur mit dick aufgetragener Schminke verdecken, aber mindestens erreichte ich mit meiner Maskerade eine gewisse Anonymität, und ich glaubte nicht, daß ich mich so sehr von den Dutzenden von Touristen unterschied, die im Dorf herumwanderten.

Huyler ist ein sehr kleiner Ort, aber wenn man jemanden sucht, von dessen Aufenthaltsort man keine Ahnung hat, und wenn dieser Jemand vielleicht gleichzeitig herumwandert, dann kann sogar das winzigste Dorf erstaunlich groß sein. So schnell ich konnte, ohne Aufmerksamkeit zu erregen, durchsuchte ich jede Gasse in Huyler, aber Maggie war wie vom Erdboden verschluckt.

Ich war auf dem besten Weg zu verzweifeln. Ich versuchte, die Stimme in meinem Inneren zu ignorieren, die mir mit entsetzlicher Sicherheit sagte, daß ich zu spät kam, und die Tatsache, daß ich meine Suche so gemächlich durchführen mußte, daß mir niemand meine Eile und meine Angst ansah, machte mich vollends fertig. Ich begann eine Tour durch alle Cafés und Geschäfte, obwohl ich — wenn Maggie noch am Leben und gesund war — kaum erwartete, sie dort zu finden. Schließlich hatte ich ihr genaue Anweisungen gegeben. Aber ich konnte es mir nicht leisten, eine Möglichkeit auszuschließen.

Die Geschäfte und Cafés am inneren Hafen brachten mich nicht weiter — und ich ließ keines aus. Dann bewegte ich mich weiter nach außen, immer in konzentrischen Kreisen, soweit man einen so geometrischen Ausdruck auf die verwinkelten Gäßchen des Irrgartens Huyler anwenden kann. Und im äußersten Kreis fand ich Maggie schließlich. Sie war am Leben und völlig unversehrt: Meine Erleichterung war kaum größer als mein Gefühl, mich wie ein Narr benommen zu haben.

Ich fand sie dort, wo ich sie eigentlich gleich hätte finden müssen, wenn ich meinen Verstand so benützt hätte wie sie den ihren. Ich hatte ihr gesagt, sie solle das Gebäude beobachten, aber gleichzeitig darauf achten, nie ganz allein zu sein. Und genau das hatte sie getan: Sie stand in einem Souvenirladen, in dem sich die Menschen drängten, und betastete einige der Verkaufsartikel, ohne sie jedoch wirklich zu betrachten. Stattdessen sah sie unverwandt zu dem Gebäude hinüber, das weniger als dreißig Meter von dem Laden entfernt lag, so unverwandt, daß sie mich

nicht einmal bemerkte. Ich machte einen Schritt auf die Tür zu, um den Laden zu betreten und mit ihr zu sprechen, als ich plötzlich etwas sah, was mich innehalten ließ und meinen Blick ebenso festhielt wie Maggies. Allerdings blickte ich nicht in die gleiche Richtung wie sie.
Trudi und Herta kamen die Straße entlang. Trudi, die ein ärmelloses rosa Kleid und lange weiße Baumwollhandschuhe trug, hüpfte in ihrer üblichen kindlichen Art daher. Ihre blonden Haare flogen, auf ihrem Gesicht lag ein Lächeln. Herta, wie gewöhnlich in ihr fremdländisches Gewand gekleidet, watschelte ernst neben ihr her. Sie hatte eine große Ledertasche in der Hand.
Ich wartete nicht mehr ab. Schnell betrat ich den Laden, aber ich ging nicht auf Maggie zu. Was immer auch geschehen mochte, ich wollte nicht, daß diese beiden sahen, daß ich mit ihr sprach. Statt dessen bezog ich hinter einem hohen drehbaren Postkartenständer Position und wartete darauf, daß Herta und Trudi vorbeigingen.
Sie gingen nicht vorbei. Sie gingen an der Eingangstür vorbei, aber weiter kamen sie nicht, denn plötzlich blieb Trudi stehen, spähte durch das Fenster herein, sah Maggie und packte Herta am Arm.
Trudi zwang die offensichtlich widerwillige Herta, den Laden zu betreten, ließ Hertas Arm los, die – drohend wie ein Vulkan kurz vor dem Ausbruch – an der Tür stehen blieb, trat ein paar Schritte vor und ergriff Maggies Arm.
»Ich kenne Sie«, sagte Trudi erfreut. »Ich kenne Sie.«
Maggie drehte sich um und lächelte. »Ich kenne Sie auch. Hallo, Trudi.«
»Und das ist Herta.« Trudi drehte sich zu Herta um, die offensichtlich mit den Vorgängen nicht einverstanden war. »Herta, das ist meine Freundin Maggie.«
Herta runzelte grüßend die Stirn.
Trudi sagte: »Major Sherman ist mein Freund.«
»Das weiß ich«, lächelte Maggie.
»Sind Sie meine Freundin, Maggie?«
»Natürlich bin ich das, Trudi.«
Trudi schien begeistert. »Ich habe noch eine Menge anderer Freunde. Würden Sie sie gern sehen?« Sie zerrte Maggie fast gewaltsam zur Tür und streckte den Arm aus. Sie deutete nach Norden, und ich wußte, sie

konnte nur die Frauen auf dem Heufeld meinen. »Schauen Sie. Da sind sie.«

»Ich bin sicher, das sind sehr nette Freunde«, sagte Maggie höflich. Ein Postkartenjäger trat nahe an mich heran, um anzudeuten, daß ich beiseite rücken sollte, damit er sich die Karten ansehen könnte. Ich weiß nicht genau, wie der Blick ausfiel, den ich ihm entgegenschleuderte, aber zweifellos war er durchaus ausreichend, um den Mann in die Flucht zu schlagen: Er verschwand eilig aus meinem Aktionsradius.

»Es sind so nette Freunde«, sagte Trudi gerade. Sie nickte Herta zu und deutete auf die Tasche, die sie in der Hand trug. »Wenn Herta und ich hierher kommen, dann bringen wir ihnen morgens immer Essen und Kaffee hinaus aufs Feld.« Spontan fuhr sie fort: »Kommen Sie doch mit, Maggie.« Und als Maggie zögerte, fragte sie ängstlich: »Sie sind doch meine Freundin, oder?«

»Natürlich, aber ...«

»Es sind so nette Leute«, sagte Trudi bittend. »Sie sind so glücklich. Sie machen Musik. Wenn wir sehr brav sind, werden sie vielleicht den Heutanz für uns tanzen.«

»Den Heutanz?«

»Ja, Maggie. Den Heutanz. Bitte, Maggie. Ihr seid doch alle meine Freunde. Bitte kommen Sie mit. Mir zuliebe, Maggie?«

»Also schön.« lachte Maggie widerwillig. »Ihnen zuliebe, Trudi. Aber ich kann nicht lange bleiben.«

»Ich mag Sie schrecklich gern, Maggie.« Trudi drückte Maggies Arm. »Ich mag Sie ganz schrecklich gern.«

Die drei verließen gemeinsam den Laden. Ich wartete eine Weile, dann trat auch ich hinaus. Sie waren bereits fünfzig Meter entfernt, an dem Gebäude vorbei, das Maggie hatte beobachten sollen, und schon mitten im Feld. Die Frauen, die das Heu trockneten, waren mindestens sechshundert Meter weit weg. Sie waren dabei, den ersten Heuhaufen aufzuschichten, und zwar ganz in der Nähe eines Heuschobers, der auch aus dieser Entfernung ziemlich alt und baufällig aussah. Ich konnte das Schnattern von Stimmen hören, während die drei über das gemähte Heu hinausgingen, und das Geschnatter schien fast ausschließlich von Trudi zu kommen, die wieder bei ihrem alten Spiel angelangt war, wie ein kleines Schaf herumzutollen. Trudi lief nie, sie hüpfte immer.

Ich folgte ihnen, aber ich hüpfte nicht. Eine Hecke verlief am Rand des Feldes, und ich achtete darauf, daß sie zwischen mir und Herta und den beiden Mädchen blieb, während ich in dreißig oder vierzig Meter Abstand hinter ihnen herging. Ich bezweifle nicht, daß meine Art der Fortbewegung ebenso seltsam aussah wie die Trudis, denn die Hecke war nicht mehr als einen Meter fünfzig hoch, und den größten Teil der sechshundert Meter legte ich so vorgebeugt zurück, daß ich ausgesehen haben muß wie ein Siebzigjähriger, der an einem kapitalen Hexenschuß leidet. Schließlich erreichten die drei den alten Heuschober und setzten sich an der Westseite auf den Boden, wo die ständig heißer werdende Sonne sie nicht traf. Ich schlich mich von der anderen Seite her an den Schober heran und betrat ihn durch eine Seitentür.

Mein Urteil über die Scheune war richtig gewesen. Sie mußte mindestens hundert Jahre alt sein und war wirklich in einem sehr baufälligen Zustand. Die Fußbodenbretter hingen durch, die hölzernen Wände wölbten sich fast überall, wo sie dazu Gelegenheit hatten, und einige der Spalten zwischen den horizontalen Planken, die ursprünglich Luft durchlassen sollten, hatten sich soweit vergrößert, daß man beinahe den Kopf hindurchstecken konnte. Es gab auch einen Heuboden, dessen Boden so aussah, als würde er jeden Moment herunterfallen: Er war verfault und gesplittert und von Holzwürmern zerfressen. Sogar ein englischer Immobilienmakler hätte Schwierigkeiten gehabt, dieses Haus aufgrund seines Wertes als Antiquität zu verkaufen. Es sah nicht so aus, als könne der Boden eine normalgebaute Maus tragen, geschweige denn mein Gewicht, aber der untere Teil der Scheune war nicht geeignet für Beobachtungen, und außerdem hatte ich keine Lust, durch eine dieser Spalten ins Freie zu spähen und zu entdecken, daß in vier Zentimeter Entfernung jemand durch den gleichen Spalt zu mir hereinspähte. Also betrat ich widerwillig die wacklige Treppe.

Der Heuboden, dessen Ostteil noch voll mit dem Heu vom letzten Jahr war, war auf jedem Quadratzentimeter so gefährlich wie er aussah, aber ich setzte meine Füße vorsichtig voreinander und näherte mich der Westwand der Scheune. In diesem Teil des Schuppens gab es eine noch bessere Auswahl von Spalten zwischen den Brettern, und schließlich fand ich eine, die für meine Zwecke geradezu ideal war. Sie war zwölf Zentimeter breit und gestattete eine ausgezeichnete Aussicht. Ich

konnte direkt unter mir die Köpfe von Maggie, Trudi und Herta sehen. Ich konnte die Bauersfrauen sehen, etwa ein Dutzend im ganzen, die unermüdlich und geschickt einen Heuhaufen aufschichteten. Die Zähne ihrer Heugabeln mit den langen Stielen glitzerten in der Sonne. Ich konnte sogar einen Teil des Dorfes sehen, einschließlich des größten Teils des Parkplatzes. Ich hatte ein unbehagliches Gefühl und konnte mir nicht erklären weshalb: Die Szene da draußen war idyllisch, daß sogar einem Schreiber von Hirtengedichten das Herz im Leibe gelacht hätte. Ich glaube, der Ursprung dieser seltsamen Anspannung lag in der unwahrscheinlichsten Quelle, nämlich den Bauersfrauen selbst, denn nicht einmal hier, in ihrer gewohnten Umgebung, sahen diese fließenden gestreiften Gewänder, die herrlich bestickten Kleider und die schneeweißen Schleierhüte ganz natürlich aus. Sie hatten etwas sehr Bühnenhaftes Unwirkliches. Ich hatte beinahe das Gefühl, als sähe ich ein Schauspiel, das extra für mich inszeniert worden war.
Etwa eine halbe Stunde verging, während der die Bauersfrauen unermüdlich arbeiteten und die drei, die unter mir saßen, sich nur sporadisch unterhielten. An einem Tag wie diesem, warm und still und friedlich, in einer Umgebung, in der die einzigen Geräusche das Sausen der Heugabeln und das entfernte Summen von Bienen waren, schien Konversation unnötig. Ich fragte mich, ob ich es wagen könnte, eine Zigarette zu rauchen und entschied mich dafür. Ich suchte in der Tasche meines Jacketts nach Streichhölzern, legte meinen Mantel auf den Boden, plazierte die Waffe darauf und zündete mir eine Zigarette an, wobei ich darauf achtete, daß kein Rauch durch die Spalten zwischen den Planken nach außen drang.
Nach einiger Zeit warf Herta einen Blick auf ihre Armbanduhr, die die Größe eines Küchenweckers hatte, und sagte etwas zu Trudi, die aufstand, Maggie eine Hand entgegenstreckte und sie auf die Füße zog. Gemeinsam gingen sie auf die Bauersfrauen zu, voraussichtlich, um sie zu ihrer Vormittagspause zu holen, denn Herta breitete ein kariertes Tuch auf dem Boden aus, stellte Tassen darauf und wickelte Essen aus zusammengefalteten Servietten.
Eine Stimme hinter mir sagte: »Versuchen Sie nicht, nach Ihrer Waffe zu greifen. Wenn Sie es tun, werden Sie nicht lange genug leben, um sie zu erreichen«.

Ich glaubte der Stimme. Ich griff nicht nach meiner Waffe.
»Drehen Sie sich langsam um.«
Ich drehte mich langsam um. In der Stimme war etwas, das mich zu unbedingtem Gehorsam zwang.
»Treten Sie drei Schritte von der Waffe weg. Nach links.«
Ich konnte niemanden sehen. Aber hören konnte ich hervorragend. Ich trat drei Schritte zurück. Nach links.
In dem Heu auf der anderen Seite des Heubodens bewegte sich etwas, und dann kamen zwei Gestalten hervor: Reverend Thaddeus Goodbody und Marcel, der schlangenähnliche Dandy, den ich im *Balinova* zusammengeschlagen und in den Safe gesperrt hatte. Goodbody hatte keine Waffe in der Hand, aber das hatte er auch gar nicht nötig: Die Bleispritze, die Marcel bei sich hatte, war so groß wie zwei normale Waffen und – nach dem Glitzern in den flachen, schwarzen, starren Augen zu urteilen suchte er eifrig nach dem winzigsten Anlaß, der es ihm gestatten würde, sie zu benützen. Und es ermutigte mich auch nicht, daß auf die Waffe ein Schalldämpfer gesetzt worden war: Das bedeutete, daß es ihnen egal war, wie oft sie auf mich schossen, hören würde keiner etwas.
»Verdammt heiß hier drin«, beschwerte sich Goodbody. »Und das Heu kitzelt so scheußlich.« Er lächelte auf eine Art, die in Kindern den Wunsch weckte, ihn an der Hand zu nehmen. »Ihre Fahrgäste bestellen Sie zu den unerwartetsten Orten, mein lieber Sherman.«
»Meine Fahrgäste?«
»Nun, wenn ich mich recht erinnere, gaben Sie das letzte Mal an, Sie seien Taxichauffeur.«
»Ach, neulich. Ich wette, Sie haben mich nicht bei der Polizei angezeigt.«
»Ich habe es mir noch einmal überlegt«, gab Goodbody großzügig zu. Er ging zu der Stelle hinüber, an der meine Waffe lag, hob sie angewidert auf, und warf sie ins Heu. »Grausame, unangenehme Waffen.«
»Ja, da haben Sie recht«, stimmte ich zu. »Sie ziehen es vor, Ihre Morde auf feinere Weise durchzuführen.«
»Was ich Ihnen gleich demonstrieren werde.« Goodbody machte sich nicht die Mühe, leise zu sprechen, aber das war auch nicht nötig, die Bauersfrauen waren mit ihrem zweiten Frühstück beschäftigt, und sogar mit vollem Mund schienen sie alle in der Lage zu sein, gleichzeitig zu reden. Goodbody ging zu dem Heuhaufen hinüber, buddelte eine Segel-

tuchtasche aus und entnahm ihr ein Seil. »Sei auf der Hut, mein lieber Marcel. Wenn Mr. Sherman die geringste Bewegung macht, wie harmlos sie auch erscheinen mag, schieß auf ihn. Aber bring ihn nicht um. Schieß in den Oberschenkel.

Marcel leckte sich die Lippen. Ich hoffte, er würde die Bewegung meines Hemdes, hervorgerufen durch das beschleunigte Hämmern meines Herzens, nicht als eine Bewegung werten, die man als verdächtig ansehen konnte. Goodbody näherte sich umsichtig von hinten, wand das Seil fest um mein rechtes Handgelenk, ließ es über einen Dachbalken laufen und band es — nach einer mir unnötig lang erscheinenden Zeit des Zurechtrückens — an meinem linken Handgelenk fest. Meine Hände hingen auf der Höhe meiner Ohren. Goodbody brachte noch ein zweites Seil zum Vorschein.

»Von meinem Freund Marcel weiß ich, daß Sie über eine gewisse Fingerfertigkeit verfügen«, sagte Goodbody im Plauderton. »Es könnte ja sein, daß Sie mit den Füßen ebenso geschickt sind.« Er bückte sich und band meine Füße mit einer Begeisterung zusammen, die reichlich ungesund für meinen Kreislauf war. »Außerdem könnte es sein, daß Sie es für nötig halten würden, etwas zu dem Schauspiel zu äußern, dessen Zeuge Sie gleich sein werden. Wir würden es vorziehen, wenn Sie keinen Kommentar dazu abgäben.« Er stopfte mir ein schmuddeliges Taschentuch in den Mund und sicherte den Knebel, indem er noch ein Taschentuch darüber band. »Findest du das so in Ordnung, Marcel?«

Marcels Augen leuchteten. »Ich habe von Mr. Durrell eine Nachricht an Sherman zu überbringen.«

»Nun, nun, mein Lieber, nur nichts überstürzen. Später, später. Im Augenblick wollen wir, daß unser Freund im Vollbesitz seiner sämtlichen Kräfte und Sinne ist, ohne getrübte Sehkraft, ohne beschädigte Trommelfelle, ohne beeinträchtigten Verstand, damit er die künstlerischen Nuancen des Unterhaltungsprogramms, das wir ihm zuliebe arrangiert haben, auch richtig genießen und würdigen kann.«

»Natürlich, Mr. Goodbody«, sagte Marcel gehorsam. Er leckte sich wieder die Lippen. Es war ekelhaft. »Aber danach . . .«

»Nachher«, sagte Goodbody großzügig, »nachher darfst du so viele Nachrichten überbringen, wie du willst. Aber vergiß nicht — ich will, daß er noch lebt, wenn die Scheune heute abend niederbrennt. Es ist ein

Jammer, daß wir das farbenprächtige Schauspiel nicht aus nächster Nähe beobachten können.« Er sah richtig traurig aus. »Sie und diese bezaubernde junge Dame da draußen – wenn man Ihre verkohlten Überreste zwischen der Asche findet – nun, ich bin sicher, man wird gewisse Schlüsse ziehen, die auf einen sorglosen Traum einer jungen Liebe zielen. In einer Scheune zu rauchen, wie Sie es gerade getan haben, ist sehr unklug. Wirklich, sehr unklug. Adieu, Mr. Sherman, ich sage mit Absicht nicht ›auf Wiedersehen‹. Ich glaube, ich muß mir den Heutanz aus nächster Nähe ansehen. Es ist so ein hübscher alter Brauch. Ich bin sicher, daß Sie mir darin zustimmen werden.«

Er ging und ließ Marcel zurück, der sich unentwegt die Lippen leckte. Ich war nicht gerade begeistert, mit Marcel allein gelassen zu werden, aber das spielte in meinen Gedanken im Augenblick nur eine sehr untergeordnete Rolle. Ich drehte mich um und schaute durch den Spalt zwischen den Brettern hinaus. Die Bauersfrauen waren mit dem Frühstück fertig und rappelten sich hoch. Trudi und Maggie befanden sich direkt unter mir.

»Waren die Kuchen nicht gut, Maggie?« fragte Trudi. »Und der Kaffee?«

»Sehr gut, Trudi, wirklich sehr gut. Aber ich bin schon viel zu lange hier. Ich habe einige Einkäufe zu machen. Ich muß jetzt gehen.« Maggie schwieg. Dann hob sie den Kopf. »Was ist das?«

Zwei Akkordeons hatten zu spielen begonnen, einschmeichelnd und leise. Ich konnte keinen der Musikanten sehen. Die Musik schien von der anderen Seite des Heuhaufens zu kommen, den die Bäuerinnen gerade vorher fertig aufgeschichtet hatten.

Trudi sprang auf die Füße und klatschte aufgeregt in die Hände. Sie streckte Maggie eine Hand entgegen und zog sie an sich.

»Das ist der Heutanz!« rief Trudi, begeistert wie ein Kind an seinem Geburtstag. »Der Heutanz! Sie werden den Heutanz tanzen! Sie müssen sie auch gern haben, Maggie. Sie tanzen ihn für Sie, Maggie! Sie sind jetzt auch ihre Freundin.«

Die Bauersfrauen, alle in mittleren Jahren oder älter, deren Gesichter fast beängstigend ausdruckslos waren, begannen sich mit schwerfälliger Präzision zu bewegen. Sie schulterten ihre Heugabeln wie Gewehre, stellten sich in einer geraden Linie auf und begannen, plump vor- und zurückzutrampeln. Ihre mit Bändern versehenen Zöpfe schwangen im Rhythmus der Musik, die jetzt in größerer Lautstärke erklang. Sie drehten sich unbeholfen um sich selbst, dann nahmen sie ihr rhythmisches Getrampel wieder auf. Ich sah, daß aus der geraden Linie allmählich ein halbmondförmiger Bogen wurde.

»So einen Tanz habe ich noch nie gesehen.« Maggies Stimme klang verwirrt. Auch ich hatte einen solchen Tanz noch nie gesehen, und ich wußte mit einer entsetzlichen Gewißheit, die mir das Blut in den Adern gefrieren ließ, daß ich auch nie wieder den Wunsch haben würde, einen zu sehen und daß ich – wie es im Augenblick schien – nie mehr die Gelegenheit dazu haben würde. Trudi gab meine Gedanken wieder, aber dieser seltsame tiefere Sinn entging Maggie.

»Und Sie werden auch nie wieder einen solchen Tanz sehen, Maggie,« sagte sie. »Sie fangen erst an. Oh Maggie, sie müssen Sie wirklich gern haben – sehen Sie, sie wollen, daß Sie mitmachen!«

»Ich?«

»Ja, Maggie. Sie haben Sie gern. Manchmal wollen sie, daß ich mitmache. Heute sind Sie dran.«

»Ich muß gehen, Trudi.«

»Bitte, Maggie. Nur einen Moment. Sie müssen gar nichts tun. Sie stehen ihnen einfach nur gegenüber. Bitte, Maggie. Es wird sie kränken, wenn Sie es nicht tun.«

Maggie lachte protestierend und resigniert. »Also schön.«

Sekunden später stand eine widerwillige und sehr verwirrte Maggie im Brennpunkt, während mit Heugabeln bewaffnete Bauersfrauen sich in einem Halbkreis auf sie zu und wieder von ihr weg bewegten. Allmählich änderten sich Form und Tempo des Tanzes, und die Bewegungen wurden immer schneller. Die Frauen bildeten jetzt einen vollkommenen Kreis um Maggie. Er zog sich zusammen und dehnte sich aus, die Frauen beugten sich schwerfällig, wenn sie ganz nah an Maggie herantraten und warfen die Köpfe und die Zöpfe zurück, wenn sie sich wieder stampfend zurückzogen.

Goodbody kam in mein Blickfeld. Sein Lächeln war leicht amüsiert und liebenswürdig, während er genüßlich den hübschen alten Tanz betrachtete. Er stand neben Trudi und legte eine Hand auf ihre Schulter. Sie lächelte erfreut zu ihm auf.

Ich fühlte, daß etwas Entsetzliches geschehen würde. Ich wollte die Augen abwenden, aber wenn ich das getan hätte, wäre es gewesen, als gäbe ich Maggie auf, und ich konnte Maggie niemals aufgeben. Aber nur Gott allein wußte, daß ich ihr jetzt auch nicht helfen konnte. Bestürzung und Verwirrung lag auf ihrem Gesicht. Und mehr als eine Andeutung von Unbehaglichkeit. Sie sah durch eine Lücke zwischen zwei Frauen ängstlich zu Trudi hinüber. Trudi lächelte strahlend und winkte ihr fröhlich und ermutigend zu.
Plötzlich änderte sich die Musik. Was ein sanftes, geträllertes Tanzlied gewesen war — wenn auch mit einem leichten Einschlag von Marschmusik — wurde unvermittelt lauter, als es sich in eine vollkommen andere Art von Musik verwandelte, in etwas, das über das Militärische hinausging, in etwas, das rauh und primitiv und roh und gewalttätig war. Die Frauen, deren Kreis wieder seinen größten Durchmesser erreicht hatte, stampften von neuem nach innen. Von meinem erhöhten Posten aus konnte ich Maggie immer noch sehen. Ihre Augen waren weitaufgerissen, und nackte Angst stand in ihnen. Sie neigte sich nach einer Seite, um hilfesuchend zu Trudi hinüberzuschauen. Aber von Trudi war keine Rettung zu erwarten. Ihr Lächeln war verschwunden, ihre behandschuhten Hände waren ineinander verkrampft, und sie leckte sich langsam und obszön die Lippen. Ich drehte mich nach Marcel um, der das gleiche tat. Aber er hatte immer noch seine Waffe auf mich gerichtet und beobachtete mich ebenso aufmerksam wie das Schauspiel, das draußen stattfand. Ich konnte nichts tun. Die Frauen trampelten jetzt wieder auf Maggie zu. Ihre Mondgesichter hatten die Ausdruckslosigkeit verloren und waren mitleidlos und unversöhnlich, und die Angst in Maggies Augen wurde von namenlosem Entsetzen abgelöst. Die Musik wurde lauter und unmelodischer. Dann nahmen die Frauen plötzlich mit militärischer Exaktheit alle gleichzeitig die Heugabeln von den Schultern und senkten sie, bis die Zinken genau auf Maggie zeigten. Sie schrie, und schrie noch einmal, aber ihr Schrei war durch das irrsinnige Crescendo der Akkordeons kaum zu hören. Und dann war Maggie unten, und Gott sei Dank konnte ich nur die Rücken der Frauen und die Heugabeln sehen, die immer und immer wieder hoch kamen und hinuntersausten und krampfhaft auf etwas einstachen, das jetzt bewegungslos auf dem Boden lag. Einen Augenblick lang konnte ich nicht mehr hin-

schauen. Ich mußte mich abwenden, und da war Trudi, deren Hände sich unaufhörlich öffneten und schlossen und auf deren fasziniertem Gesicht ein scheußlich tierischer Ausdruck lag. Und neben ihr stand Reverend Goodbody, so fromm und wohlwollend wie immer, aber sein Gesichtsausdruck strafte seine starren Augen Lügen. Kranke Gehirne, böse Gehirne, die schon vor langer Zeit die Grenzen des Normalen überschritten hatten.

Ich zwang mich, meine Augen wieder dem Schauspiel zuzuwenden, als die Musik langsam abebbte und ihren ursprünglichen, atavistischen Klang verlor. Die wahnsinnigen Bewegungen der Frauen wurden langsamer, sie hörten auf zu stechen, und dann trat eine der Bäuerinnen zur Seite und nahm eine Gabel voll Heu auf. Für einen Augenblick sah ich eine zusammengesunkene Gestalt mit einer ehemals weißen Bluse auf den Stoppeln liegen, dann wurde sie von einer Gabel Heu bedeckt. Dann folgte noch eine Gabel voll Heu, und noch eine, und während die beiden Akkordeons, jetzt wieder leise und zart, sehnsüchtig von dem alten Wien erzählten, schichteten sie einen Heuhaufen über Maggie auf. Dr. Goodbody und Trudi, die jetzt wieder lächelte und fröhlich schnatterte, gingen Arm in Arm in Richtung auf das Dorf davon. Marcel löste seinen Blick von der Spalte zwischen den Brettern und seufzte. »Dr. Goodbody kann derartige Dinge großartig arrangieren, finden Sie nicht? Dieses Einfühlungsvermögen, der Zeitpunkt, der Ort, die Atmosphäre – ausgezeichnet gemacht, wirklich ausgezeichnet.« Der schön modulierte Oxbridge-Akzent, der aus dem Mund der Schlange kam, war nicht weniger widerlich als die Formulierungen, die er gebrauchte. Er war wie die übrigen: völlig wahnsinnig.

Er näherte sich mir vorsichtig von hinten, löste das Taschentuch, das Goodbody mir um den Kopf gebunden hatte, und nahm mir den dreckigen Klumpen aus dem Mund. Ich glaubte nicht, daß er das aus Menschenfreundlichkeit tat, und ich hatte recht. Er sagte spontan: »Wenn Sie schreien sollten, möchte ich es hören. Ich glaube nicht, daß die Damen da draußen sich darum kümmern werden.«

Davon war ich ebenfalls überzeugt. Ich sagte: »Es überrascht mich, daß Dr. Goodbody sich losreißen konnte.« Meine Stimme klang mir völlig fremd: Sie war heiser und gepreßt, und ich hatte Schwierigkeiten, Worte zu bilden, als sei mein Kehlkopf kaputt.

Marcel lächelte: »Dr. Goodbody hat in Amsterdam wichtige Dinge zu erledigen. Sehr wichtige Dinge.«
»Und wichtige Dinge, die er von hier nach Amsterdam bringen muß.«
»Zweifellos.« Er lächelte wieder, und ich konnte beinahe sehen, wie ihm der Kamm schwoll. »Üblicherweise, mein lieber Sherman, ist es Brauch, daß eine Person in meiner Stellung einer Person in ihrer Lage, die verloren ist, in allen Einzelheiten erklärt, in welchen Dingen das Opfer sich geirrt hat. Aber abgesehen von der Tatsache, daß die Liste ihrer Irrtümer zu lang ist, um sie herunterzubeten, kann ich mir die Mühe sowieso nicht machen. Also kommen wir zur Sache, okay?«
»Zur Sache?« Jetzt ist es also soweit, dachte ich, aber es machte mir nichts aus, es schien plötzlich völlig unwichtig.
»Zu der Nachricht von Mr. Durrell, natürlich.« Schmerz schnitt wie ein Metzgermesser durch meinen Kopf und meine Wange, als er mir den Lauf seiner Waffe darüberzog. Ich glaubte, mein linker Wangenknochen sei gebrochen, doch ich war nicht sicher. Aber meine Zunge sagte mir, daß mindestens zwei meiner Zähne unrettbar gelockert waren.
»Mr. Durrell«, sagte Marcel vergnügt, »sagte mir, ich solle Ihnen ausrichten, daß er es nicht schätzt, mit einer Pistole geschlagen zu werden.« Jetzt nahm er sich die rechte Seite meines Gesichts vor, und obwohl ich den Schlag kommen sah und versuchte, meinen Kopf zurückzuwerfen, konnte ich ihm nicht ausweichen. Diesmal tat es nicht ganz so weh, aber ich wußte, daß ich schwer verletzt war, denn meine Augen versagten momentan den Dienst, und dann folgte ein grelles weißes Licht, das direkt vor meinen Augen zu explodieren schien. Mein Gesicht brannte, mein Kopf schien zu zerspringen, aber mein Verstand arbeitete seltsam klar. Noch ein paar solcher gezielter Schläge, und sogar ein Schönheitschirurg würde nur noch bedauernd den Kopf schütteln. Aber viel wichtiger war, daß ich, wenn diese Behandlung noch kurze Zeit andauerte, das Bewußtsein verlieren würde, vielleicht für Stunden. Es schien überhaupt nur eine Hoffnung zu geben: Ich mußte den Schläger irritieren. Ich spuckte einen Zahn aus und sagte: »Weichling.«
Aus irgendeinem Grund traf ihn das. Die Schicht der aufgesetzten Liebenswürdigkeit konnte von Anfang an nicht dicker gewesen sein als die Haut einer Zwiebel, und jetzt wurde sie abgeschält, sie verschwand in einem Augenblick, und was übrigblieb, war ein wilder Berserker ohne

Verstand, der mich mit der unmenschlichen, grundlosen und brutalen Wut eines Wahnsinnigen angriff, der er wahrscheinlich auch war. Schläge regneten von allen Seiten auf meinen Kopf und meine Schultern, Schläge von seiner Waffe und von seinen Fäusten, und als ich versuchte, mich so gut ich konnte mit den Unterarmen zu schützen, verlegte er seinen wahnsinnigen Angriff auf meinen Körper. Ich stöhnte, verdrehte die Augen, meine Beine gaben unter mir nach, und ich wäre zusammengebrochen, wenn ich dazu in der Lage gewesen wäre. So aber hing ich nur schlaff an dem Seil, das meine Handgelenke fesselte. Zwei oder drei qualerfüllte Sekunden verstrichen, bevor er sich soweit erholt hatte, daß er erkannte, daß er nur seine Zeit verschwendete: Von Marcels Standpunkt aus gesehen hatte es wenig Sinn, einen Menschen zu bestrafen, der bereits in einem Zustand war, in dem er die Bestrafung nicht mehr fühlte. Er stieß einen seltsamen Laut aus, der wahrscheinlich mehr Enttäuschung als irgend etwas anderes ausdrückte, dann stand er schweratmend da. Ich konnte mir nicht vorstellen, was er sich als nächstes überlegte, denn ich wagte nicht, die Augen zu öffnen.

Ich hörte, daß er sich ein wenig von mir weg bewegte und riskierte einen kurzen Blick aus dem Augenwinkel. Der Wahnsinnsanfall war vorüber, und Marcel, der offensichtlich ebenso opportunistisch wie sadistisch war, hatte mein Jackett aufgehoben und durchsuchte die Taschen zwar hoffnungsvoll, aber ohne Erfolg, denn Brieftaschen, die man in die innere Brusttasche gesteckt hat, fallen unweigerlich heraus, wenn man die Jacke über dem Arm trägt, und deshalb hatte ich klugerweise meine Brieftasche mit dem Geld, meinen Paß und den Führerschein in meine Hüfttasche verstaut. Marcel brauchte nicht lange, um den richtigen Schluß zu ziehen, denn nach ein paar Sekunden hörte ich seine Schritte und spürte, wie meine Brieftasche aus meiner Hüfttasche gezogen wurde.

Er stand jetzt neben mir. Ich konnte ihn zwar nicht sehen, aber ich spürte es. Ich stöhnte und schwang hilflos an dem Seil herum, mit dem ich an den Dachbalken gebunden war. Meine Beine hingen schwach nach hinten, der obere Teil meiner Schuhspitzen berührte den Boden. Ich öffnete die Augen einen Spalt breit.

Seine Füße befanden sich nicht mehr als einen Meter von mir entfernt. Für einen Sekundenbruchteil blickte ich auf. Marcel war voller Konzentration und angenehm überrascht, als er die beträchtliche Summe, die ich in meiner Brieftasche hatte, in seine Tasche transferierte. Er hielt die Brieftasche in der linken Hand, während die Waffe an der Abzugssicherung lose an dem verkrümmten Mittelfinger derselben Hand baumelte. Er war so versunken, daß er nicht sah, wie ich die Hände hob, um mich in den Seilen zurechtzurücken.

Ich knickte meinen Körper in der Mitte zusammen und warf mich nach vorn und gleichzeitig nach oben, mit all dem Schmerz und der Wut und dem Haß, der in mir war, und ich glaube nicht, daß Marcel meine Füße sah, die wie eine Sense heransausten. Er gab keinen Laut von sich, warf sich nur ebenso nach vorn, wie ich es getan hatte, fiel gegen mich und glitt langsam zu Boden. Er lag da, und sein Kopf rollte von einer Seite auf die andere. Ob das ein Reflex war oder eine bewußte Reaktion eines Körpers, der ansonsten in einem Todeskampf erstarrt war, konnte ich nicht sagen, aber ich konnte es mir auf keinen Fall leisten, ein Risiko einzugehen.

Ich richtete mich erneut auf, trat so weit zurück, wie meine Fesseln es erlaubten und ging wieder auf ihn los. Ich war etwas überrascht, daß sein Kopf auf seinen Schultern blieb. Es war nicht gerade die feine Art, aber schließlich hatte ich es auch nicht mit feinen Leuten zu tun. Die Waffe hing immer noch an seinem linken Mittelfinger. Ich zog sie mit den Schuhspitzen herunter. Ich versuchte, die Waffe zwischen meinen Schuhen zu halten, aber der Reibungskoeffizient zwischen dem Metall und dem Leder war zu gering, und so entglitt sie mir immer wieder. Ich zog mir die Schuhe aus, indem ich die Fersen in den Boden rammte, und dann entledigte ich mich auf die gleiche – in diesem Fall noch mühevollere Weise – meiner Socken. Ich schürfte mir bei diesem Unternehmen eine beträchtliche Menge Haut ab und zog mir auch jede Menge Splitter ein, aber ich spürte keinen wirklichen Schmerz. Der Schmerz auf meinem Gesicht machte die anderen Kleinigkeiten so unbedeutend, daß ich sie fast überhaupt nicht merkte.

Mit nackten Füßen konnte ich die Waffe ausgezeichnet fassen. Indem ich die Fußsohlen eng aneinanderpreßte, hob ich die beiden Enden des Seiles gemeinsam auf, und hievte mich hoch, bis ich den Dachbalken erreichte. Dadurch hatte ich einen Meter zwanzig schlaffes Seil zur Verfügung, mehr als genug. Ich hing an meiner linken Hand, griff mit der rechten nach unten und schlug die Beine übereinander. Und dann hatte ich die Waffe in der Hand.

Ich ließ mich auf den Boden hinunter, hielt das Seil, das mein linkes Handgelenk fesselte, straff gespannt und drückte die Mündung der Waffe dagegen. Der erste Schuß schnitt es so sauber auseinander wie ein Messer. Ich löste sämtliche Knoten, die mich fesselten, riß das Vorderteil von Marcels schneeweißem Hemd ab, um mein blutiges Gesicht und den Mund abzuwischen, nahm mein Geld und meine Brieftasche wieder an mich und ging. Ich wußte nicht, ob Marcel tot oder lebendig war, für mich sah er sehr tot aus, aber ich war nicht interessiert genug, um es nachzuprüfen.

ZWÖLFTES KAPITEL

Es war bereits früher Nachmittag, als ich in Amsterdam ankam, und die Sonne, die auf das Schauspiel heruntergeschienen hatte, das Maggie das Leben gekostet hatte, hatte sich symbolhaft verkrochen. Schwere schwarze Wolken zogen von der Zuider Zee her am Himmel auf. Ich hätte die Stadt schon eine Stunde früher erreichen können, aber der Arzt in der Ambulanzabteilung des Vorortkrankenhauses, in dem ich Zwischenstation gemacht hatte, um mein Gesicht verbinden zu lassen, hatte Fragen über Fragen gestellt und war verärgert gewesen, als ich darauf bestand, daß Heftpflaster — zugegebenermaßen eine ganze Menge davon — alles war, was ich im Augenblick brauchte, und daß Nähte und meterweise weiße Verbände Zeit bis später hatten. Mit all den Pflastern und Abschürfungen und dem halbgeschlossenen linken Auge muß ich wie der einzige Überlebende eines Zugunglücks ausgesehen haben, aber wenigstens war es nicht so schlimm, daß Kinder kreischend zu ihren Müttern flüchteten.

Ich parkte das Polizeitaxi nicht weit von einer Garage, die Wagen vermietete, und es gelang mir, den Besitzer dazu zu überreden, mir einen kleinen schwarzen Opel zur Verfügung zu stellen. Er war nicht sehr begeistert, denn mein Gesicht sah zerschlagen genug aus, um bei anderen Zweifel über meine Fahrkünste aufkommen zu lassen, aber schließlich willigte er doch ein. Als ich losfuhr, fielen die ersten Regentropfen. Ich hielt bei dem Polizeitaxi, nahm Astrids Handtasche und für alle Fälle auch noch zwei Paar Handschellen heraus und setzte meinen Weg fort. Ich parkte den Wagen in einer mir mittlerweile schon altbekannten Seitenstraße und ging hinunter zum Kanal. Ich streckte den Kopf um die Ecke und zog ihn hastig wieder zurück: Beim nächsten Mal riskierte ich nur noch vorsichtig ein Auge.

Vor der Tür der Kirche der Amerikanischen Hugenotten-Gesellschaft parkte ein schwarzer Mercedes, dessen geräumiger Kofferraum offenstand. Zwei Männer hoben eine offensichtlich sehr schwere Kiste hinein. Zwei oder drei weitere ähnliche Kisten befanden sich bereits in dem Kofferraum. Einen der Männer erkannte ich sofort als Reverend Goodbody. Auch den anderen Mann, dünn, von mittlerer Größe, mit schwarzen Haaren und einem sehr dunklen Gesicht, gekleidet in einen dunklen Anzug, erkannte ich augenblicklich: Es war der brutale Mann, der auf dem Flughafen Schiphol Jimmy Duclos erschossen hatte. Für einen Augenblick vergaß ich die Schmerzen auf meinem Gesicht. Ich war nicht gerade überglücklich, diesen Kerl wiederzusehen, aber ich war auch alles andere als betrübt, denn er war nie ganz aus meinen Gedanken verschwunden gewesen. Der Kreis schloß sich allmählich.

Sie stolperten mit einer weiteren Kiste aus der Kirche, verstauten sie und machten den Kofferraum zu. Ich kehrte zu meinem Opel zurück, und als ich damit zum Kanal hinunter kam, waren Goodbody und der dunkle Mann mit dem Mercedes bereits hundert Meter weit weg. Ich folgte in diskretem Abstand.

Es regnete jetzt stark. Der schwarze Mercedes fuhr nach Westen und dann nach Süden, quer durch die Stadt. Obwohl es noch nicht einmal später Nachmittag war, bedeckten so schwarze Gewitterwolken den Himmel, daß es schien, als bräche bereits die Dämmerung herein. Mich störte das nicht, es war ideal, wenn man jemanden beschatten mußte: In Holland ist es Pflicht, bei starkem Regen die Scheinwerfer einzuschalten, und dadurch sah jedes Auto wie eine dunkle formlose Masse aus.

Wir ließen die letzten Vororte hinter uns und fuhren ins offene Land hinaus. Unsere Fahrt hatte nichts von einer wilden Verfolgungsjagd. Goodbody fuhr — obwohl er am Steuer eines schnellen Wagens saß —

in sehr gemäßigtem Tempo, was in Anbetracht des großen Gewichtes, das im Kofferraum des Wagens lag, nicht weiter verwunderlich war. Ich achtete genau auf die Hinweisschilder, und nach kurzer Zeit hatte ich keinen Zweifel mehr über das Ziel der Fahrt: Aber meine Zweifel waren von Anfang an nicht echt gewesen.

Ich hielt es für klüger, früher als Goodbody und der dunkle Mann an unserem gemeinsamen Bestimmungsort zu sein und holte auf, bis ich nur noch zwanzig Meter hinter dem Mercedes lag. Es bestand keine Gefahr, daß Goodbody mich in seinem Rückspiegel erkannte, denn seine Hinterreifen warfen einen so dichten Sprühregen auf, daß er unmöglich mehr sehen konnte als ein paar verwischte Scheinwerfer. Ich wartete, bis ich ein Stück gerader Straße vor mir sah, scherte aus und beschleunigte. Als ich auf gleicher Höhe mit dem Mercedes war, warf Goodbody einen kurzen, uninteressierten Blick auf den Wagen, der ihn überholte, und wandte seine Aufmerksamkeit dann wieder der Straße zu. Ich hatte sein Gesicht nur als blassen Schatten gesehen, und der Regen war so stark und der Wasserschleier, den die beiden Wagen hochwarfen, so dicht, daß er mich nicht erkannt haben konnte. Ich zog an dem Wagen vorbei und fuhr mit unverminderter Geschwindigkeit auf der rechten Spur weiter.

Drei Kilometer weiter kam rechts eine Abzweigung, an der ein Schild stand, auf dem ich »Kasteel Linden 1 Kilometer« las. Ich bog ab und kam nach einer Minute durch einen imposanten steinernen Bogen, in den die Worte »Kasteel Linden« eingemeißelt waren. Ich fuhr noch etwa zweihundert Meter weiter, dann fuhr ich von der Straße ab und parkte den Opel im Dickicht.

Ich würde wieder einmal sehr naß werden, aber ich schien keine große Auswahl an Alternativen zu haben. Ich verließ den Wagen und rannte über eine spärlich mit Bäumen bestandene Wiese, bis ich zu einem dichten Gürtel von Kiefern kam, der offensichtlich als eine Art Windfang für ein Haus diente. Ich ging sehr vorsichtig zwischen den Bäumen hindurch, und dann lag wirklich ein Haus vor mir: Kasteel Linden. Ohne mich um den Regen zu kümmern, der auf meinen ungeschützten Rücken herunterprasselte, streckte ich mich im Schutz des hohen Grases und einiger Büsche aus und sah mir die Anlage genauer an.

Direkt vor mir lag eine kiesbestreute Auffahrt, die rechts von mir in den Bogen mündete, durch den ich kurz vorher gefahren war. Hinter dem Kies lag Kasteel Linden selbst, ein rechteckiges, vierstöckiges Gebäude. Die unteren beiden Stockwerke hatten Fenster, die beiden oberen nur Schießscharten, und ganz oben wurde es nach echt mittelalterlicher Manier von Zinnen und Türmchen geziert. Um das Schloß herum zog sich ein Burggraben von viereinhalb Meter Breite, der — dem Fremdenführer nach — fast ebenso tief war. Alles, was fehlte, war eine Zugbrükke. Die Ösen für die Ketten waren jedoch noch immer fest in dem dicken Mauerwerk verankert. Statt dessen überspannte eine Treppe mit zwanzig breiten und flachen Steinstufen den Graben, die zu zwei massiven, geschlossenen Türen führte, die aus Eiche zu sein schienen. Links von mir stand, in etwa dreißig Metern Entfernung vom Schloß, ein rechteckiges, einstöckiges Ziegelgebäude, das offensichtlich erst vor ziemlich kurzer Zeit gebaut worden war. Der schwarze Mercedes erschien durch das Tor, knirschte über den Kies und hielt neben dem rechteckigen Haus. Während Goodbody im Wagen sitzenblieb, stieg der dunkle Mann aus und umrundete das Schloß. Goodbody war mir nie als ein Mann erschienen, der ein Risiko einging. Goodbody stieg aus, und gemeinsam brachten die beiden Männer den Inhalt des Kofferraums in das Haus. Die Tür war versperrt gewesen, aber offensichtlich hatte Goodbody den richtigen Schlüssel, und zwar keinen Dietrich. Nachdem sie die letzte Kiste hineingebracht hatten, schloß sich die Tür hinter ihnen.

Ich kam vorsichtig auf die Füße und ging im Schutz der Büsche so weit um das Haus herum, bis ich zu einer Seitenwand gelangte. Ebenso vorsichtig näherte ich mich dem Mercedes und schaute hinein. Aber es gab nichts Bemerkenswertes zu sehen — jedenfalls nicht das, was ich suchte. Mit noch größerer Vorsicht trat ich auf Zehenspitzen an ein Seitenfenster und spähte hindurch.

Das Innere war offensichtlich eine Kombination aus Werkstatt, Lagerraum und Verteilerzentrale. An den Wänden hingen entweder antike oder auf antik getrimmte Pendeluhren jeder Größe und Form und in allen denkbaren Mustern. Andere Uhren und eine große Auswahl von Einzelteilen lagen auf vier Arbeitstischen verteilt. Entweder sollten sie erst fertiggestellt, wieder zusammengebaut oder repariert werden. Am anderen Ende des Raumes lagen einige Holzkisten, die denen ähnlich waren, die Goodbody gerade mit dem dunklen Mann hereingebracht

hatte. Diese Kisten schienen mit Stroh gefüllt zu sein. Auf den Regalen über den Kisten lagen verschiedene andere Uhren, neben denen sich jeweils die dazugehörigen Pendel, Ketten und Gewichte befanden.
Goodbody und der dunkle Mann arbeiteten neben diesen Regalen. Ich beobachtete, wie sie in eine der offenen Kisten griffen und eine Reihe von Pendelgewichten herausholten. Goodbody hielt inne, zog ein Blatt Papier hervor und studierte es eingehend. Nach einiger Zeit deutete Goodbody auf einen Punkt auf dem Papier und sagte etwas zu dem dunklen Mann, der nickte und mit seiner Arbeit fortfuhr. Goodbody, noch immer die Augen unverwandt auf das Papier geheftet, verließ den Raum durch eine Seitentür und verschwand aus meinem Blickfeld. Der dunkle Mann beschäftigte sich mit einem anderen Papier und begann, eine Anzahl gleicher Gewichte nebeneinander hinzulegen.
Ich fragte mich gerade, wo Goodbody hingegangen sein mochte, als mir diese Frage auch schon beantwortet wurde. Seine Stimme klang direkt hinter mir auf.
»Ich freue mich sehr, daß Sie mich nicht enttäuscht haben, Mr. Sherman.«
Ich drehte mich langsam um. Wie vorauszusehen lächelte er sein unbescholtenes Lächeln und wie ebenso vorauszusehen, hatte er eine große Waffe in der Hand.
»Natürlich ist niemand unsterblich«, strahlte er, »aber Sie sind besonders zäh, das muß ich zugeben. Es ist schwer, einen Polizisten zu unterschätzen, aber in Ihrem Fall war ich wahrscheinlich zu nachlässig. Zweimal an einem Tag hatte ich gedacht, ich hätte mich von Ihrer Gegenwart befreit, die mir – das muß ich ebenfalls zugeben – allmählich ein wenig lästig wurde. Aber ich bin sicher, daß ich beim dritten Mal endgültig Glück haben werde. Sie hätten Marcel umbringen sollen, wissen Sie.«
»Habe ich das nicht getan?«
»Kommen Sie, kommen Sie, Sie müssen lernen, Ihre Gefühle zu verbergen und die Enttäuschung nicht durchkommen zu lassen. Er kam nur für einen Augenblick zu sich, aber der reichte ihm, um die Aufmerksamkeit der Frauen auf dem Feld auf sich zu lenken. Ich fürchte jedoch, er hat einen Schädelbruch, und sein Gehirn ist wohl auch nicht mehr ganz so, wie es sein sollte. Er wird vielleicht nicht am Leben bleiben.« Er sah

mich nachdenklich an. »Immerhin scheint er sich tapfer geschlagen zu haben.«
»Es war ein Kampf auf Leben und Tod«, stimmte ich zu. »Müssen wir im Regen stehenbleiben?«
»Natürlich nicht.« Er stieß mich mit dem Lauf seiner Waffe vor sich her ins Haus. Der dunkle Mann sah sich um. Er war nicht überrascht. Ich fragte mich, wie lange es her war, daß sie die Warnung von der Insel erhalten hatten.
»Jacques«, sagte Goodbody. »Das ist Mr. Sherman – Major Sherman. Ich glaube, er arbeitet für Interpol oder irgend so einen anderen gemeinnützigen Verein.«
»Wir kennen uns schon«, grinste Jacques.
»Natürlich. Wie vergeßlich von mir.« Goodbody hielt seine Waffe auf mich gerichtet, während Jacques mir meine abnahm.
»Nur einmal«, sagte er. Er zog die Waffe über meine Wange. Ein Teil des Verbandes ging mit. Wieder grinste er.
»Ich wette, das tut ganz schön weh, was?«
»Beherrsch' dich, Jacques, beherrsch' dich«, ermahnte Goodbody. Er hatte auch seine netten Seiten. Wenn er ein Kannibale gewesen wäre, hätte er einen wahrscheinlich bewußtlos geschlagen, bevor er einen bei lebendigem Leib kochte. »Halt' ihn mit seiner eigenen Waffe in Schach, bitte.« Er steckte seine weg. »Ich muß sagen, ich habe nie viel von diesen Waffen gehalten. Sie sind grausam laut, und es fehlt ihnen das gewisse feine . . .«
»Fein ist wohl zum Beispiel, ein Mädchen an einem Haken aufzuhängen, was?« fragte ich. »Oder, jemanden mit Heugabeln erstechen zu lassen?«
»Kommen Sie, wir wollen doch nicht traurig werden.« Er seufzte. »Sogar die besten Leute sind so unbeholfen, so unvermittelt. Ich muß gestehen, ich hatte mehr von Ihnen erwartet. Mein lieber Freund, Sie haben einen Ruf, der Ihrer Handlungsweise nicht gerecht wird. Sie sind ein Pfuscher. Sie verärgern Leute und machen sich vor, daß Sie dadurch Reaktionen provozieren. Sie lassen sich an den falschen Orten sehen. Zweimal gehen Sie zu Miss Lemays Wohnung, ohne Vorsichtsmaßnahmen zu treffen. Sie nehmen Papierschnitzel aus Taschen, die extra dort deponiert wurden, damit Sie sie finden. Und es war völlig unnötig,

den Kellner umzubringen«, fügte er vorwurfsvoll hinzu. »Sie bewegen sich am hellichten Tag frei auf Huyler — jeder Bewohner von Huyler ist ein Schäfchen aus meiner Herde, Mr. Sherman. Und vorgestern abend ließen Sie sogar Ihre Visitenkarte in dem Keller meiner Kirche zurück: Blut. Nicht, daß ich Ihnen das übelnehme, mein Lieber — ich hatte es sogar schon selbst in Betracht gezogen, Henri loszuwerden, der allmählich eine ziemliche Belastung für mich wurde, und Sie haben dieses Problem sehr ordentlich gelöst. Und was halten Sie von unserem einzigartigen Arrangement hier — das sind alles Reproduktionen für den Verkauf . . .«

»Mein Gott«, sagte ich. »Kein Wunder, daß die Kirchen leer stehen.«

»Ah! Man muß diese Augenblicke genießen, meinen Sie nicht? Diese Gewichte hier zum Beispiel. Wir messen und wiegen sie und kommen zu passenden Zeiten mit Ersatzgewichten zurück — wie denen, die wir heute hergebracht haben. Nicht, daß unsere Gewichte genau gleich sind: Es ist etwas drin. Dann werden sie in Kisten verpackt, vom Zoll untersucht, versiegelt und mit der offiziellen Genehmigung der Regierung zu gewissen Freunden ins Ausland geschickt. Das ist eines meiner besseren Schemata, die ich immer beibehalte.«

Jacques räusperte sich ehrerbietig. »Sie sagten, Sie hätten es eilig, Mr. Goodbody.«

»Immer bei nüchternem Verstand, unser Jacques, immer bei nüchternem Verstand. Aber du hast natürlich recht. Erst kümmern wir uns um unseren hervorragenden — äh — Detektiv hier, dann ums Geschäft. Sieh nach, ob die Luft rein ist.«

Goodbody zog angewidert seine Pistole hervor, während Jacques das Terrain überprüfte. Er kam nach ein paar Sekunden zurück, nickte, und sie stießen mich vor sich her durch die Tür, über den Kies und die Treppe über den Graben hinauf zu den Eichentüren. Goodbody zog einen Schlüssel aus der Tasche, öffnete die Tür, und wir betraten das Schloß. Wir gingen die Treppen hinauf und einen Gang entlang, bis wir zu einem Zimmer kamen. Wir traten ein.

Es war ein sehr großer Raum, vollgestopft mit Hunderten von Uhren. Ich hatte noch nie so viele Uhren auf einem Haufen gesehen, und auch keine so wertvolle Sammlung, das wußte ich sicher. Bis auf ein paar Ausnahmen waren alle Pendeluhren, einige davon sehr groß, und alle sehr alt. Nur wenige von ihnen schienen zu gehen, aber auch so war der Lärm kaum zu ertragen. Ich hätte in diesem Raum keine zehn Minuten arbeiten können.

»Eine der schönsten Sammlungen der Welt«, sagte Goodbody so stolz, als ob sie ihm gehöre, »wenn nicht sogar die allerschönste. Und wie Sie bald sehen, besser gesagt, hören werden, gehen sie alle.«

Ich hörte, was er sagte, aber ich machte es mir nicht klar. Ich starrte auf den Boden, auf einen Mann mit langen schwarzen Haaren, die bis zu seinem Nackenansatz reichten und dessen magere Schulterblätter durch das abgewetzte Jackett stachen. Neben ihm lagen einige Stücke mit Gummi isolierte elektrische Kabel und ein Paar mit Gummi überzogene Kopfhörer.

Ich brauchte kein Arzt zu sein, um zu sehen, daß George Lemay tot war.

»Ein Unfall«, sagte Goodbody bedauernd. »Ein echter Unfall. Wir wollten nicht, daß es so geschah. Ich fürchte, das Nervensystem des armen Kerls war von den Entbehrungen, die er während der letzten Jahre leiden mußte, stark geschwächt.«

»Sie haben ihn umgebracht«, sagte ich.

»Technisch gesehen, ja.«

»Warum?«

»Weil seine Schwester, die hohe Prinzipien hatte – die irrtümlicherweise jahrelang glaubte, daß wir Beweise hätten, die ihren Bruder des Mordes überführen würden – sich zwischen ihrem Bruder und der Polizei entscheiden mußte und sich für die Polizei entschied. Also mußten wir die beiden vorübergehend von der Amsterdamer Bildfläche verschwinden lassen – aber natürlich nicht auf eine Weise, die Sie aufgeregt hätte. Ich fürchte, mein lieber Sherman, daß Sie zur Hälfte für den Tod des armen Kerls verantwortlich sind. Und für den seiner Schwester. Und für den Ihrer zauberhaften Assistentin – Maggie hieß sie, glaube ich.« Er brach ab und zog sich hastig zurück, wobei er die Waffe auf Armeslänge von sich streckte. »Stürzen Sie sich lieber nicht auf meine Waffe. Ich nehme an, Sie haben das Schauspiel auf Huyler nicht genossen? Ich bin sicher, Maggie auch nicht. Und auch Ihre andere Freundin, Belinda, nicht, die heute abend sterben muß. Ah! Das sitzt! Sie würden mich gern umbringen, nicht wahr?« Er lächelte immer noch, aber die ausdruckslosen starren Augen waren die eines Wahnsinnigen.

»Ja«, sagte ich tonlos, »ich würde Sie schrecklich gern umbringen.«
Goodbody trat erneut auf mich zu.

»Wir haben ihr eine kleine Botschaft geschickt«, sagte er und amüsierte sich königlich. »Codewort ›Birmingham‹, glaube ich ... Sie soll Sie beim Lagerhaus unserer guten Freunde Morgenstern und Muggenthaler treffen, die jetzt über jeden Verdacht erhaben sind. Welcher Mensch, der seine Sinne beieinander hat, würde in Erwägung ziehen, zwei solche gemeine Verbrechen auf dem eigenen Grund und Boden zu begehen? Es paßt so gut, finden Sie nicht? Noch eine Puppe an der Kette. Wie alle anderen Puppen auf der Welt – an einem Haken zu unserer Musik tanzend.«

Ich sagte: »Sie wissen natürlich, daß Sie verrückt sind?«

»Feßle ihn«, sagte Goodbody rauh. Seine Liebenswürdigkeit hatte schließlich doch noch einen Sprung bekommen. Die Wahrheit mußte ihn wirklich geschmerzt haben.

Jacques band meine Handgelenke mit dickem gummiumhülltem Draht zusammen. Dann tat er das gleiche mit meinen Knöcheln, stieß mich an eine Wand des Raumes und band meine Handgelenke mit einem weiteren Stück Kabel an einen Haken in der Wand.

»Setz' die Uhren in Gang!« befahl Goodbody. Gehorsam machte Jacques sich daran, die Pendel ins Schwingen zu bringen; bezeichnenderweise hielt er sich nicht mit den kleineren Uhren auf.

»Sie gehen alle, und sie läuten alle, manche von ihnen sehr laut«, sagte Goodbody voller Befriedigung. Er hatte sein Gleichgewicht wiedererlangt und war liebenswürdig wie eh und je. »Diese Kopfhörer werden den Klang etwa um das Zehnfache verstärken. Dort ist der Verstärker, und dort ist das Mikrophon, beide, wie Sie sehen können, ein gutes Stück außerhalb Ihrer Reichweite. Die Kopfhörer sind unzerbrechlich. In fünfzehn Minuten werden Sie wahnsinnig sein, in dreißig Minuten bewußtlos. Das folgende Koma dauert zwischen acht und zehn Stunden. Sie werden immer noch wahnsinnig sein, wenn Sie aufwachen. Aber Sie werden nicht aufwachen. Sie fangen schon an, laut zu ticken und zu läuten, hören Sie es?«

»So ist also George gestorben. Und Sie werden sich natürlich das Schauspiel ansehen. Oben durch die Glastür. Wo es nicht so laut sein wird.«

»Bedauerlicherweise nein. Jacques und ich haben noch einige Dinge zu

erledigen. Aber wir werden zurück sein, wenn es wirklich interessant wird, nicht wahr, Jacques?«
»Ja, Mr. Goodbody«, sagte Jacques, der immer noch eifrig damit beschäftigt war, Pendel in Bewegung zu setzen.
»Wenn ich verschwinde . . .«
»Ah! Das werden Sie nicht. Ich hatte vor, Sie letzte Nacht im Hafen verschwinden zu lassen, aber das war grausam, eine Maßnahme, die der Panik entsprang, die mein Markenzeichen vermissen ließ. Mir ist etwas viel Besseres eingefallen, nicht wahr Jacques?«
»Doch, wirklich, Mr. Goodbody.« Jacques mußte schon fast schreien, um sich verständlich zu machen.
»Der Witz an der Sache ist, daß Sie nicht verschwinden werden, Mr. Sherman. Nein, absolut nicht. Sie werden ein paar Minuten, nachdem Sie ertrunken sind, gefunden werden.«
Mr. Goodbody sah mich höhnisch an.
»Ertrunken?«
»Genau. Ah, Sie glauben, daß die Autoritäten dann sofort vermuten werden, daß etwas faul ist. Dann kommt eine Autopsie. Und das erste, was sie finden werden, wird ein Unterarm sein, der von Einstichen übersät ist – ich habe ein System, mit dessen Hilfe ich erreichen kann, daß zwei Stunden alte Einstiche aussehen, als seien sie zwei Monate alt. Man wird mit der Autopsie fortfahren und entdecken, daß Sie bis zum Hals voll Rauschgift sind. Dieses Rauschgift werden wir Ihnen wenn Sie bewußtlos sind, injizieren, zwei Stunden bevor wir Sie mit Ihrem Wagen in den Kanal stoßen. Dann werden wir die Polizei alarmieren. Das werden sie nicht glauben. Sherman, der unfehlbare Mann vom Rauschgiftdezernat der Interpol? Dann werden sie Ihr Gepäck durchsuchen. Spritzen, Nadeln, Heroin, in Ihren Taschen Spuren von Cannabis. Wirklich traurig. Wer hätte das gedacht? Wieder einer von denen, die mit den Hunden jagten und mit dem Hasen rannten.«
»Eins muß ich Ihnen lassen«, sagte ich, »Sie sind ein gerissener Irrer.«
Er lächelte, was wahrscheinlich bedeutete, daß er mich in dem ständig stärker werdenden Lärm nicht verstanden hatte. Er stülpte mir den Kopfhörer über und befestigte ihn mit Metern von Tesafilm unverrückbar an meinem Kopf. Einen Moment lang wurde der Raum beinahe still – der Kopfhörer arbeitete vorübergehend als Geräuschisolator.

Goodbody ging quer durch den Raum zu dem Verstärker hinüber, lächelte mich an und betätigte einen Schalter.
Ich hatte das Gefühl, als hätte ich einen ungeheuren körperlichen Schlag oder einen schweren elektrischen Schock erlitten. Mein ganzer Körper bog und wand sich in krampfartigen Zuckungen, und ich wußte, daß die wenigen Teile meines Gesichts, die nicht unter Pflastern und Tesafilm verschwunden waren, in Todesqualen verzerrt sein mußten. Denn es waren Todesqualen, Qualen, die zehnmal entsetzlicher und unerträglicher waren als das Schlimmste, was Marcel mir angetan hatte. Meine Ohren, mein ganzer Kopf waren erfüllt von diesem kreischenden Wirrwarr von Geräuschen. Der Lärm schnitt durch meinen Kopf wie ein Skalpell, er schien mein Gehirn zu zerreißen. Ich verstand nicht, wieso meine Trommelfelle nicht platzten. Ich hatte immer gehört und auch geglaubt, daß eine starke Schallexplosion, die nahe genug am Ohr stattfindet, einen augenblicklich und auf Lebenszeit taub machen könne. Aber in meinem Fall funktionierte das nicht. Wie es auch in Georges Fall offensichtlich nicht funktioniert hatte. Mitten in meiner Qual erinnerte ich mich dunkel, daß Goodbody Georges Tod dessen schlechter körperlicher Verfassung zugeschrieben hatte.
Ich rollte mich von einer Seite auf die andere, eine instinktive tierische Reaktion, um dem zu entgehen, was einem weh tut, aber ich kam nicht weit, Jacques hatte nicht viel Kabel verschwendet, als er mich an den Haken festband, und ich konnte nicht mehr als einen Meter in beiden Richtungen rollen. Als ich mich wieder einmal soweit wie möglich nach außen gerollt hatte, gelang es mir, meine Augen lange genug auf einen Punkt zu richten, um zu sehen, daß Goodbody und Jacques von außen durch die Glastür voller Interesse auf mich herunterblickten. Nach ein paar Sekunden hob Jacques die linke Hand und tippte auf seine Uhr. Goodbody nickte widerwillig, und beide Männer eilten davon. In dem betäubenden Meer von Schmerzen, in dem ich schwamm, vermutete ich, daß sie sich beeilen wollten, um das Finale mitzuerleben. Fünfzehn Minuten später würde ich bewußtlos sein, hatte Goodbody gesagt. Ich glaubte kein Wort. Niemand konnte das hier länger als zwei oder drei Minuten aushalten, ohne sowohl körperlich als auch geistig zerstört zu sein. Ich drehte mich mit aller Kraft von einer Seite zur anderen und versuchte, die Kopfhörer auf dem Boden zu zerschlagen oder sie loszu-

reißen. Aber Goodbody hatte recht gehabt, die Kopfhörer waren unzerbrechlich, und der Tesafilm war so eng und geschickt angebracht worden, daß meine Versuche, sie abzustreifen, nur dazu führten, daß ich die Wunden in meinem Gesicht wieder aufriß.

Die Pendel schwangen hin und her, die Uhren tickten, die Läutwerke schrillten fast unaufhörlich. Es gab keine Erleichterung, keine Pause, ja nicht einmal ein momentanes Nachlassen dieses mörderischen Angriffs auf das Nervensystem, der diese unkontrollierbaren epileptischen Zuckungen auslöste. Es war ein ununterbrochener elektrischer Schock, gerade unterhalb der tödlichen Grenze, und ich konnte nun leicht alle Erzählungen von Patienten glauben, die sich einer Schocktherapie unterzogen hatten und schließlich auf dem Operationstisch gelandet waren, wo man ihre Gliedmaßen wieder zusammenflickte, die durch unfreiwilliges Zusammenziehen von Muskeln gebrochen worden waren.

Ich spürte, wie ich langsam den Verstand verlor, und für eine kurze Zeit versuchte ich, dieses Gefühl zu fördern. Erlösung, alles würde ich dafür geben, erlöst zu werden. Ich hatte versagt, ich hatte auf der ganzen Linie versagt, alles, was ich angefaßt hatte, hatte sich in Zerstörung und Tod verwandelt. Maggie war tot, Duclos war tot, Astrid war tot, und ihr Bruder George. Nur Belinda war noch übrig, und sie würde noch an diesem Abend sterben. Eine einzige große Zerstörung.

Und dann wußte ich es plötzlich. Ich konnte Belinda nicht sterben lassen. Das war es, was mich rettete: Ich wußte, ich konnte Belinda nicht sterben lassen. Stolz spielte keine Rolle mehr, mein Versagen war mir unwichtig, der totale Sieg von Goodbody und seinen üblen Kumpanen verlor jede Bedeutung. Sie konnten von mir aus die ganze Welt mit ihrem verdammten Rauschgift überschwemmen. Aber ich durfte Belinda nicht sterben lassen.

Irgendwie schaffte ich es, mich soweit aufzurichten, daß ich mit dem Rücken an der Wand lehnte. Abgesehen von den fortgesetzten Zuckungen vibrierte jedes Glied meines Körpers. Nicht wie bei einem Mann, der von Schüttelfrost befallen war – das hätte man leicht ertragen können – sondern ich vibrierte wie jemand, den man an einen riesigen Preßluftbohrer gebunden hat. Ich konnte meine Augen jetzt nicht mehr länger als eine Sekunde oder höchstens zwei auf einen bestimmten Punkt richten, aber ich tat mein Bestes, um mich verzweifelt umzusehen, ob es irgend etwas gab, was irgendeine Hoffnung auf Rettung rechtfertigte. Es war nichts da. Dann, ohne Warnung, steigerte sich der Lärm in meinem Kopf unvermittelt zu einem zerstörenden Krescendo — wahrscheinlich war es eine große Uhr in meiner Nähe, die die Stunde schlug — und ich fiel auf die Seite, als sei ich mit einem riesigen Holzknüppel gegen die Schläfe geschlagen worden. Als mein Kopf auf den Boden aufschlug, traf er auch auf einen Vorsprung unten auf der Wandleiste. Jetzt konnte ich überhaupt nicht mehr deutlich sehen, aber ich konnte undeutlich Dinge erkennen, die nicht weniger als zehn Zentimeter entfernt von mir lagen, und das, was ich sah, lag nicht mehr als sechs Zentimeter von mir entfernt. Es sagt viel über meinen mittlerweile fast unfähigen Verstand aus, daß ich mehrere Sekunden brauchte, um zu erkennen, was es war, aber als ich es erkannte, richtete ich mich mühsam wieder in eine sitzende Stellung auf. Das Ding war eine Steckdose. Meine Hände waren hinter meinem Rücken gefesselt, und ich brauchte eine Ewigkeit, bis ich die beiden Enden des elektrischen Kabels erwischte, das mich gefangen hielt. Ich befühlte die Enden mit meinen Fingerspitzen: Der Kabelkern lag in beiden Fällen frei. Verzweifelt versuchte ich die Enden in die Steckdose zu schieben — es kam mir keinen Augenblick in den Sinn, daß vielleicht ein Deckel darauf sitzen könnte, obwohl das in einem so alten Haus wie diesem sowieso nicht zu erwarten gewesen wäre — aber meine Hände zitterten so stark, daß ich die Öffnungen nicht fand. Ich konnte spüren, wie ich allmählich das Bewußtsein verlor. Ich konnte die verdammte Steckdose fühlen, ich konnte die Einlässe fühlen, aber ich brachte es nicht fertig, die Kabelenden hineinzustecken. Ich konnte nichts mehr sehen, ich hatte kaum noch Gefühl in den Fingern, der Schmerz war jenseits dessen, was ein Mensch ertragen kann, und ich glaube, ich schrie lautlos vor Qual, als es plötzlich einen grellen blauweißen Blitz gab und ich seitwärts zu Boden fiel.

Wie lange ich bewußtlos dort gelegen habe, konnte ich später nicht sagen: Aber es waren bestimmt einige Minuten. Das erste, dessen ich mir bewußt wurde, war die unglaublich herrliche Stille, keine totale Stille, denn ich konnte die Uhren noch schlagen hören, aber es war nur noch ein gedämpftes Schlagen. Ich hatte nämlich die richtige Sicherung herausgehauen, und der Kopfhörer arbeitete jetzt wieder als Lärmisolator. Ich richtete mich halb auf. Ich spürte, daß Blut an meinem Kinn herunterrann und mußte später feststellen, daß ich meine Unterlippe durchgebissen hatte. Mein Gesicht war in Schweiß gebadet, mein ganzer Körper fühlte sich an, als wäre ich auf eine Folterbank gebunden gewesen. Aber das störte mich alles nicht, ich war mir nur einer einzigen Sache voll bewußt: der seltsamen Wonne, mit der mich die Stille erfüllte. Die Jungs von der Lärmbekämpfungsgesellschaft wußten wirklich, was sie taten.

Die Wirkung dieser grausamen Bestrafung ließ schneller nach, als ich erwartet hatte, aber sie verflüchtigte sich bei weitem nicht völlig: Der Schmerz in meinem Kopf und den Trommelfellen und die Zerschlagenheit meines Körpers würden mich noch eine ganze Weile begleiten, das wußte ich. Aber anscheinend ließ die Wirkung doch nicht so schnell nach, wie ich anfangs gedacht hatte, denn ich brauchte mehr als eine Minute, um mir darüber klarzuwerden, daß Goodbody und Jacques sich, wenn sie mich bei Ihrer Rückkehr mit einem fraglos idiotisch-seligen Gesichtsausdruck an der Wand lehnen sähen, das nächste Mal nicht mehr mit halben Maßnahmen zufriedengeben würden. Ich warf einen schnellen Blick auf das Fenster oben in der Tür, aber bis jetzt waren keine gehobenen Augenbrauen zu sehen.

Ich streckte mich wieder auf dem Boden aus und begann mich hin- und herzurollen. Ich hatte kaum zehn Sekunden zu früh damit begonnen, denn als ich mich zum viertenmal auf die Tür zurollte, sah ich die Köpfe von Goodbody und Jacques hinter der Glasscheibe in der Tür auftauchen. Ich begann mit meiner Vorstellung, rollte mich noch wilder hin und her als vorher, bog meinen Körper durch und warf mich so krampfhaft herum, daß ich fast ebensosehr litt wie zu dem Zeitpunkt, als ich die Hölle wirklich noch aushalten mußte. Jedesmal, wenn ich in Richtung Tür rollte, ließ ich sie mein verzerrtes Gesicht und meine in Todesqualen entweder weit aufgerissenen oder fest geschlossenen Augen sehen, und ich glaube, daß mein schweißbedecktes Gesicht und das Blut, das aus meiner Lippe und aus einigen wieder aufgebrochenen Platzwunden strömte, die ich Marcel verdankte, meine Vorstellung ziemlich überzeugend erscheinen ließen. Goodbody und Jacques lächelten breit, obwohl Jacques' Gesichtsausdruck nicht mit Goodbodys wohlwollender Unbescholtenheit konkurrieren konnte.

Ich warf mich eindrucksvoll in die Höhe, wodurch sich mein ganzer

Körper vom Boden abhob, und als ich mir um ein Haar meine Schultern ausrenkte, als ich auf den Boden aufschlug, entschied ich, daß es jetzt reichte — ich bezweifle, ob Goodbody die Vorstellung überhaupt würdigte — und gestattete mir, daß mein Hin- und Herwinden und mein Wehren schwächer und schwächer wurde, bis ich schließlich, nach einem letzten krampfhaften Zucken, still lag.

Goodbody und Jacques betraten den Raum. Goodbody ging zu dem Verstärker hinüber und schaltete ihn ab, lächelte gütig und schaltete ihn wieder ein. Er hatte vergessen, daß er die Absicht gehabt hatte, mich nicht nur bewußtlos zu machen, sondern auch wahnsinnig. Jacques sagte jedoch etwas zu ihm, und Goodbody nickte widerwillig und schaltete den Verstärker wieder aus — Jacques hatte ihn, vielleicht weniger aus Mitleid, als vielmehr aus der Befürchtung heraus, daß es für sie schwierig würde, wenn ich starb, bevor sie mir das Rauschgift injiziert hatten darauf hingewiesen — während Jacques an den Wänden entlang ging und die Pendel der größten Uhren anhielt. Dann kamen beide herüber, um mich zu untersuchen. Jacques trat mich versuchsweise in die Rippen, aber ich hatte zuviel hinter mir, um darauf noch zu reagieren.

»Nun, mein lieber Junge«, ich konnte Goodbodys vorwurfsvolle Stimme kaum hören, »ich verstehe deine Gefühle, aber es darf keine Anzeichen von Gewalt geben, *keine*! Der Polizei würde das nicht gefallen.«

»Aber sehen Sie sich doch sein Gesicht an«, protestierte Jacques.

»Das ist eben nicht zu ändern«, nickte Goodbody freundlich. »Schneide die Fesseln an seinen Handgelenken durch — es wäre ungünstig, wenn man Druckstellen finden würde, wenn die Feuerwehr ihn aus dem Kanal fischt. Und nimm ihm die Kopfhörer ab und versteck' sie.« Beide Aufträge führte Jacques innerhalb von zehn Sekunden aus. Als er mir den Kopfhörer abnahm, hatte ich das Gefühl, als würde er mir gleichzeitig die ganze Haut vom Gesicht reißen: Jacques achtete sehr genau darauf, dem Tesafilm nicht weh zu tun.

»Und den da«, Goodbody nickte zu George Lemay hin, »läßt du verschwinden. Du weißt schon wie. Ich werde Maier herausschicken, damit er uns hilft, Sherman hineinzubringen.« Ein kurzes Schweigen folgte. Ich wußte, daß er auf mich herunterschaute. Schließlich seufzte Goodbody. »Ach ja, ach ja, das Leben ist so vergänglich.«

Damit riß Goodbody sich los. Er summte vor sich hin, als er hinausging,

und falls es jemandem möglich ist, seelenvoll zu summen, dann summte Goodbody die seelenvollste Fassung von »Bleib' mir treu«, die ich je gehört hatte. Er hatte einen Sinn dafür, jeweils in der richtigen Situation das Richtige zu tun. Jacques ging zu einer Kiste hinüber, die in einer Ecke des Raumes stand, brachte ein halbes Dutzend Pendelgewichte zum Vorschein und begann, ein Stück isoliertes Kabel durch die Ösen zu fädeln. Dann band er George das Kabel um die Taille. Jacques ließ keinen Zweifel an seinen Absichten aufkommen. Er zog George aus dem Zimmer in den Flur hinaus, und ich hörte, wie die Fersen des Toten den Gang entlangschleiften, als Jacques ihn zur Vordertür zerrte. Ich stand auf, bewegte versuchsweise meine Hände und folgte ihm.
Als ich mich der Eichentür näherte, hörte ich den Motor des Mercedes aufheulen. Ich spähte um die Ecke. Jacques, der George neben sich gelegt hatte, grüßte aus dem offenen Fenster: Das konnte nur dem abfahrenden Goodbody gelten.
Jacques drehte sich zu George um, um ihm die letzten Ehren zu erweisen. Statt dessen blieb er wie angewurzelt stehen. Sein Gesicht war starr vor Schreck. Ich stand nur anderthalb Meter von ihm entfernt, und ich konnte sogar aus seinem ausdruckslosen Gesicht erkennen, daß er in meinem las, daß das Ende seines mörderischen Lebenswegs gekommen war. Krampfhaft versuchte er, seine Waffe aus dem Schulterhalfter zu ziehen, aber vielleicht zum ersten, sicherlich aber zum letztenmal in seinem Leben war er zu langsam, denn der Augenblick seiner Fassungslosigkeit hatte sein Schicksal besiegelt. Ich traf ihn genau unter den Rippen, als er seine Waffe herausriß, und während er sich vorwärts überschlug, entwand ich die Waffe seiner kaum Widerstand leistenden Hand und schlug ihn brutal damit gegen die Schläfe. Jacques verlor das Bewußtsein, machte jedoch noch einen Schritt nach rückwärts, das Fenstersims hakte sich in seine Kniekehlen, und er stürzte wie im Zeitlupentempo hinaus. Ich stand einfach da und sah zu, wie er hinausfiel, und erst als ich ein Aufklatschen hörte, trat ich ans Fenster und schaute hinaus. Das aufgewühlte Wasser des Burggrabens schlug gegen das Ufer und die Schloßmauern, und in der Mitte des Grabens stieg ein Strom von Bläschen an die Oberfläche. Ich schaute nach links und sah, wie Goodbodys Mercedes durch den Torbogen davonfuhr. Inzwischen mußte er schon bei der vierten Strophe von »Bleib' mir treu« angelangt sein.

Ich stieg die Treppen hinunter und verließ das Schloß. Die Tür ließ ich hinter mir offen. Auf der Treppe, die über den Graben führte, blieb ich einen Augenblick stehen und schaute hinunter, und während ich die Wasseroberfläche beobachtete, wurden die Luftbläschen immer weniger und kleiner und hörten schließlich ganz auf.

Ich setzte mich in den Opel und starrte nachdenklich auf die Waffe hinunter, die ich mir von Jacques wiedergeholt hatte. Die hervorstechendste Eigenschaft dieser Pistole schien zu sein, daß sie sich von jedem entwenden ließ, der die Lust dazu verspürte. Es war ein beängstigender Gedanke, aber er führte nur zu der unvermeidlichen Schlußfolgerung, daß ich eine andere Waffe brauchte, eine zweite Waffe, also nahm ich mir Astrids Handtasche vor und die kleine Lilliput heraus, die ich ihr gegeben hatte. Ich zog mein linkes Hosenbein ein paar Zentimeter hoch, schob die kleine Waffe mit der Mündung nach unten in meinen Strumpf bis in den Schuh, zog den Strumpf wieder herauf und das Hosenbein herunter. Ich wollte die Tasche gerade wieder zumachen, als mein Blick auf die zwei Paar Handschellen fiel. Ich zögerte, denn wie es aussah, würde es damit enden, daß sie sich um meine eigenen Handgelenke legten, aber da es für diesen Tag schon zu spät schien, mit den Risiken aufzuhören, die ich seit meiner Ankunft in Amsterdam ununterbrochen eingegangen war, steckte ich beide Paare in meine linke Jackettasche und die Zweitschlüssel in die rechte.

Als ich in der Altstadt von Amsterdam ankam, nachdem ich mein übliches Maß an Faustgeschüttel und wütenden Polizeitelefonaten seitens anderer Verkehrsteilnehmer auf mich genommen hatte, brach allmählich die Dunkelheit herein. Der Regen hatte nachgelassen, aber der Wind wurde ständig heftiger und wühlte das Wasser der Grachten auf.

Ich bog in die Straße ein, in der das Lagerhaus stand. Sie lag verlassen vor mir, weder Autos noch Fußgänger waren zu sehen. Jedenfalls die Fahrbahn war leer: Im dritten Stock des Gebäudes von Morgenstern und Muggenthaler lehnte ein stämmiger Mann in Hemdsärmeln aus einem offenen Fenster, die Ellenbogen auf das Fensterbrett gestützt. Und aus der Art, wie er seinen Kopf unaufhörlich von einer zur anderen Seite drehte, war ersichtlich, daß er dort nicht Posten bezogen hatte, weil er den schneidendkalten Wind so herrlich fand. Ich fuhr an dem Lager-

haus vorbei bis in die Nähe des Dam, von wo aus ich Colonel de Graaf aus einer öffentlichen Telefonzelle anrief.
»Wo sind Sie gewesen?« wollte de Graaf wissen. »Was haben Sie gemacht?«
»Nichts, was Sie interessieren könnte.« Das war wohl die unpassendste Feststellung, die ich jemals von mir gegeben hatte.
»Kann ich jetzt reden?«
»Reden Sie.«
»Nicht hier. Nicht jetzt. Nicht am Telefon. Können Sie und van Gelder gleich zu Morgenstern und Muggenthaler herauskommen?«
»Werden Sie dann dort auspacken?«
»Ich verspreche es.«
»Wir sind schon unterwegs«, sagte de Graaf grimmig.
»Einen Augenblick noch. Kommen Sie in einem Zivilfahrzeug und halten Sie etwas entfernt von dem Lagerhaus. Sie haben an einem Fenster eine Wache aufgestellt.«
»*Sie?*«
»Das ist es, worüber ich mit Ihnen sprechen werde.«
»Und die Wache?«
»Ich werde sie ablenken. Ich werde mir schon eine Zerstreuung ausdenken.«
»Aha.« De Graaf machte eine kurze Pause und fuhr dann ernst fort: »Wenn ich von Ihren üblichen Gepflogenheiten ausgehe, schaudert es mich, wenn ich mir vorstelle, welche Art von Zerstreuung das sein wird.«
Ich ging in ein nahe gelegenes Eisenwarengeschäft und kaufte eine Rolle Schnur und den größten Schraubenschlüssel, den sie da hatten. Vier Minuten später parkte ich den Opel weniger als hundert Meter vom Lagerhaus entfernt, aber nicht in der gleichen Straße.
Ich ging die schmale und sehr schlecht beleuchtete Gasse entlang, die die Straße, in der das Lagerhaus stand, mit der Parallelstraße verband. Das erste Lagerhaus auf der linken Seite hatte eine altersschwache hölzerne Feuerleiter, die bei einem Feuer als erstes verbrennen würde, und es war die erste und die letzte. Ich ging mindestens fünfzig Meter weit an dem Gebäude vorbei, das meiner Meinung nach das von Morgenstern und Muggenthaler sein mußte, und keine andere Feuertreppe war zu

entdecken. Zusammengeknotete Bettücher mußten in diesem Teil von Amsterdam hoch im Kurs stehen.
Ich ging zu der einzigen Feuertreppe zurück und stieg zum Dach hinauf. Mir mißfiel das Dach auf Anhieb, ebenso wie alle übrigen Dächer, die ich überqueren mußte, um zu dem zu kommen, zu dem ich hinwollte. Alle Firststangen verliefen im rechten Winkel zur Straße, und die Dächer selbst waren steil und glitschig vom Regen — und um die Schwierigkeiten noch zu vergrößern, hatten die Architekten vergangener Zeiten in der irrtümlich für lobenswert gehaltenen Absicht, die verschiedensten Dachstile zu kreieren, ihre Sache so gut gemacht, daß kein einziges Dach dem anderen genau in Form oder Höhe glich. Zuerst bewegte ich mich vorsichtig voran, aber die Vorsicht brachte mich nicht weiter, und bald entwickelte ich die einzige praktische Methode, um von einem First zum nächsten zu gelangen: Ich rannte eine steile Seite des Daches hinunter und ließ mich von dem Schwung soweit wie möglich das nächste Dach hinaufschieben, bevor ich flach hinfiel und die letzten paar Meter auf Händen und Knien hinaufkroch. Schließlich kam ich zu dem Dach, das ich für das richtige hielt, rutschte nach vorn, bis ich die Straße sehen konnte, lehnte mich über den Giebel und spähte hinunter.
Zum erstenmal hatte ich recht gehabt, und das war eine echte Änderung für mich. Die kurzärmelige Wache lehnte fast sechs Meter tiefer direkt unter mir immer noch im Fenster auf Posten. Ich befestigte ein Ende der Garnrolle sicher an dem Loch in dem Schraubenschlüsselgriff, legte mich flach hin, damit mein Arm und die Schnur nicht mit dem Ladebaum in Berührung kamen, und ließ den Schraubenschlüssel etwa viereinhalb Meter weit hinunter, bevor ich begann, ihn in einem leichten Bogen ausschwingen zu lassen, der sich bei jeder Handbewegung vergrößerte. Ich beschleunigte diesen Vorgang soweit wie möglich, denn nur wenig unter mir schien Licht durch einen Spalt zwischen den zwei Ladeluken im obersten Stockwerk, und ich hatte keine Möglichkeit festzustellen, wie lange diese Luken noch geschlossen bleiben würden.
Der Schraubenschlüssel, der mindestens vier Pfund wiegen mußte, schwang jetzt fast in einem Bogen von neunzig Grad aus. Ich ließ ihn noch einen Meter weiter hinunter und fragte mich, wie lange es noch dauern würde, bis die Wache auf das leise zischende Geräusch aufmerksam würde, das er auf seinem Weg durch die Luft unbedingt verursa-

chen mußte, aber im Augenblick wurde die Aufmerksamkeit des Mannes glücklicherweise abgelenkt.
Ein blauer Lieferwagen — in dem ich de Graaf vermutete — war soeben in die Straße eingebogen, und sein Kommen half mir auf zweierlei Weise: der Wächter lehnte sich weiter hinaus, um den Wagen besser zu sehen und gleichzeitig übertönte das Motorengeräusch jede Andeutung von Gefahr seitens des drohenden Schraubenschlüssels über seinem Kopf. Der Lieferwagen hielt in etwa dreißig Metern Entfernung und der Motor erstarb. Der Schraubenschlüssel war gerade an der äußeren Grenze seines Bogens angelangt, und als er wieder herunterkam, ließ ich die Schnur noch etwa einen Meter weiter durch meine Finger laufen. Die Wache, die plötzlich, aber viel zu spät bemerkte, daß etwas nicht in Ordnung war, drehte den Kopf genau im richtigen Augenblick, um das volle Gewicht des Schraubenschlüssels gegen die Stirn zu bekommen. Der Mann brach zusammen, als sei eine Brücke über ihm eingestürzt und fiel nach hinten in den Raum.
Die Tür des Lieferwagens öffnete sich, und de Graaf stieg aus. Er winkte mir zu. Ich machte eine grüßende Geste mit dem rechten Arm, überzeugte mich, daß die kleine Pistole noch sicher in meiner linken Socke steckte, ließ mich soweit herunter, bis ich mit dem Magen auf dem Ladebaum lag und veränderte dann meine Lage so, daß ich an meinen Händen hing. Ich nahm meine Waffe aus dem Schulterhafter, hielt sie zwischen den Zähnen fest, schwang mich einmal nach hinten und dann nach vorn, wobei mein linker Fuß nach der Laderampe tastete und mein rechter Fuß die Luken aufstieß, während ich die Hände ausstreckte, um mich an den Angeln festzuhalten. Dann nahm ich die Waffe in die rechte Hand.
Sie waren zu viert: Belinda, Goodbody und die beiden Partner. Belinda war leichenblaß. Verzweifelt, aber lautlos versuchte sie, sich loszureißen. Sie trug bereits die fließende Huyler-Tracht mit dem gestickten Mieder. Morgenstern und Muggenthaler, beide rosig wie immer und mit gutmütigen Mienen, hielten ihre Arme fest. Und dann erstarb das strahlende onkelhafte Lächeln auf ihren Gesichtern mit grotesker Langsamkeit. Goodbody, der mit dem Rücken zu mir stand und damit beschäftigt war, die Kopfbedeckung auf Belindas Haaren möglichst hübsch zu arrangieren, drehte sich langsam um. Sein Kiefer sackte nach unten, und das Blut

wich aus seinem Gesicht, bis es fast die Farbe seines schlohweißen Haares hatte.

Ich trat zwei Schritte vor und streckte einen Arm nach Belinda aus. Sie starrte mich einige Sekunden lang ungläubig an, dann schüttelte sie die kraftlosen Hände von Morgenstern und Muggenthaler ab und rannte auf mich zu. Ihr Herz schlug so rasend wie das eines gefangenen Vogels, aber sonst schien sie in Anbetracht dessen, daß sie gerade das sicherlich gespenstischste Erlebnis ihres Lebens hinter sich hatte, ganz in Ordnung zu sein.

Ich sah die drei Männer an und lächelte so breit, wie es mir möglich war, ohne daß mein Gesicht weh tat. Ich sagte: »Und jetzt wissen Sie, was es bedeutet, dem Tod ins Auge zu sehen.«

Das wußten sie wirklich. Mit erstarrten Gesichtern standen sie da und hoben die Arme so hoch es nur ging. Ich ließ sie so stehen und sagte nichts, bis de Graaf und van Gelder die Treppen heraufgepoltert kamen und in den Raum stürzten. Während dieser Zeit hatte sich nichts getan. Ich kann schwören, daß die drei nicht einmal blinzelten. Belinda hatte als Reaktion auf das Erlebte unkontrollierbar zu zittern begonnen, aber es gelang ihr, schwach zu lächeln, und ich wußte, daß sie bald wieder okay sein würde. Das Pariser Büro der Interpol hatte sie nicht aufs Geratewohl ausgewählt.

De Graaf und van Gelder, beide mit Waffen in den Händen, sahen sich die Szenerie an. De Graaf sagte: »Was um Himmels willen machen Sie denn, Sherman? Warum sind diese drei Männer . . .«

»Soll ich es erklären?« unterbrach ich ihn.

»Ich fordere eine Erklärung«, sagte de Graaf entschieden. »Drei wohlbekannte und respektierte Bürger von Amsterdam . . .«

»Bitte bringen Sie mich nicht zum Lachen«, sagte ich, »mein Gesicht tut so schon weh genug.«

»Das kommt noch dazu«, sagte de Graaf. »Was in Gottes Namen . . .«

»Ich habe mich beim Rasieren geschnitten.« Das stammte von Astrid, aber ich war nicht in der Verfassung, mir etwas Originelleres auszudenken. »Kann ich jetzt anfangen?«

De Graaf nickte seufzend.

»Auf meine Weise?«

Wieder nickte er.

Ich sagte zu Belinda: »Du weißt, daß Maggie tot ist?«

»Ich weiß, daß sie tot ist.« Ihre Stimme war nur ein zitterndes Flüstern, sie hatte sich doch noch nicht so gut erholt, wie ich gedacht hatte. »Er hat es mir gerade gesagt. Er sagte es mir und lächelte.« Belinda trat an meine Seite.

»Da ist sein christliches Mitleid wieder mal mit ihm durchgegangen. Dafür kann er nichts. Nun«, sagte ich, zu den Polizeibeamten gewandt, »sehen Sie sich diese drei Herren gut an. Zunächst einmal Goodbody. Er ist der sadistischste und psychopathischste Mörder, den ich je gesehen habe — oder von dem ich je gehört habe. Der Mann, der Astrid Lemay an dem Haken aufgehängt hat. Der Mann, der Maggie auf einem Feld bei Huyler mit Heugabeln zu Tode stechen ließ. Der Mann . . .«

»Mit *Heugabeln*?« fragte de Graaf. Man konnte sehen, daß sein Verstand sich weigerte, das Gehörte zu begreifen.

»Später. Der Mann, der George Lemay soweit zum Wahnsinn trieb, daß er ihn umbrachte. Der Mann, der mich auf die gleiche Weise umzubringen versuchte; der Mann, der mich heute dreimal umzubringen versuchte. Der Mann, der sterbenden Süchtigen volle Ginflaschen in die Hand drückt. Der Mann, der Menschen mit Bleirohren um die Taille in Kanälen versenkt, nachdem sie weiß Gott welche Quälereien erdulden mußten. Und der Mann, der Tausenden von geistesgestörten Menschen auf der ganzen Welt Wahnsinn und Tod bringt. Seinem eigenen Geständnis nach der Meisterpuppenspieler, der Tausende von Puppen an seinen Haken aufhängt und sie dazu zwingt, alle nach seiner Musik zu tanzen. Den Todestanz.«

»Das ist nicht möglich«, sagte van Gelder. Er schien wie betäubt. »Das kann einfach nicht wahr sein. Dr. Goodbody, der Pastor von . . .«

»Sein Name ist Ignatius Catanelli, und wir haben ihn in den Akten. Er ist ein ehemaliges Mitglied der Cosanostra an der Ostküste. Aber sogar den Angehörigen der Maffia lag er zu schwer im Magen. Es ist bekannt, daß sie niemals wahllos töten, nur aus echten geschäftlichen Gründen. Aber Catanelli ist in den Tod verliebt. Als kleiner Junge hat er wahrscheinlich jeder erreichbaren Fliege die Flügel ausgerissen. Aber als er älter wurde, reichten ihm die Fliegen nicht mehr. Er mußte die Staaten verlassen, denn die Maffia ließ ihm keine Wahl.«

»Das . . . das ist fantastisch.« Fantastisch oder nicht, die Farbe war je-

denfalls nicht wieder in Goodbodys Gesicht zurückgekehrt. »Das ist unerhört. Das ist ...«
»Halten Sie den Mund«, sagte ich. »Wir haben Ihre Fingerabdrücke und Ihren Schädelindex. Ich muß sagen, er hat sich hier eine gute Organisation aufgebaut. Hereinkommende Küstenfahrzeuge versenken Heroin in einem versiegelten und gewogenen Behälter bei einer bestimmten, weit vom Ufer verankerten Boje. Ein Schlepper holt den Behälter wieder herauf und bringt ihn nach Huyler, wo er in ein Zentrum für Heimarbeit wandert. In dieser Zentrale für Heimarbeit werden Puppen hergestellt, die dann zu diesem Lagerhaus hier gebracht werden. Was wäre natürlicher – aber einige besonders gekennzeichnete Puppen enthalten Heroin.
Goodbody sagte: »Ungeheuerlich, ungeheuerlich! Sie können keine Ihrer Behauptungen beweisen.«
»Da ich beabsichtige, Sie in ein oder zwei Minuten umzubringen, muß ich überhaupt nichts beweisen. Ach ja, er hatte seine Organisation, unser Freund Catanelli. Vom Leierkastenmann bis zur Stripteasetänzerin arbeiteten alle für ihn – eine Kombination aus Erpressung, Geld, Rauschgiftsucht und schließlich Todesdrohungen ließ sie alle schweigen wie ein Grab.«
»Sie arbeiteten für ihn?« De Graaf kam immer noch nicht ganz mit. »Auf welche Weise?«
»Als Schieber und Verteiler. Ein Teil des Heroins – ein relativ kleiner Teil – wurde hier in den Puppen gelassen, ein weiterer Teil kam in die Geschäfte, ein Teil zu dem Verkaufsstand im Vondel Park – und soviel ich weiß auch zu anderen Verkaufsständen. Goodbodys Mädchen gingen in die Geschäfte und kauften die Puppen – die unauffällig markiert waren – in völlig harmlosen Läden und ließen sie an kleinere Heroinhändler oder Süchtige ins Ausland schicken. Die Puppen im Vondel Park wurden billig an die Leierkastenmänner verkauft – sie waren die Verbindungsglieder zu den Verlorenen, deren Verfall soweit fortgeschritten war, daß man ihnen nicht gestatten konnte, sich in angesehenen Lokalen zu zeigen – falls man eine so schmierige Absteige wie das *Balinova* als angesehenes Lokal bezeichnen kann.«
»Aber warum um Gottes willen sind *wir* nie darauf gekommen?« fragte de Graaf.

»Das sage ich Ihnen gleich. Wir sind noch bei der Verteilung. Ein größerer Teil von dem Zeug wanderte in Kisten voller ausgehöhlter Bibeln – die Art von Bibeln, die unser frommer Freund so liebenswürdig überall in Amsterdam gratis verteilt hat. Die jungen Dinger, die Goodbody in der grenzenlosen Güte seines christlichen Herzens zu rehabilitieren und vor einem Schicksal zu bewahren versuchte, das schlimmer war als der Tod, kamen in seinen Gottesdienst und hielten Bibeln umklammert – einige von ihnen waren entzückend als Nonnen gekleidet – und wenn sie die Kirche wieder verließen, umklammerten sie andere Bibeln. Und dann verteilten sie das verdammte Zeug in Nachtklubs. Der Rest der Ware – der Löwenanteil – wanderte nach Kasteel Linden. Oder habe ich irgend etwas ausgelassen, Goodbody?«
Seinem Gesichtsausdruck nach hatte ich nichts Wichtiges vergessen, aber er antwortete nicht. Ich hob meine Waffe ein wenig höher und sagte: »Ich glaube, jetzt ist es soweit.«
»Niemand nimmt das Gesetz in die eigenen Hände!« sagte de Graaf scharf. »Sie sehen doch, daß er zu fliehen versucht«, war mein vernünftiger Einwand. Goodbody stand regungslos da. Er hätte seine Finger unmöglich noch einen Millimeter höher in die Luft strecken können. Dann, zum zweitenmal an diesem Tag, sagte eine Stimme hinter mir: »Lassen Sie Ihre Waffe fallen, Mr. Sherman.«
Ich drehte mich langsam um. Jeder konnte mir meine Waffe abnehmen. Diesmal war es Trudi. Sie war aus dem Schatten getreten und stand nur anderthalb Meter von mir entfernt. In ihrer rechten Hand hielt sie erstaunlich ruhig eine Luger.
»Trudi!« De Graaf starrte die junge, vergnügt lächelnde Blondine in erschrockenem Unglauben an. »Was in Gottes Namen ...« Er brach ab und schrie schmerzerfüllt auf, als van Gelders Waffe auf sein Handgelenk heruntersauste. De Graafs Waffe klapperte zu Boden, und als er sich umdrehte, um zu sehen, wer ihn geschlagen hatte, lag in seinen Augen nichts als Verständnislosigkeit. Goodbody, Morgenstern und Muggenthaler ließen die Hände sinken, und die beiden letzteren brachten aus ihren Jacketts ihre eigenen Waffen zum Vorschein. Der Stoffaufwand, der nötig war, um ihre massigen Gestalten zu umhüllen, war so enorm, daß sie im Gegensatz zu mir keinen genialen Schneider brauchten, um die Umrisse ihrer Waffen zu verbergen.

Goodbody zog ein Taschentuch heraus, wischte sich über die Stirn, auf der der Schweiß in dicken Perlen stand, und sagte weinerlich zu Trudi: »Du hast dir aber reichlich Zeit gelassen, zu erscheinen.«
»Oh, ich habe es genossen«, kicherte sie. Ihr Kichern war so glücklich und sorglos, daß es das Blut einer erfrorenen Flunder zum Erstarren gebracht hätte. »Ich habe jeden Augenblick genossen.«
»Ein reizendes Paar, nicht wahr?« sagte ich zu van Gelder. »Sie und ihr geistlicher Freund. Diese kindliche, vertrauensselige Unschuld . . .«
»Maul halten«, sagte van Gelder kalt. Er trat an mich heran, fuhr auf der Suche nach etwaigen Waffen über meinen Körper und fand keine. »Setzt euch auf den Boden. Haltet die Hände so, daß ich sie sehen kann. Sie auch, de Graaf.«
Wir taten wie befohlen. Ich saß mit gekreuzten Beinen da, die Unterarme auf den Oberschenkeln, die Hände lose zu meinen Knöcheln baumelnd. De Graaf starrte mich an, sein Gesicht spiegelte seine völlige Fassungslosigkeit wider.
»Dazu wollte ich gerade kommen, als wir unterbrochen wurden«, sagte ich entschuldigend. »Ich war gerade dabei, Ihnen zu sagen, warum es Ihnen nicht gelang, die Quelle des Rauschgifts zu entdecken. Ihr vertrauenswürdiger Helfer, Inspektor van Gelder, sorgte dafür, daß Sie nicht vorwärtskamen.«
»Van Gelder?« Obwohl der lebende Beweis vor ihm stand, war er immer noch nicht in der Lage, einen höheren Polizeibeamten des Verrats für fähig zu halten. »Wie kann das sein? Es kann nicht sein.«
»Was er da auf uns gerichtet hat, ist kein Dauerlutscher«, sagte ich milde. »Van Gelder ist der Boß, van Gelder ist das Gehirn. Er ist Frankenstein. Goodbody ist nur das Ungeheuer, das außer Kontrolle geraten ist. Habe ich recht, van Gelder?«
»Allerdings!« Der unheilvolle Blick, mit dem er Goodbody ansah, verhieß nichts Gutes für dessen Zukunft, aber ich bezweifelte, daß er überhaupt eine haben würde.
Ich sah Trudi angewidert an. »Und was unser kleines Rotkäppchen hier angeht, van Gelder, Ihre süße kleine Geliebte . . .«
»*Geliebte?*« De Graaf war so aus dem Gleichgewicht geraten, daß er nicht einmal mehr verdutzt aussah.
»Sie haben richtig gehört. Ich glaube allerdings, van Gelders Liebe zu

ihr ist mittlerweile ziemlich abgekühlt, nicht wahr, van Gelder? Es hat sich, wenn ich mal so sagen darf, eine zu starke psychopathische Seelenverwandtschaft zwischen ihr und dem Reverend entwickelt.« Ich wandte mich an de Graaf. »Unsere kleine Rosenknospe ist keine Süchtige. Goodbody weiß, wie man die Einstiche echt erscheinen lassen kann. Das hat er mir selbst gesagt. Ihr geistiges Alter ist nicht acht Jahre, sie ist älter als die Sünde. Und doppelt so schlecht.«

»Ich weiß nicht.« De Graaf klang müde. »Ich verstehe nicht ...«

»Sie diente drei nützlichen Zwecken«, fuhr ich fort. »Wenn van Gelder eine solche Tochter hatte, wer würde dann jemals daran zweifeln, daß er ein erbitterter Feind von Rauschgift und all den schlechten Menschen sei, die daran verdienten? Sie war ein ausgezeichneter Mittelsmann zwischen ihm und Goodbody — sie nahmen nie persönlich Kontakt miteinander auf, nicht einmal telefonisch. Und, was am wichtigsten war, sie war das entscheidende Glied in der Verteilerkette. Sie brachte ihre Puppe hinaus nach Huyler, tauschte sie dort gegen eine um, die Heroin enthielt, brachte diese zu dem Verkaufsstand im Vondel Park und tauschte sie wieder um. Und dann kam die Puppe mit dem fahrbaren Verkaufsstand hierher, sobald sein Vorrat ergänzt werden mußte. Sie ist wirklich ein reizendes Persönchen, unsere Trudi. Aber sie hätte nicht Belladonna benützen sollen, um ihren Augen das glasige Aussehen zu verleihen, an dem man gemeinhin Süchtige erkennt. Ich kam nicht gleich darauf, aber wenn man mir Zeit gibt und mir einen dicken Knüppel über den Kopf drischt, dann komme ich mit der Zeit auf alles. Es war nicht der richtige Glanz, ich habe mit zu vielen Süchtigen gesprochen, deren Augen den richtigen Glanz hatten. Und dann wußte ich Bescheid.«

Trudi kicherte wieder und leckte sich die Lippen. »Kann ich jetzt auf ihn schießen? Oben ins Bein?«

»Sie sind wirklich ein entzückendes Wesen«, sagte ich, »aber Sie sollten sich erst einmal mit etwas Wichtigerem befassen. Warum schauen Sie sich nicht um?«

Sie schaute sich um, jeder schaute sich um. Nur ich nicht. Ich blickte Belinda an und nickte dann fast unmerklich in Richtung Trudi, die zwischen ihr und den offenen Türen stand. Belinda sah ebenfalls kurz zu Trudi hinüber, und ich wußte, daß sie verstanden hatte.

»Ihr Idioten«, sagte ich verächtlich. »Woher habe ich wohl meine ganzen Informationen? Sie wurden mir *gegeben!* Ich bekam sie von zwei Menschen, die von Todesangst gepeinigt wurden und euch verrieten, als man ihnen Straffreiheit zusicherte. Morgenstern und Muggenthaler.«

Unter den Anwesenden waren ein paar ziemlich unmenschliche Persönlichkeiten, daran bestand kein Zweifel, aber was ihre Reaktionen betraf, so waren sie alle menschlich. Alle starrten konsterniert Morgenstern und Muggenthaler an, die mit offenen Mündern und ungläubigen Augen dastanden, und mit offenen Mündern starben sie auch, denn sie trugen beide Waffen, und die Waffe, die ich jetzt in der Hand hielt, war sehr klein, und ich konnte es mir nicht leisten, sie nur zu verwunden. Im gleichen Augenblick warf sich Belinda rückwärts gegen die im Moment abgelenkte Trudi, die nach rückwärts stolperte, auf dem Sims der Laderampe einen Augenblick schwankte und dann hinausstürzte. Ihr dünner, wimmernder Schrei war noch nicht verklungen, als de Graaf verzweifelt nach van Gelders Hand griff, die die Waffe hielt. Ich hatte jedoch keine Zeit, zu sehen, ob er es schaffte, denn ich hatte mich immer noch in gebückter Haltung auf die Zehenspitzen gestellt, und mich mit einem flachen Sprung auf Goodbody gestürzt, der krampfhaft versuchte, seine Waffe zu ziehen. Goodbody ging mit einem donnernden Krach zu Boden, und es sprach für die solide Bauweise des Lagerhauses, daß es nicht in sich zusammenfiel. Eine Sekunde später war ich hinter ihm und hakte meinen Arm so um seine Kehle, daß er nur noch seltsam krächzende Geräusche von sich gab.

De Graaf lag am Boden. Aus einer Platzwunde auf seiner Stirn strömte Blut. Er stöhnte leise. Van Gelder hielt die sich verzweifelt wehrende Belinda vor sich wie einen Schild, ebenso wie ich Goodbody als Schild benutzte. Van Gelder lächelte. Beide hatten wir unsere Waffen aufeinander gerichtet.

»Ich kenne die Shermans dieser Erde.« Van Gelder sprach in ruhigem Konversationston. »Sie würden es nie riskieren, daß ein unschuldiger Mensch verletzt wird – vor allem kein so hübsches Mädchen wie dieses. Was Goodbody betrifft, so habe ich nicht das Geringste dagegen, wenn er wie ein Sieb durchlöchert wird. Ist das klar?«

Ich blickte auf die rechte Gesichtshälfte Goodbodys, die der einzige Teil seines Gesichts war, den ich sehen konnte. Seine Farbe schwankte zwischen purpur und blaßviolett, und es war schwierig zu sagen, ob das daran lag, daß er von mir allmählich erwürgt wurde, oder ob es seine Reaktion darauf war, daß sein ehemaliger Partner ihn ohne mit der Wimper zu zucken im Stich ließ. Warum ich ihn ansah, weiß ich nicht, aber sicher nicht, um den Wert der beiden Geiseln gegeneinander abzuwägen: Solange van Gelder Belinda hatte, war er so sicher wie in einer Kirche. Nun, wie in jeder Kirche außer der von Reverend Goodbody.

»Es ist klar«, sagte ich.

»Und ich weise Sie noch auf eine weitere Tatsache hin«, fuhr van Gelder fort. »Sie haben eine Spielzeugpistole, und ich habe einen Polizeicolt.« Ich nickte. »Also habe ich freien Abzug.« Belinda zwischen uns haltend, ging er langsam rückwärts auf die Treppe zu. »Am Ende der Straße steht ein blauer Polizeiwagen. Mein Wagen. Den nehme ich. Auf meinem Weg dorthin, werde ich die Telefone hier im Haus außer Betrieb setzen. Wenn ich Sie, nachdem ich den Wagen erreicht habe, nicht mehr hier oben an der Tür sehe, ist die Kleine dran, haben wir uns verstanden.«

»Wir haben uns verstanden. Und wenn Sie Belinda leichtfertig umbringen, werden Sie nie wieder ruhig schlafen können. Das wissen Sie«, erwiderte ich ihm scharf.

Er sagte: »Das weiß ich«, und verschwand rückwärts die Treppen hinunter, wobei er Belinda hinter sich herzerrte. Ich achtete nicht darauf. Ich sah, daß de Graaf sich aufsetzte und ein Taschentuch an seine blutende Stirn preßte, also war er offensichtlich noch in der Lage, für sich selbst zu sorgen. Ich löste meinen Würgegriff von Goodbodys Hals, griff nach vorn und nahm ihm die Waffe ab. Dann, immer noch hinter ihm sitzend, zog ich die Handschellen heraus und fesselte seine beiden Handgelenke — eines an den toten Morgenstern, das andere an den toten Muggenthaler. Dann stand ich auf, ging zu de Graaf hinüber und half dem reichlich mitgenommenen Mann auf einen Stuhl. Ich warf einen Blick auf Goodbody, der mich in namenlosem Grauen anstarrte. Als er sprach, war seine normalerweise tiefe, väterlich-wohlwollende Stimme beinahe ein wahnsinniges Kreischen.

»Sie werden mich doch nicht so hier lassen!«

Ich ließ den Blick über die beiden massigen Kaufleute wandern, an die er gefesselt war.

»Sie haben immer noch die Möglichkeit, sich einen unter jeden Arm zu klemmen und zu fliehen.«
»Um Gottes willen, Sherman . . .«
»Sie haben Astrid an einem Haken aufgehängt. Ich hatte ihr versprochen, ihr zu helfen, und Sie haben sie an einem Haken aufgehängt. Sie ließen Maggie mit Heugabeln zu Tode stechen. Meine Maggie. Sie waren drauf und dran, Belinda ebenfalls an einem Haken aufzuhängen. Meine Belinda. Sie sind der Mann, der den Tod liebt. Schauen Sie ihn sich doch zur Abwechslung mal von der ersten Reihe aus an.« Ich ging zu den offenen Türen, schaute hinaus und wandte mich wieder an ihn. »Und wenn ich Belinda nicht lebend wiederfinde, komme ich nicht zurück.«
Goodbody stöhnte wie ein verwundetes Tier und starrte mit entsetztem Abscheu die beiden Toten an, an die er gefesselt war.
Ich ging wieder zu den Türen und schaute hinaus.
Trudi lag ausgebreitet auf dem Pflaster. Ich verschwendete keinen weiteren Blick an sie. Auf der anderen Seite der Straße führte van Gelder Belinda zu dem Polizeiwagen. An der Tür des Wagens drehte er sich um, blickte herauf, sah mich, nickte und öffnete die Tür.
Ich wandte mich ab, ging zu dem immer noch geschwächten de Graaf, half ihm auf die Beine und führte ihn zur Treppe. Dort wandte ich mich noch einmal um und schaute zu Goodbody hinüber. Vor Angst wahnsinnige Augen starrten mir entgegen, und er stieß merkwürdige heisere Laute aus. Er sah aus wie ein Mann, der für immer in einem dunklen Alptraum gefangen ist, ein Mann, der von bösen Geistern verfolgt wird und ihnen niemals entkommen kann.

DREIZEHNTES KAPITEL

Die Dunkelheit hatte sich über die Straßen von Amsterdam gesenkt. Es nieselte leicht, aber der starke Wind, der den Regenschleier vor sich hertrieb, verlieh ihm durchdringende Kälte. Zwischen den Wolkenfetzen flimmerten die ersten Sterne. Der Mond war noch nicht aufgegangen.
Ich saß hinter dem Steuer des Opels, den ich neben einer Telefonzelle

geparkt hatte. Nach einiger Zeit öffnete sich die Tür der Zelle, und de Graaf, der sich das Blut, das immer noch aus seiner Stirnwunde sickerte, mit einem Taschentuch wegtupfte, kam heraus und stieg in den Wagen. Ich sah ihn fragend an.

»Innerhalb von zehn Minuten wird das ganze Gebiet abgeriegelt. Und wenn ich sage, abgeriegelt, dann meine ich lückenlos. Garantiert.« Er tupfte wieder das Blut weg. »Aber woher wollen Sie wissen . . .«

»Er wird dort sein.« Ich ließ den Motor an und fuhr los. »Erstens wird van Gelder annehmen, daß das der letzte Ort in Amsterdam ist, an dem wir ihn suchen. Zweitens hat Goodbody erst heute morgen den letzten Nachschub an Heroin von Huyler geholt. Bestimmt in einer dieser großen Puppen. Draußen beim Schloß war die Puppe nicht in seinem Wagen, also muß er sie in der Kirche gelassen haben. Er hatte keine Zeit, sie woanders hinzubringen. Außerdem liegt wahrscheinlich noch ein ganzer Haufen von dem Zeug in der Kirche herum. Van Gelder ist nicht wie Goodbody und Trudi. Er macht das Spiel nicht aus Spaß an der Freude, er macht es wegen des Geldes – und er wird nicht auf das ganze Moos verzichten.«

»Moos?«

»Verzeihung. Geld, meine ich. Das Zeug ist vielleicht ein paar Millionen Dollar wert.«

»Van Gelder.« De Graaf schüttelte langsam den Kopf. »Ich kann es immer noch nicht glauben. Ein Mann wie er! Ein so ausgezeichneter Polizist.«

»Heben Sie sich Ihr Mitleid für seine Opfer auf«, sagte ich grob. Es war nicht meine Absicht gewesen, in diesem Ton mit dem kranken Mann zu sprechen, aber immerhin war ich selbst noch ein kranker Mann: Ich bezweifelte, daß mein Kopf in einem viel besseren Zustand war als de Graafs. »Van Gelder ist der schlimmste von allen. Von Trudi und Goodbody kann man wenigstens sagen, daß ihr Geisteszustand derart war, daß man sie für ihre Taten nicht mehr verantwortlich machen konnte. Aber van Gelder ist nicht krank, wenigstens nicht auf diese Weise. Er tut alles nur des Geldes wegen. Er kennt die Spielregeln. Er wußte, was los war und wie sich sein psychopathischer Kamerad benahm. Und er tolerierte es. Wenn er seine Machenschaften für immer hätte weiterführen können, hätte er Goodbodys tödliche Verirrungen für immer toleriert.« Ich sah de Graaf nachdenklich an. »Wußten Sie, daß sein Bruder und seine Frau bei einem Autounfall in Curaçao ums Leben kamen?«

De Graaf schwieg lange, bevor er antwortete. Dann sagte er: »Es war kein tragischer Unfall?«

»Es war kein tragischer Unfall. Wir werden es nie beweisen können, aber ich würde meine Altersrente wetten, daß er arrangiert wurde, als van Gelders Bruder, der ein fähiger Sicherheitsbeamter war, zuviel über ihn und seinen Wunsch herausfand, seine Frau loszuwerden, die ihm und Trudi im Weg stand – zu der Zeit, als Trudis liebenswertere Eigenschaften noch nicht zutage getreten waren. Ich bin der Ansicht, daß dieser Mann eiskalt und berechnend ist, skrupellos und völlig unfähig dessen, was wir als normale menschliche Gefühle bezeichnen.«

»Sie werden nicht lange genug leben, um Ihre Pension zu kassieren«, sagte de Graaf düster.

»Vielleicht. Aber in einer Sache hatte ich recht.« Wir waren in die Kanalstraße eingebogen, in der Goodbodys Kirche stand, und direkt vor uns parkte der blaue getarnte Polizeiwagen. Wir hielten nicht, sondern fuhren daran vorbei, stoppten vor der Kirchentür und stiegen aus. Ein uniformierter Sergeant kam die Treppen herunter, um uns zu begrüßen, und er verbarg seine Reaktion auf den Anblick der zwei wackligen Gestalten, die er vor sich hatte, ganz hervorragend.

»Leer, Sir«, sagte er. »Wir sind sogar im Glockenstuhl oben gewesen.«

De Graaf drehte sich um und schaute zu dem blauen Lieferwagen hinüber.

»Wenn Sergeant Gropius sagt, es sei niemand da, dann ist niemand da.« Er machte eine Pause, dann sagte er langsam: »Van Gelder hat einen messerscharfen Verstand. Das wissen wir jetzt. Er ist nicht in der Kirche. Er ist nicht in Goodbodys Haus. Meine Männer haben beide Seiten der Gracht und die Straße abgeriegelt. Also ist er nicht da. Er ist woanders.«

»Er ist woanders, aber er ist hier«, sagte ich. »Wenn wir ihn nicht finden, wie lange wollen Sie den Polizeikordon aufrecht erhalten?«

»Bis wir jedes Haus in dieser Straße zweimal gründlich durchsucht haben. Zwei Stunden, vielleicht auch drei.«

»Und dann könnte er ungehindert verschwinden?«
»Das könnte er. Wenn er hier wäre.«
»Er ist hier«, sagte ich überzeugt. »Es ist Samstagabend. Wird am Sonntag auf der Baustelle gearbeitet?«
»Nein.«
»Damit hat er also sechsunddreißig Stunden Zeit. Heute abend, vielleicht erst morgen abend, kommt er herunter und verschwindet.«
De Graaf wurde unruhig.
»Mein Kopf.« Wieder betupfte de Graaf seine Wunde. »Der Griff von van Gelders Waffe war sehr hart. Ich fürchte . . .«
»Er ist nicht hier unten«, erklärte ich geduldig. »Die Durchsuchung der Häuser wäre reine Zeitverschwendung. Und ich bin auch sicher, daß er nicht auf dem Grund der Gracht liegt und die ganze Zeit die Luft anhält. Wo kann er also sein?«
Ich schaute nachdenklich zu dem dunklen Himmel hinauf, an dem der Wind Wolkenfetzen vor sich hertrieb. De Graaf hob den Kopf und sah in die gleiche Richtung. Der schemenhafte Umriß des aufragenden Krans schien fast bis zu den Wolken hinaufzureichen, die Spitze des waagrecht stehenden Auslegers verlor sich in der Dunkelheit. Ich hatte immer das Gefühl gehabt, daß von diesem Kran etwas seltsam Drohendes ausging. Und an diesem Abend erschien er mir – wahrscheinlich aufgrund meiner Vermutung – gespenstisch und unheilverkündend.
»Natürlich«, flüsterte de Graaf. »Natürlich.«
»Na, denn«, sagte ich. »Ich mache mich wohl besser auf den Weg.«
»Sie sind wahnsinnig! Das ist verrückt! Schauen Sie sich an, schauen Sie Ihr Gesicht an! Sie sind nicht gesund.«
»Ich bin gesund genug.«
»Dann komme ich mit Ihnen«, sagte de Graaf entschieden.
»Nein.«
»Ich habe junge, gesunde Polizeibeamte . . .«
»Sie haben nicht das moralische Recht, das von einem Ihrer Leute zu verlangen, und wenn er noch so gesund ist. Streiten Sie nicht mit mir. Ich lasse es nicht zu. Außerdem ist das hier kein Fall für einen Frontalangriff. Entweder heimlich, verstohlen – oder gar nicht.«
»Er wird Sie sehen.« Ob er es wollte oder nicht, allmählich schwenkte de Graaf zu meiner Ansicht über.

»Nicht unbedingt. Von seinem Standort aus muß alles unter ihm im Dunkel liegen.«

»Wir könnten doch warten«, drängte er. »Er muß doch wieder herunterkommen. Irgendwann vor Montagfrüh muß er herunterkommen.«

»Van Gelder hat keinen Spaß am Tod. Das wissen wir. Aber er steht dem Tod völlig gleichgültig gegenüber. Das wissen wir ebenfalls. Leben — das Leben anderer Menschen — bedeutet ihm nicht das geringste.«

»Also?«

»Van Gelder ist nicht hier unten. Aber Belinda auch nicht. Also ist sie mit ihm dort oben — und wenn er herunterkommt, bringt er seinen lebenden Schild wieder mit. Ich werde nicht lange weg sein.«

Er machte keinen weiteren Versuch, mich zurückzuhalten. Ich ließ ihn an der Kirchentür stehen, betrat den Bauplatz, erreichte den Kran und begann, die endlose Reihe diagonaler Leitern hinaufzuklettern, die in dem gitterförmigen Gerippe des Krans befestigt waren. Es war ein langer Aufstieg — in meinem momentanen körperlichen Zustand hätte ich gern darauf verzichtet — aber er war wenigstens nicht allzu anstrengend und auch nicht besonders gefährlich. Nur lang und ermüdend: Der gefährliche Teil lag noch vor mir. Nachdem ich etwa dreiviertel des Weges hinter mir hatte, machte ich eine Pause, um Luft zu holen, und schaute hinunter.

Ich hatte keinen Eindruck von der Höhe, in der ich mich befand, denn die Dunkelheit war zu dicht, die schwachen Straßenlaternen, die die Gracht beleuchteten, waren nur helle Stecknadelköpfe und die Gracht selbst nicht mehr als ein schwach schimmerndes Band. Es schien alles so weit weg, so unwirklich. Ich konnte nicht den Umriß eines einzelnen Hauses erkennen: Alles, was ich unterscheiden konnte, war der Wetterhahn auf der Spitze des Kirchturms, und sogar der war dreißig Meter unter mir. Ich schaute hinauf. Die Führerkanzel des Krans lag noch immer fünfzehn Meter über mir, ein undeutlicher dunkler rechteckiger Schatten, der sich gegen den fast ebenso dunklen Himmel kaum abzeichnete. Ich setzte meinen Aufstieg fort.

Nur drei Meter trennten mich noch von der Falltür, die in den Boden der Führerkabine eingelassen war, als sich ein Spalt zwischen zwei Wolken auftat und ein noch niedrig am Himmel stehender Mond erschien. Es war nur ein Halbmond, aber sein plötzlich auftauchendes Licht badete

den gelbangestrichenen Kran und seinen mächtigen Ausleger in einer seltsam grellen Flut, die jeden Träger und jede Querstrebe deutlich erkennen ließ. Es tauchte auch mich in Helligkeit und hatte die seltsame Wirkung, daß ich mich wie ein Pilot fühlte, der von einem Suchscheinwerfer erfaßt wird. Als sei ich an eine Wand genagelt. Ich schaute wieder nach oben und konnte jeden Nietkopf in der Falltür sehen, und es kam mir in den Sinn, daß man, wenn ich so gut nach oben sehen konnte, ebensogut nach unten sehen konnte, und da die Chancen, daß ich entdeckt würde, mit jeder Sekunde wuchsen, die ich an meinem Platz blieb, nahm ich meine Waffe aus dem Halfter und stieg lautlos die letzten Sprossen der Leiter hinauf. Ich war nur noch einen Meter von der Falltür entfernt, als sie sich einen Spalt breit öffnete und der lange und sehr häßliche Lauf einer Waffe hindurchgeschoben wurde. Ich hätte den Kummer und die Übelkeit spüren müssen, die sich als Begleiterscheinung des Bewußtseins einstellen, daß das Ende gekommen ist, aber ich hatte an diesem Tag schon zuviel durchgemacht, ich hatte meine sämtlichen Gefühle verbraucht, und ich akzeptierte das Unvermeidliche mit einem Fatalismus, der sogar mich selbst überraschte. Es war keine Frage von williger Unterwerfung; wenn man mir nur eine halbe Chance gegeben hätte, hätte ich mich dem Zweikampf gern gestellt. Aber ich hatte nicht einmal den Schatten einer Chance, und ich akzeptierte es.
»Das ist eine vierundzwanzigschüssige Schrottflinte«, sagte van Gelder. In seiner Stimme war ein metallisches, hohles Klirren, und er sprach mit einer Grabesstimme, die durchaus nicht fehl am Platze schien.
»Sie wissen, was das bedeutet?«
»Ich weiß, was das bedeutet.«
»Geben Sie mir Ihre Waffe, mit dem Griff zuerst.«
Ich händigte ihm meine Waffe mit der Grazie und Übung aus, die aus einer gründlichen Trainingszeit im Waffenübergeben resultierte.
»Und jetzt noch die kleine Pistole in Ihrem Strumpf.«
Ich gab ihm die kleine Pistole aus meiner Socke. Die Falltür öffnete sich, und in dem Mondlicht, daß durch die Fenster der Führerkanzel hereindrang, konnte ich van Gelder deutlich sehen. »Kommen Sie herauf«, sagte er. »Wir haben noch viel Platz.« Ich kletterte hinauf. Wie van Gelder gesagt hatte, war sehr viel Platz, man hätte notfalls Dutzende von Leuten hier zusammenpferchen können. Van Gelder, ruhig und un-

gerührt wie immer, trug eine sehr unangenehm aussehende, automatische Waffe über der Schulter. Belinda saß in einer Ecke auf dem Boden, erschöpft und leichenblaß. Neben ihr lag eine große Huyler-Puppe. Belinda versuchte, mich anzulächeln, aber es gelang ihr nicht recht: Sie sah so wehrlos und verloren aus, daß ich van Gelder beinahe an die Gurgel gegangen wäre, egal ob er eine Waffe hatte oder nicht, aber der Verstand und ein schnelles Abschätzen der zu überbrückenden Entfernung ließen mich die Falltür vorsichtig schließen und ebenso vorsichtig aufstehen. Ich sah die Waffe an.
»Ich vermute, die haben Sie aus dem Polizeiwagen?«
»Sie vermuten richtig.«
»Ich hätte daran denken müssen, das zu überprüfen.«
»Das hätten Sie.« Van Gelder seufzte. »Ich wußte, daß Sie kommen würden, aber Sie haben den langen Weg umsonst gemacht. Drehen Sie sich um.«
Ich drehte mich um. Der Schlag, der meinen Kopf traf, wurde nicht mit solcher Kraft und soviel Stolz auf die eigene handwerkliche Geschicklichkeit ausgeführt, die Marcel an den Tag gelegt hatte, aber er reichte aus, um mich für einen Moment zu betäuben und in die Knie zu zwingen. Ich bemerkte undeutlich, daß sich ein kalter metallener Ring um mein Handgelenk legte, und als ich mich wieder vollkommen dafür zu interessieren begann, was um mich herum vorging, entdeckte ich, daß ich beinahe Schulter an Schulter mit Belinda auf dem Boden saß. Ich war mit Handschellen an ihr rechtes Handgelenk gefesselt, und die Verbindungskette lief durch den metallenen Haltegriff der Falltür. Ich rieb mir sanft den Hinterkopf. Die gemeinsamen Anstrengungen von Marcel, Goodbody und van Gelder waren ihm schlecht bekommen, und er schmerzte jetzt höllisch an jeder Stelle, an der ein Kopf schmerzen kann.
»Tut mir leid um Ihren Kopf«, sagte van Gelder. »Aber sonst hätte ich genauso versuchen können, einem Tiger Handschellen anzulegen. Nun, der Mond ist fast wieder bedeckt. In einer Minute bin ich weg. Und in drei weiteren Minuten befinde ich mich wieder auf festem Boden.«
Ich starrte ihn ungläubig an. »Sie gehen *hinunter?*«
»Was denn sonst? Aber nicht auf die Art, wie Sie vielleicht denken. Ich habe gesehen, wie der Polizeikordon in Position gebracht wurde. Aber niemand scheint die Tatsache bemerkt zu haben, daß die Spitze des

Kranauslegers über die Gracht und wenigstens zwanzig Meter hinter den Kordon reicht. Ich habe den Haken bereits auf Bodenhöhe gesenkt.«
Mein Herz tat zu weh, als daß ich einen passenden Kommentar geben konnte: Unter den gegebenen Umständen gab es wahrscheinlich keinen.
Van Gelder schlang sich den Gurt der Waffe gekreuzt über eine Schulter und band die Puppe mit einem Stück Schnur über seiner anderen Schulter fest. Dann sagte er sanft: »Ah, der Mond ist weg.«
Und das war er wirklich. Van Gelder war nur noch als ein undeutlicher Schatten zu sehen, als er zu der Tür hinüberging, die in die Vorderseite der Führerkanzel dicht neben dem Schaltpult eingelassen war, sie öffnete und hinaustrat.
»Adieu, van Gelder«, sagte ich. Er antwortete nicht. Die Tür schloß sich, und wir waren allein. Belinda packte meine gefesselte Hand.
»Ich wußte, daß Sie kommen würden«, flüsterte sie. Und dann, mit einer Andeutung der alten Belinda: »Aber Sie haben sich ziemlich lange Zeit gelassen, nicht wahr?«
»Es ist so, wie ich dir gesagt habe — die oberen Klassen müssen sich um viele Dinge kümmern.«
»Und mußten Sie ... mußten Sie einem solchen Mann adieu sagen?«
»Ich dachte, es wäre vielleicht besser. Ich werde ihn niemals wiedersehen. Wenigstens nicht lebend.«
Ich fummelte in meiner linken Jackentasche herum. »Wer hätte das gedacht? Van Gelder als sein eigener Henker.«
»Wie bitte?«
»Es war seine Idee, mir ein Polizeitaxi zur Verfügung zu stellen. Damit ich überall, wo ich auftauchte, leicht erkannt und verfolgt werden konnte. Ich hatte Handschellen, ich benutzte sie, um Goodbody zu fesseln. Und Schlüssel für die Handschellen. Diese hier.«
Ich sperrte die Handschellen auf, stand auf und ging nach vorn. Der Mond war wirklich hinter einer Wolke verschwunden, aber van Gelder hatte die Dichte der Wolke überschätzt. Zugegeben, es war nicht mehr als ein schwacher Lichtschimmer am Himmel, aber er reichte aus, daß ich van Gelder sehen konnte. Er war jetzt etwa zwölf Meter weit weg, der Wind riß an seinen Rockschößen und dem Kleid der Puppe, während er wie eine riesige Krabbe den Ausleger entlangkroch.
Meine Bleistifttaschenlampe war eines der wenigen Dinge, die man mir

an diesem Tag nicht abgenommen hatte. Ich benützte sie, um einen Bremshebel über mir auszumachen, und ich zog den Hebel herunter. Lichter flammten auf dem Kontrollpult auf, und ich studierte es kurz. Ich bemerkte, daß Belinda neben mich getreten war.
»Was werden Sie tun?« Sie flüsterte wieder.
»Muß ich das erklären?«
»Nein! Nein! Das können Sie nicht!« Ich glaube nicht, daß sie genau wußte, was ich zu tun beabsichtigte, aber aus der unwiderruflichen Entschlossenheit meiner Stimme schloß sie sehr deutlich, daß alles, was auch immer ich vorhatte, ziemlich endgültig sein würde. Ich schaute wieder zu van Gelder hinaus, der jetzt bereits dreiviertel seines Weges zur Spitze des Auslegers hinter sich hatte, dann wandte ich mich an Belinda und legte die Hände auf ihre Schultern.
»Sieh mal. Weißt du nicht, daß wir van Gelder niemals etwas beweisen können? Weißt du nicht, daß er wahrscheinlich Tausende von Menschenleben zerstört hat? Und weißt du nicht, daß er genügend Heroin bei sich hat, um weitere tausend Menschenleben zu zerstören?«
»Sie könnten den Ausleger so drehen, daß er in Reichweite des Polizeikordons gerät.«
»Sie werden van Gelder niemals lebend fassen. Ich weiß das, du weißt das, wir alle wissen das. Und er hat eine Schrotflinte bei sich. Wie viele anständige Menschen sollen deiner Ansicht nach sterben, Belinda?«
Sie schwieg und wandte sich ab. Ich schaute wieder hinaus. Van Gelder hatte die Spitze des Auslegers erreicht, und van Gelder verlor keine Zeit: Augenblicklich schwang er sich hinaus und hinunter, schlang Hände und Beine um das Kabel und begann, sich hinuntergleiten zu lassen, wobei er sich mit einer beinahe halsbrecherischen Geschwindigkeit bewegte, für die es einen einleuchtenden Grund gab: Der Wolkenstreifen wurde schnell dünner, und die Intensität des Lichts wurde von Sekunde zu Sekunde größer.
Ich schaute hinunter, und zum erstenmal konnte ich die Straßen von Amsterdam sehen, aber es war nicht mehr Amsterdam, nur noch eine Spielzeugstadt mit winzigen Straßen und Grachten und Häusern, ähnlich den Modelleisenbahnen, die man zur Weihnachtszeit in den großen Geschäften sieht.
Ich blickte mich um. Belinda saß wieder auf dem Boden, das Gesicht in

den Händen vergraben. Sie zeigte deutlich, daß sie nicht mitansehen konnte, was geschehen würde. Ich schaute wieder zu dem Kabel hinaus, und diesmal hatte ich keine Schwierigkeit, van Gelder deutlich zu sehen, denn der Mond war jetzt ganz hinter der Wolke hervorgekommen. Er war bereits zur Hälfte unten und begann hin und her zu schwingen, als ihn der heftige Wind ergriff. Von Sekunde zu Sekunde vergrößerte sich der Pendelschwung, mit dem er von einer zur anderen Seite getrieben wurde. Ich griff nach dem Rad und drehte es nach links.

Das Kabel begann zu steigen, und mit ihm van Gelder. Die Überraschung mußte ihn vorübergehend an das Kabel geschweißt haben. Dann erkannte er deutlich, was vor sich ging und ließ sich mit einer Geschwindigkeit nach unten gleiten, die mindestens dreimal so hoch war wie die, mit der sich der Ausleger hob. Ich konnte jetzt den riesigen Haken am Ende des Kabels sehen, nicht einmal zwölf Meter unter van Gelder. Ich drehte das Rad wieder in die Ruhestellung zurück, und wieder klammerte sich van Gelder regungslos an das Kabel. Ich wußte, daß ich tun mußte, was ich tun mußte, aber ich wollte es hinter mich bringen, und zwar so schnell und so menschlich wie möglich. Ich drehte das Rad nach rechts, das Kabel senkte sich mit voller Geschwindigkeit, dann brachte ich das Rad abrupt wieder in Ruhestellung. Ich konnte den zitternden Ruck spüren, mit dem das Kabel zum Stillstand kam. Van Gelders Griff lockerte sich, und in diesem Augenblick schloß ich die Augen. Als ich sie wieder öffnete, erwartete ich, ein leeres Kabel vor mir zu haben, aber er war immer noch da. Allerdings klammerte er sich jetzt nicht mehr an das Kabel: Er lag mit dem Gesicht nach unten aufgespießt auf dem riesigen Haken und schwang mit ihm fünfzehn Meter über den Häusern von Amsterdam sanft in einem großen Bogen hin und her. Ich wandte mich ab, ging zu Belinda hinüber, ließ mich auf die Knie herunter, und zog ihre Hände von ihrem Gesicht weg. Sie blickte zu mir auf. Ich hatte erwartet, Abscheu auf ihrem Gesicht zu finden, aber es war keiner da, nur Trauer und Müdigkeit und der bekannte verlorene Kleinmädchen-Ausdruck.

»Ist alles vorüber?« flüsterte sie.

»Es ist alles vorüber.«

»Und Maggie ist tot.« Ich sagte nichts. »Warum ist Maggie tot, warum nicht ich?«

»Ich weiß es nicht, Belinda.«
»Maggie machte ihre Arbeit gut, nicht wahr?«
»Ja, Maggie war gut.«
»Und ich?« Ich sagte nichts. »Sie müssen es mir nicht sagen«, sagte sie düster, »ich hätte van Gelder im Lagerhaus die Treppe hinunterstoßen sollen oder seinen Wagen zerstören oder ihn in die Gracht stoßen oder ihn auf dem Weg hier hinauf von der Leiter werfen — oder — oder ...« Sie sagte verwundert: »Er hatte keinen Augenblick seine Waffe auf mich gerichtet.«
»Das brauchte er auch nicht, Belinda.«
»Das wußten Sie?«
»Ja.«
»Weibliche Angestellte, Kategorie erstklassig«, sagte sie bitter, »erster Auftrag in Sachen Rauschgift ...«
»Letzter Auftrag in Sachen Rauschgift.«
»Ich weiß«, lächelte sie mühsam. »Ich bin gefeuert.«
»So ist's richtig«, sagte ich lobend. Ich zog sie auf die Füße. »Wenigstens kennst du die Regeln, jedenfalls die eine, die dich betrifft.« Sie starrte mich eine lange Zeit an, dann erschien langsam, zum erstenmal an diesem Abend, ein Lächeln auf ihren Gesicht. »Ja, das ist die richtige«, sagte ich. »Verheirateten Frauen ist es nicht gestattet, im Dienst zu bleiben.« Sie vergrub ihr Gesicht an meiner Schulter, was ihr wenigstens die Qual ersparte, mein zerschlagenes Gesicht sehen zu müssen.
An dem blonden Kopf vorbei schaute ich auf die Welt hinunter. Der große Haken mit seiner schaurigen Last schwang jetzt heftig hin und her, und am äußersten Ende eines Schwunges glitten sowohl die Waffe als auch die Puppe von van Gelders Schultern und fielen in die Tiefe. Sie landeten auf der anderen Seite der Gracht auf dem Kopfsteinpflaster, die Schrotflinte und die schöne Puppe aus Huyler, und über ihnen schwang der Schatten des Kabels, des Hakens und seiner Last wie das riesige Pendel einer riesigen Uhr in immer größer werdenden Bogen über den Nachthimmel von Amsterdam.

7 - 1 - 10 - 2 - 1